Sonya
ソーニャ文庫

騎士の殉愛

栖野すばる

JN131397

イースト・プレス

contents

プロローグ

「口の軽い男に、奥方様を抱かせないでください」

アデルの言葉に、老獪《ろうかい》な公爵が口の端《はし》を吊り上げる。

「それを言うために、わざわざ私の開催する『剣技大会』に出たのか？　優勝できる自信が最初からあったのかね？」

揶揄《やゆ》するような公爵の言葉に、アデルは迷いなく頷《うなず》いた。

「ええ、何とかなるだろうと思っていました」

そう答えると、公爵は楽しげな笑い声を上げた。

彼……ロレンシオ・バーネベルゲ公爵は、五十七年の人生の大半を戦乱の中で過ごした、生粋《きっすい》の軍人だ。『強い戦士』には積極的に会いたがると聞いた。

だから出たくもない剣技大会に参加して優勝し、こうして面会権を得たのだ。

アデルは二十二歳。

数百年前からロカリア王家に仕えてきた、格式ある騎士の家の生まれだ。

だが騎士としての名誉や栄達《えいたつ》は求めていない。

今日の剣技大会だって、ロレンシオの主催でなければ出るつもりはなかった。

「こうでもしなければ、俺には閣下と話す機会がありませんでしたので」

「君の父上を通してもらえれば、面会などいくらでも融通したのに。私は王立騎士団の有能な若手には興味がある。君の活躍だって何度も耳にしているからな」

父に頼み事などしたくない……そう思いながらアデルは言葉を濁《にご》す。

「呑気に面会をお願いしている余裕がありませんでした」

頑《かたく》ななアデルの態度に、ロレンシオが楽しげに言った。

「なるほど、しかし楽しませてくれる。私と面会するためだけに、あの猛者《もさ》揃《ぞろ》いの剣技大会を勝ち抜いてくるとは！　賭《か》けをしていた者たちが『アデル・ダルヴィレンチの登場はとんだ番狂わせだ』と嘆《なげ》いていたぞ。あれほどの腕前でなぜ『選抜騎士』の称号を受け取っていないのだ？」

アデルは『褒賞』を望んでいない。戦場で多くの敵を屠《ほふ》っても、褒賞を与えられることを拒んでいる。その理由は、到底人に話せるようなものではない。

余計なことを探られると面倒だと思い、さりげなくロレンシオの質問を打ち切った。

「そんなことよりも、閣下。俺の望みは聞き届けていただけるのでしょうか？」

どんなに褒《ほ》めても眉一つ動かさないアデルの態度に、ロレンシオが肩をすくめた。

「ふむ……君はカラマン伯爵のお喋《しゃべ》りな口を縫《ぬ》い付けてくれと、私に頼みに来たのだな？」

「はい」

「どこでその話を聞いたのだ？」

アデルは乾いた唇を開く。

「先月の戦いの勝利を祝う席で。皆、酒が入っていました。カラマン伯爵は俺たち相手に『そこそこ長く真面目に生きていれば、美味しい仕事を頼まれることもある。美しい人妻を抱けて金ももらえる、後腐《あとくさ》れの無い仕事だ』と……直接閣下のお名前を口にはしていませんでしたが、少し考えれば誰のことか分かる話しぶりでした」

握ったアデルの拳《こぶし》が怒りに震える。

この国には仮父《かふ》制と呼ばれる忌むべき制度がある。

妻を孕《はら》ませられない夫の代わりに、正教会に認められた別の男が『子種を授ける』制度。いわゆる公に認められた種馬役だ。

カラマン伯爵は、『仮父』としてロレンシオ・バーネベルゲの妻を孕ませるよう依頼され、それをアデルたちに自慢したのだ。

「なるほど。だがカラマン伯爵は真実しか口にしていないぞ。美しい人妻を抱けて金ももらえる後腐れのない仕事。彼は自分の職務を正しく理解しているようだが？」

ロレンシオの挑発めいた言葉に、アデルは奥歯を噛みしめる。

「閣下……どうか奥方様に、尊厳を持ってお接しください」

呻《うめ》くようなアデルの言葉にロレンシオが首をかしげる。

「私は妻を、公爵夫人としてこの上なく大事にしているつもりだ。正教会を通して正式に仮父を依頼したのも、妻に『次期公爵の母』の地位を与えたかったからに他ならない」

「ですが……なぜあのように口の軽い男を……」

「カラマン伯爵を選んだ理由も聞きたいのか？　男児を産ませた実績があり、女を抱いても嫉妬《しっと》する妻がいない。正教会も彼は仮父に適任だと言っていた。男児を産みさえすれば、妻はバーネベルゲ公爵夫人としての地位を確立できる」

ロレンシオの言うことは分かる。

女性は名家の跡継《あとつぎ》の母になることで、安定した社会的地位を得られる。子供を産めなければ離縁されても文句は言えない。

離縁された後の運命は女性によってまちまちだ。

実家で暮らすか、新たな縁談を得るか、修道院に入れられて一生を終えるか、あるいは路頭《ろとう》に迷い、道端に転がるぼろぼろの死体になるか。

だから貴族の妻たちは『何とか跡継が欲しい』と必死だ。

仮父制が認められているのも、夫が原因で子を授かれない女性を救済するためである。

だとしてもアデルには、カラマン伯爵の口の軽さだけは許せなかった。

「そうであっても、奥方様に口の軽い男を近づけないでください。あの男は、仮父を務めたあと、奥方様とのことを面白おかしく漏《も》らすかもしれない。そうなれば、たとえ奥方様自身の耳には届かずとも、見えないところで奥方様の名誉が傷つけられるのです」

猥談《わいだん》の中心にされる『彼女』を想像するだけで、嫌悪で身体が震える。

「……君は、人づてに聞く話と印象が違うな」

ロレンシオの言葉に、アデルは鋭く問い返す。

「何の話ですか？」

「任務中の君は、敵に対して一分の情けも持たない恐ろしい騎士だと報告を受けている。騎士見習いたちは君の訓練の厳しさに音を上げて、次々に逃げ出すそうだな」

「特に厳しくしたつもりはありません」

「立てた手柄も上官や同僚に譲《ゆず》っているとか。なぜそんな真似をするのかと気味悪がる者もいると聞いたぞ」

ロレンシオが意地の悪い笑みを浮かべた。

お前が隠し事をしているのは知っている、とばかりの表情だ。

ロレンシオは王立騎士団の『相談役』、多額の出資をしてくれる後援者である。アデルがあらゆる褒賞を拒み、騎士団内の人事評価で『自分は手柄など立てていない』と頑なに否定していることを耳にしたのだろう。

――『ロカリア王国の影の支配者』と言われるほどの偉大な人物が、俺ごときのことまで気に掛けているとはな。

だが相手が誰であれ、この話は追及されたくない。

「強く優秀で、決して目立ちたがらない君が、まさか妻のために、剣技大会のような『お遊び』に参加してくれるとは思わなかったぞ」

しばらく、異様な沈黙が続く。

アデルが拳を固めたとき、楽しげな声でロレンシオが問うた。

「君はまだマリカに惚れているのか？」

『マリカ』という名前に、アデルは息を呑んだ。

それはロレンシオ・バーネベルゲの妻の名前であり、アデルが心の底から愛した、かつての婚約者の名前だからだ。

表情を強ばらせたアデルを一瞥《いちべつ》し、バーネベルゲが楽しげに言う。

「まだ惚れているのだろう？　いかにも女を惑わしそうな顔に似合わずなんと純粋な男だ。『初恋』がそんなにも大切なのだな」

ロレンシオの目はこれっぽっちも笑っていなかった。

突き刺さる視線を感じながら、アデルは言葉を絞り出した。

「俺の気持ちは関係ありません。マリカ様の名誉が守られることを望みます。優勝の褒賞に、口の堅い男を仮父にするとお約束ください、お願いいたします、閣下」

「ふむ……変わった褒賞だ。金貨一袋のほうがずっと価値があろうに……」

しばらく何かを考えていたロレンシオが、ゆっくりと口を開いた。

「では、マリカの名誉は君が守ったらどうだ？」

予想外の言葉にアデルは目を丸くする。

「君がマリカを抱き、彼女にバーネベルゲ公爵家の跡継を産ませればいい」

ロレンシオの声音が僅かに変わった。

戦場で敵に囲まれるのとは違う、絡みつくような嫌な危機感を覚える。

「閣下は……何を……」

ロレンシオの皺《しわ》深い顔に、得体の知れない笑みが浮かぶ。優しくも皮肉にも見える不思議な笑顔だ。ロレンシオの考えていることがまるで読み取れない。

――なんだ……？　なぜそんな日で俺を見る……？

悟られないよう身構えたとき、ロレンシオが薄い唇を開いた。

「遠い昔、ロカリア王に仕えた『灰色の森の戦士たち』は、強く勇敢で、腕を切り落とされても戦い続けたと聞いた。彼らの血を引く君が強いのも頷ける。君がバーネベルゲ公爵家の仮父となり、マリカに男児を授けよ。我が家に強い戦士の血が継がれるのは大歓迎だ。もちろん謝礼ははずむぞ、たんまりとな」

第一章　翠海《すいかい》の悪戯《いたずら》娘

ロカリア王国の南端には、翠海という美しい海が広がっている。

――海って、こんなに美しいのか。

アデルは馬の足を止め、言葉もなく眼下に広がる翠海を眺めた。

足元の白い岩と青緑の海。そして燦々と照りつける太陽。翠海の氏族領は、アデルの生まれ育った薄暗い王都とは別世界のように明るい。

――何もない田舎だって聞いたけど、こんなに綺麗な場所だなんて。

黒目、黒髪、黒い服、とどめに黒い馬に乗っているアデルは、まばゆい翠海の光景の中で、ぽつんと置かれた消し炭のようだ。

――だから野良仕事をしていた人が、ちらちらと俺を振り返ったんだろうな。

代々翠海の氏族領を治めているのは、メルヴィル家という一族だ。

十二歳のアデル・ダルヴィレンチは、王都から馬を駆り、ようやくメルヴィル家の門までたどり着いたところだった。

騎士であるアデルの父とメルヴィル家の当主は古い知己なのである。当主は若い頃に王都に留学し、そこで父と出会ったらしい。

騎士と領主の息子……接点のないはずの二人はなぜか意気投合し、数年に及ぶ交流の末、親友の誓いを交わし合った。

そして別れのときに『お互いの子供を結婚させよう』と約束したそうなのだ。

貴族の子は親の決めた相手と結婚する。

アデルにも否はない。だがこの家の娘は、確かまだ七つだ。人形を抱いて寝ている六つの妹を思い出し『あんなに小さい子とちゃんと話ができるかな』と思う。

そのとき領主の館の門前に、三人の人影が現れた。

——俺を出迎えてくださるのか。

メルヴィル夫妻とおぼしき男女に付き添われ、小さな女の子が佇んでいた。

おそらく彼女がアデルの『婚約者』になる令嬢だ。

青いドレスを着て、頭に同色のヘッドドレスを着けている。きっと精一杯おめかししたのだろう。

アデルは馬を降り、手綱を引いて出迎えの人々のほうに歩いて行った。

「こんにちは。お招きに与《あずか》ったアデル・ダルヴィレンチです」

声を掛けると、端正な面差《おもざ》しの男が驚いたように尋ねてきた。

「本当に一人で来たのかい？」

男の驚きぶりに当惑しながらも、アデルは素直に頷く。

父の命令どおり、自分の身は自分で守りながら一人でここまで来た。

信じられないとばかりに首を横に振りつつも、男は明るい声で歓迎の言葉を口にした。

「それは驚いた……！　その年で何という勇敢さだ。ようこそ、アデル君。私が領主のリーゾ・メルヴィル。こちらは妻のエデリネと、娘のマリカだ」

よく似た美しい母子だ。特に娘のマリカは、妖精のように愛らしい娘だった。

ふわふわの金の髪に、大きな目の可憐な顔立ち。青緑の瞳は、煌《きらめ》く翠海の色によく似ている。まるで宝石のようだ。

翠海の人々の多くは、遠い昔に南の大陸から流れ着いたのだという。遥《はる》か南の果ての氷の土地から、翠海を渡ってこの地にたどり着いたそうだ。だから多くの人が色白で、金の髪と明るい色の目をしている。

他の土地の人間と結婚することも少ないので、今も祖先の血が継がれたままの人が多い。領主夫妻とマリカもそうなのだろう。

――ご長男のレオーゾ殿が不在のようだが、父上に言われたとおり、彼の話題には触れないほうが良さそうだな……。ご家族とうまく行っていないと聞いたから。

そう思いながら、アデルはもう一度マリカを見つめた。くるりと弧《こ》を描くまつげも、桃色の唇も、絹のような金の髪も、何もかもが手の込んだ作り物のようだ。

――繊細そうな子だ。武技しか取り柄のない俺と気が合うのかな。

だがアデルの不安は、マリカが初めて口を開いた瞬間に打ち砕かれた。

「馬の尻尾の毛……ください」

突拍子もない言葉に、アデルの目が点になる。

マリカの後ろに立っていた美しい夫人が、慌てたようにマリカを叱責《しっせき》した。

「あとにしなさい！　ご挨拶《あいさつ》は？」

マリカがはっとしたように姿勢を正し、ぎくしゃくと頭を下げた。

「ようこそ。マリカ・メルヴィルです。私のお友だちになってください」

どうやら教えた挨拶とまるで違うらしく、後ろで夫人が額《ひたい》を押さえている。領主は取り繕ったように笑い、アデルに言った。

「すまないね。ここは田舎だろう？　マリカはお客様が来るとはしゃいでしまってね」

「いいえ、こちらこそお会いできて嬉しいです」

アデルの無難な挨拶に、領主夫妻がほっとした顔になる。

そのときマリカがもう一度言った。

「ねえ、私、馬の尻尾の毛が欲しいの！　珍しい貝殻《かいがら》と交換しない？」

何に使うのかと考え込むアデルの前で、領主が心から申し訳なさそうに言った。

「本当に、頓珍漢《とんちんかん》なことを言う子で申し訳ない。この前商人が、黒い馬の毛で編んだ腕輪を売っていたんだ。娘がそれをとても欲しがって。もちろん子供に高価な品を買い与えるわけにはいかないから、その日は駄目だと言って連れ帰ったんだがね……」

――なるほど……。

アデルの愛馬は代々青毛の血統で、輝くような毛並みをしている。黒光りする馬体にマリカの目は釘付《くぎづ》けだ。

「だがこの子は諦《あきら》めていなくて。もう一ヶ月もの間、毎日毎日『黒い馬を探しに行こう』と言い続けている。こんな田舎には高価な青毛の馬なぞいないのに……。アデル君の口から、尻尾の毛はやらないと断ってくれ」

領主からは『馬の毛を分けてもらえたら一ヶ月にわたる執拗なおねだりが終わる、だが子供の我《わ》が儘《まま》に耳を貸すわけにはいかない』という葛藤《かっとう》が伝わってくる。

アデルは少し考えてマリカの前に身を屈め、大きな目を見つめて尋ねた。

「俺の馬の尻尾の毛、大事に使ってくれるか？」

「うん。腕輪にして宝物にする」

マリカが丸い顔に真剣な表情を浮かべて頷いた。

「じゃあ、ちょっと待っていて」

アデルは懐《ふところ》から短刀を取り出し、素早く刃を確かめた。

――さっき使ったけど、血は……付いてないな。

渡す毛に『妙な汚れ』が付いていたら心配させてしまう。

アデルは慣れた仕草で尾の内側の毛を一房切り取り、短刀をしまった。

「はい」

ちょこちょこと駆け寄ってきたマリカが、目を輝かせて長い尻尾の毛を受け取った。

「うわぁ！　きれい！」

本気で、全身で喜んでいるのが伝わってきた。

「ありがとう！　ありがとう！」

マリカが毛を握りしめて飛び跳ねる。

淡い金の髪がぴょんぴょんと揺れ、花のように広がった。

「本当に我が儘でごめんなさいね……」

マリカによく似た面差しの夫人が心底申し訳なさそうに言う。

アデルは首を横に振った。

「いえ、こんなに喜んでもらえて、俺の馬も光栄だと思います」

アデルの言葉に、領主夫妻がほっとしたように微笑む。彼らに客室まで案内される間も、マリカは手にした馬の尻尾の毛を眺め続けていた。

満足そうなマリカの様子を眺めながら、アデルは思う。

――こんなに堂々とおねだりをする子、初めて見た。翠海の子供は自由なんだな。

アデルはロカリア王国で古くから続く騎士の家の嫡男だ。父は王立騎士団の重鎮《じゅうちん》である。

その家で、男の子のアデルは、物心つく前からひたすら武技を叩き込まれて育った。

見かねた母が止めに入るほどに厳しく……。

だが父は『アデルを強い戦士に育て上げるためだ』と譲らなかった。

アデルには男兄弟がいない。だから父がアデルに寄せる期待はとても大きいのだ。

『ダルヴィレンチ家は、何百年も前から今に至るまでロカリア王の騎士として偉勲《いくん》を立ててきたのだ。お前も家名に恥じない騎士になれ』

父の言葉に抗うなど許されない。理不尽なほどに厳しい『教育』に耐えているうちに、アデルは強くなった。今では一人で馬を駆り、国中を旅して回ることができる。

子供の一人旅は奇異な目で見られたが、すぐに気にならなくなった。

こんなにも『強さ』を求められるのは、アデルがいずれ死地に赴《おもむ》く身だからだ。

アデルが暮らす王都は比較的『戦場』に近い。

ロカリア王国は山に囲まれ、南端部を海で塞《ふさ》がれた地形だ。西隣のボアルド王国とは、人の足では越えられない高い山脈で遮られている。

だがこの二国は昔から仲が悪い。唯一国境を接している北西部の平野で、ここ数百年の間、何度も小競り合いを繰り返してきた。

その小競り合いは数年前から激化し、本格的な戦争へと変わり始めている。

戦が長引けば長引くほど、王都の空気は暗く淀《よど》んでいった。

父、夫、兄弟を送り出した人々は、彼らの不在に耐え無事を祈るしかできないからだ。

女たちは不安を口にせず、殊更《ことさら》に気丈に振る舞っている。幼い子供でさえも『おとうさんがたたかっているから』と、我が儘を言わない。

それがアデルの世界の『普通』だった。

アデルは人々が我慢を強いられ、萎縮《いしゅく》している世界しか知らない。

だからマリカの突拍子もない我が儘がとても新鮮だった。

マリカは自分と違って、光をたくさん知っている子供なのだと思えた。

案内された部屋で荷物の片付けを終え、アデルは地図と鉄筆《てっぴつ》を取り出す。

――さて……ここまでの旅路を記録しておくかな。

この旅は武者修行と、地図の修正、把握を兼ねたものだ。

地図はとても高価な上、人があまり訪れない街道などは、色々と表記が間違っている。

翠海の氏族領へ至る道の地図など滅茶苦茶な内容だった。

実際は、関所は四箇所しかなかったのに、この地図では六箇所ある。他にも間違いだらけだし、集落があったのに描かれていない。

――戦が起きたときは正確な地図が不可欠だからな。どんな場所のどんな地図でも、正しいに越したことはない。争いは……地上のどこでも起こりうるんだから。

そう思いながらアデルは鉄筆を手に古い地図を直していく。

アデルは十二歳だ。既に子供扱いはされていない。父は『一人旅ができねばならない年齢だ』と断言した。

王都から翠海へは、半月ほど掛かる。街道は馬が走れる程度に整備されているが、子供が一人旅をするには危険な行程だ。

それでも父は『強き騎士になるために、一人で行け』とアデルに厳命した。

馬の餌の確保も、追い剝ぎを避ける工夫も、関門が閉まる前に次の街に到着するための行動計画も、全て事前に父に叩き込まれている。アデルの自己責任だ。

宿では馬を盗まれないよう、部屋を借りずに馬と同じ藁《わら》で寝た。子供だからと襲いかかってくる人間もいたが、それは殺していいと父に言われていたので、そうした。

『十二歳は子供ではない。いざ戦になれば、伝令を命じられる年齢だ。そのときには、街道などとは比べものにならないほど危険な場所を一人で駆け抜けねばならなくなる』

父からそう教えられて、アデルは三つのときから大人の馬に乗らされていた。本物の刃が付いた短剣も五つのときに渡された。

馬の上でふざければ殴られ、刃を誤って人に向ければ同じく殴られた。

大人に摑みかかられたときはどうかわすのか。相手との体格差があるとき、小さな身体を武器に変えるにはどうするのか日々叩き込まれる。

そうやって徹底的に鍛《きた》え上げられたのだ。

さっきもアデルは、馬で追ってきて荷物を奪おうとした男の手を思いきり刺した。悲鳴を上げて馬から転がり落ちていったが、そのあとは知らない。

――田舎だからか、やたらと襲われたな。王都の周辺だと、子供一人なのは逆に警戒して襲ってこないけど。

一人で旅をしているのは、『一人で旅ができると親が認めたから』だ。世間知らずのお坊ちゃまがフラフラと出歩いているわけではない。

――あ、短剣の血脂《けっし》をもう一度拭《ふ》いておこう……念のためだ。

懐に手を入れようとしたとき、扉が叩かれた。

「はい」

「わたし！」

扉の向こうから幼い女の子の声が聞こえた。マリカだ。アデルが扉を開けると、馬の尻尾の毛を握りしめたマリカが、途方に暮れた顔で立っていた。

「やあ、マリカ。どうしたの？」

優しく尋ねると、マリカが真剣な顔で言う。

「上手に三つ編みにできない。毛が硬くてばらばらになるの」

「その毛で何をしたいの？　腕輪にしたいんだっけ」

尋ねるとマリカが頷いた。

「腕輪にするには、毛を束ねる道具がいると思う。抜けないように束ねないと駄目だ」

「そうなの？　そんな……どうしたら……」

マリカは、尻尾の毛さえ手に入ればすぐに三つ編みの腕輪が作れると思っていたのだろう。しょんぼりしている。なんとなく気の毒になり、アデルは言った。

「おいで、誰かに聞いてみよう、毛を束ねる道具があるといいね」

マリカは頷き、素直に付いてくる。どうやらアデルはマリカに『自分の言うことを聞いてくれるお客』と認識されたらしい。

——まずはマリカと仲良くなろう。腕輪……頑張って作るか。

そう思いながら居間に向かい、侍女に毛をまとめる道具がないかを尋ねる。

「根元を糸で巻いてみては？」

そう言われ、服を繕う糸を分けてもらった。

武具の手入れなら一通りできるが、馬の毛を束ねて腕輪にするのは至難の業だ。

マリカに見守られ、屋敷の居間で数時間試行錯誤したが、腕輪にはならなかった。

馬毛を装飾品に仕立てるなんて素人には無理なようだ。

「輪っかにならなかった、ごめん」

アデルに作れたのは、三つ編みの先を珊瑚《さんご》のビーズで留めた紐《ひも》だ。ビーズはマリカの宝物で、背が伸びて着られなくなった服に付いていたお気に入りだという。

「何とか輪にできればいいんだけどな」

「ううん、綺麗よ。ありがとう！」

小さな手に長い三つ編みをぶら下げ、マリカがニッと笑った。どうやら気に入ってくれたようだ。

「腕輪じゃないけど、いいのか？」

「素敵。黒くて艶々《つやつや》しているし」

どうやら『お客』の努力を認めてくれたらしい。アデルは慣れない作業でガチガチに強ばった肩を回し、満面に笑みを浮かべるマリカに微笑み返す。

変わった女の子だが、仲良くなれそうだと思った。

思ったのだが……。

——ど、どうしよう……とんでもないことになった。マリカは大丈夫かな……。

夕食のあと、辺りは真っ暗だというのに、マリカが『ひかるヒトデをさがしにいく』と書き置きをして屋敷を出て行ったのだ。

「あの悪戯娘……ああ……神様……」

夫人は真っ青な顔で長椅子に座り込んでしまった。震えている。

「すまないね、本当にすまない。来てくれて早々こんなことになるとは」

領主は謝罪もそこそこに、マリカを探しに飛び出して行った。

屋敷の人間総出で探すらしい。

アデルも手伝いたかったが、夜の海辺は慣れた地元の人間でなければ連れて行けないと断られてしまった。

光るヒトデとやらがいるのは真っ暗な岩礁《がんしょう》で、海に落ちればなかなか見つけられず、下手をすれば助からないという。

アデルはやんちゃ娘を案じつつ、玄関ホールに集まった人たちの様子を窺《うかが》う。

——レオーゾ殿は、マリカがいなくなったのに姿も見せないな。夕食の席にも来なかったし、話題にも出なかった……。奉公に出ているのかな？　分からない。それよりマリカは大丈夫か。海に落ちていないかな……。

心配で、アデルは玄関ホールに立って待ち続けた。

――ああ、嫌だな……こうやって人の心配をし続けるのは辛いんだ……。

どのくらい時間が経っただろう。

不意に玄関の外でマリカの泣き声が聞こえた。

「アデルにヒトデをあげたかったの！　私ちゃんと書き置きしたのに！」

落ち着かない気持ちで佇んでいたアデルは、ほっと胸を撫《な》で下ろす。

「アデル君がヒトデなんか欲しがるわけないだろう！　この馬鹿者！　悪戯ばかりして！　今日という今日は許さないぞ」

温厚そのものの領主が激怒する声が聞こえる。

――そういえば、ヒトデって何だろう？

玄関ホールに、領主と、小脇に抱えられたマリカが入ってきた。

青ざめて座り込んでいた奥方が『ああ……！』と叫んで駆け寄るなり、夫が抱えている娘の尻を思いきり叩く。

「いやだぁぁぁぁ！」

マリカが絶叫した。だが奥方は容赦なく、服の上からマリカのお尻を叩いた。

「皆様の前でお尻を叩かれるくらい悪いことをしたのよ！　反省なさい！　夜の海辺に子供一人で行くなんて、どれだけ心配を掛けたと思っているの！」

「嫌、嫌！　恥ずかしいからやめて！」

「恥ずかしいと思うなら、父様と母様の言うことを守りなさい！」

母の怒りの激しさに、マリカがますますしゃくり上げる。

アデルは呆然とそのさまを見守った。

ただでさえ夜は危険なのだ。闇に紛れて夜盗がうろついているし、もっと危ない人間や、夜行性の獣《けもの》もいるかもしれない。

領主夫妻が勝手に出て行ったマリカを怒るのはもっともだ。マリカは向こうみずすぎる。

――こんなに好き勝手して怒られる女の子、初めて見たよ……。

心の底から驚きながら、アデルはぎゃんぎゃん泣いているマリカを見つめることしかできなかった。

迷惑を掛け、親の言うことを聞かないのは悪い子だと思う。だが不思議と彼女を嫌いになれない。微笑ましさすら覚える。マリカの邪気のない奔放《ほんぽう》さが、アデルの薄暗い世界を吹き飛ばしてくれるような気がした。


翌朝、アデルは馬の世話を終え、顔を洗おうと井戸に行くなりマリカに捕まった。

「おはよう、アデル」

昨日あれだけ怒られて大泣きしていたのにケロッとした表情だ。

しかし、こうして大人しく立っていれば本当に可愛いとしみじみ思う。

「おはよう、マリカ」

なんと声を掛けたものかと考え、着ている服を褒める。

「素敵なドレスだね」

マリカはぽっと頬を染めた。そうすると女の子らしい表情になる。

——照れることもあるのか。

驚くアデルの前で、マリカが妙にもじもじしながら言った。

「お母様に着せられたの。可愛い格好でいい子にして、皆の前でお尻を叩かれて地に落ちた名誉を回復させなさいって。アデルに嫌われたくないからそうするわ」

率直すぎる言葉にアデルは噴き出しそうになった。だが何とか耐える。マリカはそこでふとアデルを見上げて尋ねてきた。

「ねえ、その首に掛けてる紐はなあに？」

「ああ、これはお守りだよ」

服の中から、首に掛けた小さな飾りを引っ張り出す。革紐に通された丸い陶製の飾りだ。中央に記号が書いてある。

「お守りなのに信徒の印《しるし》じゃないわ」

マリカが驚いたように言った。

——ああ、そうか。翠海の人は皆、正教会の熱心な信者なんだっけ。失敗した。

正教会はこの大陸全土に広がる、唯一神を祀《まつ》る巨大宗教だ。

ロカリアの国民も皆、正教会の信者である。数百年前の国王が国教に定めたため、皆が信徒になる義務を負った。

大半の人が真面目に正教会の神を信じて祈りを捧げている。特に貧しい土地では正教会は多大な人気を誇っているらしい。

正教会は、各国の王侯貴族や富裕層から集めた『献金』を、僅かながらも貧しい人間に再分配してくれるからだ。

不作が続けば飢えて死ぬしかない人々、病になっても呑む薬がない人々が、富裕な正教会の恩恵を受け、熱狂的に支持するようになった。

おそらくは翠海の氏族領の人々も、同じ理由で正教会の熱心な信徒になったのだろう。

――ここは、ロカリア王国の七つの氏族の中で最も貧しい領地だからな。迂闊だった。

今後ここでは正教会の熱心な信徒として振る舞おう。

そう思いつつ、アデルはお守りを服の中に戻す。

だがマリカは興味津々の顔でもう一度尋ねてきた。

「なんで信徒の印じゃないの？」

「俺の実家に伝わる昔のお守りなんだよ。正教会のものとは違うかもね」

アデルは五百年以上前から『王』に仕える騎士の一族の跡継だ。

現在の王都がある場所から東の山麓《さんろく》にかけての一帯は、当時『ロカリア』ではなく『灰色の森』と呼ばれていた。

灰色の森の王は、巫覡《ふげき》の娘を妃とし、万物に宿る神々の声を民に届けたという。

だが強大な力を持つ正教会は、灰色の森にもやってきた。正教会の宣教師により『異教』は強引に排され、神々の祠《ほこら》を作ることも禁じられた。

しかし正教会の賢いところは、灰色の森の民に抜け道を与えたことである。

『我々は〝良い信徒〟を愛する。〝良い信徒〟が古い時代から伝えてきた宗教は〝無形の文化遺産〟として尊重する』

かくして灰色の森の民の大半は『良い信徒』として振る舞うようになった。

教会に献金を納めつつ、心の中では『万物に宿る神々』を大切に守り続けたのだ。

正教会との約束は、未だに破られていない。真面目に祈り、神を賛美し、献金を続ける限りは見て見ぬ振りをしてもらえる。

祖先は神々を表す記号を作り、それをひっそりとあらゆる場所に刻んだ。

生命と豊穣《ほうじょう》の神の印を鋤《すき》や鍬《くわ》の柄、あるいは新婚夫婦の寝台に。雨の神の印を溜め池の底に沈める石に。そして戦の神の印を武器に……。

アデルの首に下がっているのもまた、灰色の森の神々のお守りだ。

お守りは平らな石でできている。表には『戦の神』を表す鷹《たか》の形の記号が、裏には『旅の神』を表す五芒星《ごぼうせい》が描かれている。

見た目は表裏に変わった記号が刻まれた質素な装飾品に過ぎない。灰色の森の神々を信じる者だけに意味がある品物だ。

「ねえ、今のもう一度見せて」

マリカが小声でせがむ。さすがに悪戯娘なだけはある。積極的に見せて回りたいものではないというアデルの本音を敏感に察したのだろう。

――好奇心旺盛《おうせい》で参っちゃうな……まったく……。

アデルは諦めて、もう一度旅の神のお守りを引っ張り出した。マリカが背伸びして覗き込もうとする。

「はい」

紐を首から外して、お守りをマリカに手渡す。マリカはぷっくりした手でそれを受け取ると、大きな目をキラキラと輝かせた。

「ヒトデみたいな形が描いてある！」

旅の神の印である五芒星を小さな指で辿《たど》りながら、マリカが嬉しそうに言う。

「ヒトデって何なんだ？」

「磯《いそ》にいる生き物。この五本の角が全部手なのよ。うにょうにょ動くの。食べられるのもいるし、光るのもいるし、大きいのもいる」

――何だ……それは……。

言葉を失うアデルに、マリカがお守りの匂いを嗅《か》ぐ。愛くるしい獣の子のような仕草だったが、なぜ匂いを嗅ごうと思ったのだろうか。

見守るアデルの前で、マリカが言った。

「やっぱりアデルって匂いがしないのね」

「ああ、俺は旅の途中野宿をするから、匂い消しの粉を塗《ぬ》ってるんだよ」

そう答えてふと気付く。成長するにつれ体臭が強くなるから獣や毒虫に気をつけるようにと習ったが、自分は十二歳になった今も、まだ全然臭いが気にならない。野宿をしても、虫に食われたり獣に付け狙われたりしたこともほとんどないのだ。

しかしなぜマリカはそれに気付いたのだろう。

――可愛い顔して、野生の血が濃いのかな？

そう思いついた途端、アデルは噴き出してしまった。おそらく正解だ。マリカがお守りを差し出しながら、海色の目でアデルを見上げて笑う。

「はい、ありがとう。お守りなら正教会のを持ったほうがいいわよ！　私も首掛けのお守りを付けているの。服の外に付けると引っかかって危ないから、中に……」

言いながらマリカが襟《えり》の釦《ボタン》を外し始めた。

――こ、こ、こら……男の前で脱ぐな！

内心焦ったが、できるだけ冷静に指摘する。

「淑女は人前で肌を見せないものだよ」

「……そうだった！」

マリカははっとしたように動きを止め、素直に釦を直した。アデルは胸を撫で下ろす。

「庭を案内してくれないか？　翠海の氏族領に来て、領主様のお屋敷に招かれるなんて滅多にない経験だし」

お守りの話を忘れさせるため、アデルはマリカに笑顔で頼んだ。マリカがぱっと顔を輝かせ、アデルの腕を掴む。

「いいわ、お花が咲いているところを見せてあげる！」

アデルはマリカに袖《そで》を掴まれたまま、庭へと引っ張られていった。

領主の屋敷は海沿いの崖《がけ》の上に建っている。

窓から見える庭の光景も、黒々とした風除《かぜよ》けの松林と、岩と、砂ばかりだ。

潮風で土地は痩《や》せ、花などほとんど育たないと聞いた。

「この辺りに花なんて咲いているのか？」

「はまかんざしが咲いてるの」

マリカは踊《おど》るような足取りで建物の脇の通路を元気よく駆け抜けていく。

——金色の子猫みたいだな。

腕を掴まれたままのアデルは、引きずられるようにマリカに続いた。

砂利だらけの庭を横切って、マリカは防風壁に設えられた引き戸を引く。

木の扉には金属は使われていない。潮風であっと言う間に錆《さ》びると聞いた。

壁の向こうには風除けの松がたくさん植えられている。

こんもりした日の差さない松林を抜けると、目がくらむほどの高さの崖の上に出た。見渡す限り、青緑の美しい海が広がっている。

「この下に生えているの」

マリカが足元を指さした。岩だらけの急勾配《きゅうこうばい》だ。遙か下のほうに波が打ち寄せている。

領主の屋敷は、海岸の崖の上に立っているのだ。

「来て！」

転げ落ちればひとたまりも無さそうな勾配を、マリカはものともせずに降りていく。

慣れた足取りにアデルは息を呑んだ。

マリカはいつもここで遊んでいるのだろうか。

——俺も降りられなくはないけど、この高さはちょっと怖いぞ……。

岩に足を下ろそうとしたとき、マリカの鋭い声が飛んできた。

「違う。最初はそっちの岩にのって、次はこっちに足をのせて降りてきて」

アデルはマリカの言うとおりに、慎重に崖を降りた。どうやら体重を掛けると崩れる岩があるようだ。マリカが『違う』と言った岩は手で揺するとぐらつく。

「こんな場所、危なくないのか？」

「大丈夫よ、毎日来てるから。私、波打ち際まで降りて蟹《かに》を獲ることもあるわ」

返す言葉もない。マリカは勇敢すぎる。

「あ、咲いてた！　これよ、見て」

アデルは滑落しないよう慎重に、マリカがうずくまっている大岩にたどり着く。岩と岩の境目から、ひょろひょろした茎《くき》の、赤紫の丸い花が咲いていた。

「……本当だ、こんなところに花が咲くんだ」

「そうよ。探せばいっぱい咲いているの」

マリカは足元の安定しない岩場に怯《おび》えた様子もなく、はまかんざしの花を毟《むし》る。そして
すっくと立ち上がってアデルに笑いかけた。元気の塊《かたまり》のような笑顔だ。

「蟹が獲れる場所まで降りる？　ヒトデも探せばいるわよ」

――やんちゃすぎるよ、君は……！

アデルは無言で首を横に振った。そのときだった。

ガツン、と音を立ててかなりの大きさの石が目の前に落ちてきた。ぎりぎりのところで
アデルにもマリカにも当たらず、海へ向かって一直線に落ちていく。

――落石？

アデルはとっさに手を伸ばし、小さなマリカの頭を胸に抱え寄せた。ここが崖の途中で
あるという恐怖も忘れ、遙か頭上を見上げる。

「あれっ、お客様がいらしたんですか」

人を小馬鹿にするような、妙に鼻につく声が聞こえた。

「お兄様！」

マリカが鋭い声を上げる。

――お兄様……ということは、彼がレオーゾ？

崖から見下ろしているのは、金の髪に青緑の目の少年だった。マリカに顔立ちは似ているのに、雰囲気はまるで似ていない。

嫌な男だ、と思った。まだ子供なのに妙に荒《すさ》んだ、物騒な気配を漂わせている。腕っ節は多分アデルのほうが強いが、このたとえようもない爛《ただ》れた空気はなんだろう。

――こいつ、わざと石を落としたのか、マリカめがけて。

マリカを庇《かば》う腕に力を込めたとき、腕の中のマリカが抗議の声を上げた。

「お兄様、危ないじゃないの！　石を蹴《け》り落とさないで！」

「女だてらに生意気な口を利くな。父上が甘やかすから、お前のような生意気なガキが育つんだ。見苦しい」

言いながら、再びレオーゾが石を蹴落としてくる。それはガツンと音を立ててアデルの頭に当たり、そのまま海に落ちていった。

なぜ、危険な場所にいる幼い妹に向かって、平気で石を蹴落とせるのか。

頭の痛みも忘れ、アデルは唇を噛みしめた。

アデルはレオーゾに向けて、できるだけ穏やかに言った。

「危ない真似はやめてくれないか？」

「なんだ、騎士の子風情が偉そうに。俺はメルヴィル家の嫡子だ。元を辿れば一国の王になったはずの人間なんだぞ！」

レオーゾが不快げな表情で言い放った。

——一体、いつの話をしているんだ。翠海の氏族領が豆粒みたいな小さな国だったのは、ずっと昔の話だろうが。

そう思いながらも、アデルは努めて冷静に告げる。

「今はそんな話をしていない。危ないことはやめろと言ったんだ」

「馬に乗れるくらいで、それをうちの父上に褒められたくらいで調子に乗るな。騎士の子風情が一国の王家に盾突くなんて許されないんだぞ！」

——馬くらい練習して乗れよ。それにダルヴィレンチ家はれっきとした貴族だ。今後『爵位制度』が確立したら、氏族領の領主同様に伯爵位を授かるのに。

アデルが眉根を寄せるのと同時に、レオーゾがまたもや石を蹴ってきた。バラバラと降ってくる砂利《じゃり》に、マリカが怯えたように身を固くする。

「やめてくれ、マリカが怪我をする」

アデルはレオーゾの目を見据え、やや殺気を込めて語りかける。

今すぐここを這い上がり、お前の喉首をかっ切るくらいたやすいんだ。そう思いながらにらみ付けると、レオーゾがかすかに息を呑むのが分かった。

「……ふん、女々しくそのガキと遊んでいろ、腕っ節にしか自信のない野蛮人め」

レオーゾが身を引くのを確かめ、アデルはマリカに言った。

「崖を上がろう」

大きな目で兄のいた場所を睨《にら》んでいたマリカが、アデルに向かって笑いかける。

「私が登り方を教えるから、先に行ってちょうだい」

マリカが心配なので先に行かせたかったが、レオーゾがまた石を蹴り落としてきたら危ない。アデルはマリカを残して崖を登り始めた。

登り切って辺りを見回すと、レオーゾはもういない。妹とアデルに嫌がらせをしようと追って来たものの、アデルから思わぬ反撃に遭《あ》ってさっさと引っ込んだのだろう。

――年長者にあるまじき振る舞いだな。実の妹に対して。

アデルはため息をつく。そのとき、足元で声が聞こえた。

「さっきは庇ってくれてありがとう」

軽々と崖を登ってきたマリカが丸い顔に笑みを浮かべていた。

「気にしなくていい。あんな真似をする奴が悪い」

アデルの言葉に、マリカは愛らしい顔に怒りの表情を浮かべる。正義感の強い彼女は、兄の卑劣な行動が許せなかったのだろう。

「怪我しなかった？」

マリカに言われて、アデルは微笑んだ。痛みはあるが、少し瘤《こぶ》になっているだけだ。

「大丈夫だよ、そんなに大きな石じゃなかったから」

そう言うと、マリカがようやく安心したように頷いた。

――普通の男は、小さな妹めがけて石なんて蹴り落とさないよな……？

改めて、アデルはレオーゾの人格に違和感を抱いた。マリカも、彼女の両親も明るく温かな人柄なのに、なぜレオーゾだけは異様に陰湿なのだろう。

「あとでお父様に告げ口しておくわ」

はまかんざしの花を握りしめたまま、マリカはちょこちょこと歩いて行く。

「マリカ、レオーゾはいつもあんなふうに君を苛《いじ》めるのか」

「うん。お兄様は不良なの。勉強もしないで、港の悪い奴がいっぱいいるところで毎日遊んでるのよ。家にもあまり帰ってこないし。お父様とお母様を叩いて、怪我をさせたことも何回もあるわ……大っ嫌い」

マリカの眉間には深い皺が寄っていた。本当に兄に対する嫌悪感が強いようだ。

「お兄様のことは気にしないで。お父様も、到底アデルには紹介できないって言っていたから……。あ、そうだ、アデルには兄弟がいるの？」

「姉が二人と、妹が一人いるよ」

マリカはアデルを見上げたまま矢継ぎ早に尋ねてきた。

「アデルの姓は何だっけ？　私、ご挨拶のときに聞いたのに忘れちゃって……」

マリカの言葉にアデルは噴き出す。

アデルがここに到着したとき、マリカは馬の毛をもらおうと必死だった。名乗った姓など頭に入らなかったのだろう。

「俺の姓はダルヴィレンチだ」

「アデル・ダルヴィレンチ！」

マリカが満足そうにアデルの名を口にして、ふと気付いたように言った。

「女の子みたいな名前。どうしてかしら。アデルはかっこいいのに」

「願掛けなんだ、もっとたくさん男の子を授かるための」

男の子が欲しい家は、生まれた男児に女児にも使える名前を付ける。

そして次の子供が宿ったとき、夫婦は生命と豊穣の神の使いに『うちは女の子しかいません、次は男の子を授けてください』と祈るのだ。

しかしまじないは成功しなかった。アデルには歳の離れた妹が一人いるだけだ。

「そんなおまじないがあるの？　私も男の子になれる？」

マリカが目を輝かせた。

「それは無理だよ」

「なぁんだ。私が男だったら船大工になるのに……」

「マリカは船大工になりたいのか？」

「そう。翠海で一番海に詳しい船乗りになって、一番腕のいい船大工になる。それから港を整備した偉大な工事監督になるの。私、男になってお父様のお手伝いがしたい」

――欲張りだな。

微笑んだとき、不意に強い風が吹き、アデルは思わず立ち止まって目を庇った。

ふわふわと波打つマリカの金の髪が翻《ひるがえ》る。マリカは砂混じりの強風をものともせず、しっかりした足取りで防風壁のほうへと歩いて行く。

——そういえば領主様が父上に送ってくる手紙には、マリカのことばかり書いてあると聞いた。娘がやんちゃで、どこの家の男の子より活発だって……。

しかし、嫡男のレオーゾ君の話は、ついぞ話題に出なかったらしい。

父も『レオーゾ君は大丈夫なのだろうか』と心配していたものだ。

——話せなかったんだろうな……どうしようもない息子なんです、なんて。

マリカの様子から察するに、おそらく、どんなに厳しく叱っても変わらないのだろう。ゆえに匙《さじ》を投げられているのだ。そういう人間は稀《まれ》にいる。

「ねえアデル、どうしてお兄様は自分のこと王様だって言うの？　頭が悪いから？」

マリカの率直な問いに、アデルは声を出して笑ってしまった。

「違うよ。この翠海の氏族は、昔独立した国だったからだ」

マリカは大きな目で斜め上を見て何かを考え込み、再び尋ねてきた。

「氏族って、この国に七つあるんでしょう？」

「そう。王家に従う氏族が集まって、ロカリア王国を形成しているんだ」

答えを聞いたマリカが難しい顔のまま、爪先で石を転がしている。しばらく石を転がしたあと、マリカは背伸びしてアデルに囁《ささや》きかけてきた。

「まだ内緒だけど、お父様はここを王家に……ヘンジョーするの。よく分からないけれど、もっと豊かにするんですって。そしたら氏族が六つになるのよ」

「君の父上は、翠海の氏族領を王家に引き渡して、自治権を返上する代わりに、王家の保護下に入ると言っているんだろう？」

「う……まあそんな感じ……」

小さな鼻に皺を寄せ、悔しそうな顔をしている。

――マリカは負けず嫌いで可愛いな。本当に。

アデルは微笑み、しゃがみ込んで、地面の砂でいくつか小さな山を作った。

「昔、この辺りには小さな国がたくさんあったんだ。けれど周りの国々が大きくなるにつれ、小さな国のままでは攻め込まれたときに勝てないと思うようになった。だから小国群の中で一番大きかったロカリア王国のもとに集まって、一つの国になったんだよ」

アデルは小さな砂の山を一つにまとめながら説明をした。

マリカはそれを大きな目で真剣に見ている。

「氏族という単位は、その小さな国の名残なんだ。マリカのご先祖様は、ここにあった『メルヴィル』という小さな国の王様だった。メルヴィル王国が、ロカリア王国の傘下に入って、翠海の氏族と名乗るようになったんだ。分かるかな？」

「分かるわ……ちゃんと分かる」

さっぱり分からないという遠い目でマリカが答える。

小さな頭を撫で、アデルは続けた。

「氏族制という制度が取られたのは、昔は王家の人間だった領主たちが強い権力を持ち続けるためなんだ。ただし、権力を持つ代わりに、氏族領内の問題は領主の力で解決せねばならない。だけどマリカの父上は、ロカリア王家に翠海を支配してもらいたいんだろうね。強くて裕福な王家に支配されれば、翠海はもっと安全で豊かな場所になる」

「……難しい」

マリカは愛らしい鼻の頭にまた皺を寄せている。

七歳の彼女には、ロカリア王国の成り立ちの話はまだ早いのだろう。

口の端を吊り上げたアデルに気付いたのか、マリカは慌てたように言い訳をした。

「でも、もうすこし大人になったら、全部分かるから！」

マリカの負けん気の強さに、アデルは笑った。

アデルの話が終わるやいなや、マリカは立ち上がって辺りをうろうろし始める。

「何してるんだ、マリカ」

マリカはその辺に生えていた長く細い草を一本力任せに千切ると、その草を紐代わりにして、手にしたはまかんざしの花をくるりとひとまとめにした。

「このお花は、アデルにあげる」

はまかんざしの小さな花束を差し出され、アデルは目を丸くして受け取った。

「え……あ……ありがとう……」

やんちゃの塊のようなマリカから予想外に可愛い贈り物をされ、驚いて気の利いた言葉が出てこない。かすかに頬を染めたアデルに、マリカがニッと笑いかけた。

「私、この花が好き。素敵だからお友だちにあげるの。みんな喜んでくれるわ」

「俺は君の友だち？」

「うん、友だち！」

マリカが再び笑う。ふっくらと丸い顔にえくぼが浮かんで、思わずつられて微笑んでしまうほどの可愛らしさだった。

「あ、ねえ見て」

マリカが背後を振り返り、青緑の海を指さした。水平線のほうから何隻《せき》かの船が近づいてくるのが見える。

「へえ……大きな船だな……」

海に来たのは今回が初めてだ。川の渡し船とは規模の違う大きな船が、果てしない海をゆっくりと横切り、港に入っていく。

「あれ、南の国の船なのよ。どの国も、船を日々改良してるんだってお父様が言ってたわ。うちの港にはこれからたくさんの船が入ってくると思う」

「ロカリア王国で、港があるのはここだけだからね」

アデルの言葉にマリカは頷いた。

「お父様が子供の頃は、もっともっと船が小さかったんですって」

しばらく船影を見つめていたマリカは、真面目な顔でアデルに言った。

「あの船に乗っている人が優しい人だといいな……。怖い人がたくさん乗っていたらどうしよう」

マリカに大丈夫だよ、と安請け合いしようとして、アデルははっとなった。

これまで戦いと言えば、陸路での侵略が当たり前だった。

ロカリア王国の大半は山岳地帯で、天然の要塞である。昔、小さな王国たちが乱立できたのもその地形のおかげだ。敵が攻め込んでくる経路も限られていた。

だが、船が発達したら変わるかもしれない。

この鄙《ひな》びた美しい海が戦場になるかもしれないのだ。

実際に、ロカリア王国はこの百年近くにわたり、東のボアルド王国と小競り合いを続けている。その戦いがここ十年ほどで激化した。

国境である北西部の平野は常に両国の防衛線が築かれ、相手の動きを監視しつつ、睨み合いを続けている状態だ。

ロカリア王国でもボアルド王国も、この痩せた岩だらけの領土にはさほど重要性を見いだしてこなかった。

翠海の氏族領は突き出した半島のような形をしていて、周囲を岩礁で囲まれている。半島は硬く白っぽい岩の土地ばかりで、塩や乾燥に強い植物以外はほぼ育たない。だから、採れる農作物の種類も非常に限られている。

やってくるのは王都からの商人と、海の向こうの南の国の商船ばかり。いずれも小型の商用帆船《はんせん》で、こちら側の国々が所有する船とたいして変わらない。

連続航行も、翠海から南の国へ渡るのにかかる五日間が限界だという。慣れた船乗りが最小限の人数で船を操り、気候の安定している時期にのみやってくるのだ。

——だが船が改良されれば。馬より遥かに多くの人や荷物を運べて、広い海の上を自由自在に何日でも移動できる……。

ボアルドの港から翠海の氏族領へはだいたい七日かかるらしい。

その距離の運行が可能で、かつ多人数を乗せられる大型船が生まれたら、ただの田舎領地だった翠海はロカリア王国の急所になるのだ。

——いや、マリカには黙っていよう……怖がらせちゃ可哀想だ。

だが、マリカは何かを感じ取ったのだろう。ぎゅっとアデルの手を握りしめてきた。

「ねえ、船に隣の国の兵隊が乗ってきたら『いくさ』になる？　南の国のおじさんたちと違って、ボア、ボアルド……の人は怖いんでしょう？」

率直に問われ、アデルはとっさに答えられなかった。もしかしたらマリカの両親や周囲の人たちが、日頃からそんな会話をしているのかもしれない。

「『いくさ』になるのよね？　そしたら、みんな逃げなきゃ駄目なのよね？」

そう言うとマリカは、沈痛な面持ちで俯《うつむ》いてしまった。嘘にならない励《はげ》ましの言葉を考え、アデルは口を開く。

「もし海戦が始まりそうになったら、翠海を守るために、ロカリア王国の騎士たちがたくさん来る。そしてボアルド軍と戦うんだ。だから大丈夫だよ」

マリカが繋いでいた手を不安げにぎゅっと握りしめてくる。

「アデルも戦いに来る？」

「もちろん。ボアルドが攻めてきたら、翠海に派遣してもらえるよう志願するよ」

「私はアデルが怪我するのは嫌。ねえ、もし『いくさ』になって、怖い人がいっぱいいたらアデルは逃げてね」

マリカの友情は嬉しい。だが、騎士は逃げるわけにはいかない。敵に背中を見せることは許されないからだ。そのために並外れて厳しく育てられた。

父は繰り返しアデルに言う。一日も早く、大人に殺されない戦士になれ、将来騎士となった暁には、武器を向けてきたあらゆる敵を屠れと……。

——俺は殺し合うために、ダルヴィレンチ家の男に生まれたんだ……。

心の中に薄暗い影が広がる。

アデルの未来に晴れ渡る明日はない。

この薄闇がこれ以上深くならないよう多くの古き神に縋《すが》り、殺す罪、殺される恐怖、家族を失うかもしれない不安を誤魔化し続けるだけなのだ。

アデルは小さな手に荒れた手を握られたまま、首を横に振った。

「俺は逃げない」

だがアデルの言葉に納得がいかないのか、マリカが愛らしい顔をキッと引き締め、大きな目で睨み付けてきた。

「駄目！　アデルは私の友だちだから死んじゃいやなの！」

言いながらマリカがドレスのポケットをゴソゴソと探る。取り出したのは紐が付いた小さな石だった。

「しかたないわ、私のお守りをあげる」

「なに、これ……？」

「崖の下で拾った綺麗な石。穴はお父様に開けてもらったの」

確かに綺麗な石だ。白っぽいが、点々と紫の鉱物が混ざっている。

「いつ見てもいい色。崖を探検するようになって長いけど、紫の石はこれしか拾ったことがないわ。特別な石だと思わない？」

ませた言い回しに笑いそうになった。衣装か何かを検《あらた》めている母君の真似に違いない。

アデルは真面目な顔を作ってマリカに尋ねた。

「俺がもらっていいの？」

「うん」

マリカは得意でたまらないとばかりに顔中くしゃくしゃにして笑った。その笑顔は、やはり太陽のように明るく、生命力に溢れて見えた。

アデルは跪いてマリカの小さな手を取り、うやうやしく掲げて騎士の礼をした。

マリカがまん丸な頬をぽっと赤く染める。ドレスを褒めたときと同じだ。やんちゃでもやはり女の子なのだと思えて、微笑ましい。

「ところで、紫はお守りの色なのか？」

「正教会の司祭様は紫の帽子を被るでしょ。だから紫は偉い色なの」

「本当か？」

「そうよ。本当に偉い色」

マリカの頓珍漢な答えにアデルは笑ってしまった。

だがこれはマリカの宝物で、アデルの無事を祈って贈ってくれたものだ。ぽってりした形の石が、アデルの心に明るい光を投げかける。

初めてだ。何の理由もなく、ただ身を案じてもらえるなんて。

「ありがとう。これがあればきっと俺も災厄から守られるよ、マリカ」

……それが、婚約者マリカ・メルヴィルとの出会いだった。


——ん……朝か……？

アデルが見る夢はいつも楽しく幸せだ。

現実が薄暗い分、夢が明るく美しいのかもしれない。

目が醒《さ》めたアデルは、寝台から身を起こす。

ここは王都にある自宅だ。そういえば、一昨日、ボアルド王国との小競り合いから戻ったのだった。

幼い頃のマリカと無邪気に遊んでいる夢を見た。夢の中のマリカは日に焼け、髪は風でぐしゃぐしゃで、ぷっくりと可愛らしい笑顔をしていた。

つい先日まで敵兵を殺して殺して殺しまくっていたくせに、見る夢は初恋の少女と過ごした優しく柔らかな夢だなんて。

――懐《なつ》かしいな。翠海で過ごした時間が。

これまでに、アデルは何度もマリカの暮らす翠海の氏族領を訪れた。

あるときは父から土産を託され、あるときは武者修行の道中に寄り道をして。最低でも年に一、二度はあの美しい土地を訪れた。

マリカはそのたびに大喜びで『婚約者』であるアデルを笑顔で出迎えてくれた。

八つを過ぎたら異性と二人きりになってはいけない、というのが正教会の決まりだ。

だが侍女の監視付きであっても、マリカはいつもアデルと庭で遊びたがった。

美しい少女に育ってからも、崖を降りてはまかんざしの花を摘んでくれたり、『お父様に許可をもらって港に冒険に行こう』と囁いてきたり。

――俺の馬に乗りたいと騒いで侍女に叱られたり、領主様に伴われて訪れた港町の堤防で、俺に魚釣りを教えてくれたり……。

『どうして初めて釣りをするアデルのほうが大きな魚が釣れるの！』

悔しそうなマリカに、彼女の父は『マリカはアデル君よりずっと騒がしい。魚にもその気配が伝わるんだ』と言われて膨《ふく》れていた。

儚《はかな》げな見た目に似合わず、悪戯好きでやんちゃだった。

あの頃よりずっと厳つくなった自分の手を見ていると、マリカとぎこちなく手を重ね合った記憶がありありと蘇《よみがえ》ってくる。

『アデル！　また来てね。こんど来てくれたときにハンカチを贈るわ』

花嫁修業を始め、針でつついた傷だらけの、丸く愛らしい十歳のマリカの手。

『戦に出ても、絶対に怪我なんてしないで』

騎士見習いになったアデルを案じて伸ばされた、細くて小さな十三歳のマリカの手。

『アデル、会いに来てくれて本当に嬉しい……王都からここに来るまでは、ずいぶん危ない道のりなのに』

ほんのりとばら色に染まっていた、柔らかく可憐な十四歳のマリカの手。

それから……。

――俺が最後に会ったのは……十五歳のマリカだ……。

アデルの記憶が、一番幸せだった日に還《かえ》っていく。

ゆっくりと瞬きをするだけで、何度も未練がましく反芻《はんすう》したマリカとの思い出が鮮明に蘇ってくる。

二年前、正式にマリカとの結婚が決まった。

諸外国が船の開発に成功しつつあるという噂《うわさ》がいくつも入ってきて、海の守りを固めたほうがいいのではないか、と話題に上り始めた頃だ。

急峻に囲まれたロカリア王国の、唯一の小さな海『翠海』。

ここを攻められれば、ロカリアは全ての『国境』を敵に塞がれることになる。

よってロカリア王立騎士団は、これまで数十人程度だった翠海領の駐屯員《ちゅうとんいん》を大増員すると決定したのだ。

正騎士に昇進したアデルは、翠海の駐屯員に志願した。マリカと暮らすなら、彼女が愛する翠海の近くがいいとずっと思っていたからだ。

王立騎士団の重鎮である父はアデルの希望を認めてくれて、『新たな騎士団支部で武勲《ぶくん》を立てて、マリカ殿や生まれた子供たちと一緒に王都に戻ってこい』と言ってくれた。

――ああ、懐かしい。あの頃の俺は、翠海の氏族領が第二の故郷になるのだと純粋に信じていたな。

マリカに最後に会った日、それは、彼女に正式に結婚を申し込みに行った日だ。

アデルは目を瞑《つむ》る。

一生忘れまいと決めた光景が、はっきりと頭の中に浮かんでくる。

あの日の日差し、海の匂い、空気の温度すら蘇るようだ。いつしかアデルの意識は、己の記憶の中へと吸い込まれていった。

さくさくと砂を踏む音が聞こえる。

目の端に柔らかな金の髪が揺れるのが見えた。

「今日は……いい天気ね……」

涼やかな声でマリカが語りかけてくる。華奢《きゃしゃ》な指先は、アデルの胼胝《たこ》だらけの手に預けられていた。

出会った頃の愛くるしいやんちゃ娘はどこへやら、別人のように美しくなったマリカと肩を並べ、アデルはぎこちない足取りで庭を歩いた。

少し離れた場所を監督役の侍女が付いてくる。

マリカの甘い匂いを風が運んでくるたびに、身体が強ばった。普段は剣や槍《やり》を握ることしかない。こんなに柔らかく温かな手を握るのは緊張する。

隣をしずしずと歩いているマリカは、銀鼠色《ぎんねずいろ》のドレスを着て、真珠を縫い付けた共布のヘッドドレスを着けていた。

長いまつげに縁取られた、翠海と同じ色の大きな瞳がきらきらと輝いている。

——昔から可愛かったけれど、今は……。

言葉もなく見惚れているアデルに気付いたのか、マリカが恥ずかしげに顔を上げ、頬を染めて尋ねてきた。

「一緒に海が見たいの、防風壁の外に行かない？」

アデルは振り返り、後ろで見張りをしている侍女に尋ねた。

「マリカと海を見に行ってもいいですか？」

侍女が頷くのを確かめ、アデルはマリカと共に庭を横切り、防風壁の引き戸を開け、晴れ渡った崖の上に出た。

懐かしい。花を摘みに行くと言い張るマリカと一緒に、この崖を降りたのが昨日のことのようだ。

「……レオーゾ殿は？」

アデルの問いにマリカが難しい顔で首を横に振る。

「お金の無心のときにしか帰ってこないわ。ねえ、今日のお父様……ちょっと歩き方がおかしかったでしょう？　昨日の昼間にお兄様が思いきり蹴ったのよ。普通に歩いてみせているけれど、骨に罅《ひび》が入っているかもしれないの」

「……そうか」

これまでも、レオーゾは何度も問題を起こしてきたと聞く。

去年アデルがここを訪ねたときには、夫人は顔を青く腫《は》らしていた。

マリカが密かに教えてくれたところによると、娼館に入り浸りのレオーゾを連れ戻そうとして殴られ、負った傷らしい。

許しがたい話だと思ったが、夫人は自ら怪我の理由を話そうとはしなかった。レオーゾは今でも、この家の中で『触れてはならない』存在のようだ。

——親の教育のせいではない。世の中にはおかしな人間がいるんだ。どんなに厳しく矯正しても人の心を解せない人間が。

王都は人が多い。事件もよく起こる。騎士見習いとして教育を受けていた若者が、ある強盗致死事件を起こしたのは最近のことだ。

被害者は複数にのぼり、騎士団の内部調査で若者が検挙された。彼は処刑される間際

『弱い者から奪って何が悪い』と叫んだらしい。名家の息子で、正教会の信徒として手厚い教育を受けていた人間だった。

逸脱《いつだつ》した人間に、道徳や教育は意味をなさない。だからマリカの両親に罪はない。それがアデルの考えだ。

「ごめんなさい、兄が貴方に迷惑を掛けないように家族で気を配るから」

マリカの申し訳なさそうな顔に、アデルは首を横に振ってみせた。

「俺はレオーゾ殿のことは気にしていない。こんな日に変なことを聞いてごめん」

アデルの言葉にマリカがほっとしたように微笑む。

むしろ、レオーゾに襲いかかられた場合は、手加減しなければ……。そう思いながら、マリカと二人、無言で崖の縁を目指して歩いた。

足元から波が打ち寄せる音が聞こえる。まばゆい日差しがマリカの淡い金の髪を輝かせ、光のベールのように小さな顔を彩《いろど》った。

――ああ……綺麗だ……。

マリカが振り返り、海を指さす。

「見て、アデル。昔はあんなに船がいなかったでしょ？」

とろりと青緑色をした広い海を、いくつもの船が行き来している。幼い頃見た漁船や貿易船と比べて、かなり大きい。

アデルは眩しさに目を細めながら、その船影を確かめた。

「あれはロカリアの船か？」

「ええ、そう。三年くらい前にようやく試験造船所ができて、帆船を開発しているの」

アデルはマリカの言葉に頷いた。

翠海の氏族領に試験造船所を作る計画は、長年頓挫《とんざ》していたと聞く。

だが領主は『近い将来、氏族領をロカリア王家に委ねたい』という意向を内々に国王に相談したのだ。

よって国王は『投資』として、メルヴィル家へ造船関係への支援金を拠出した。

造船業を翠海の産業として発展させ、貧しい人々の収入を増やしたいという考えにも賛同を示した。民が豊かなほうが、国は富むからだ。

「翠海の氏族領でも、ずっと昔から船は造り続けていたの。でも建造方法は船大工さんの勘頼りで、彼らが亡くなったら同じ船は造れない状態だったのよ。それを守るために、お父様や亡くなったお祖父様が、良い船の構造を記録し続けていたの。船はこの領地にとって、絶対に必要な大事なものだからって。だから私、造船所ができて嬉しい。翠海の皆が豊かになれる可能性ができたから、嬉しいな……」

アデルの脳裏に、国内の大河川に架《か》かる橋のことが浮かんだ。それらは、造船技術とは真逆の運命を迎えた『過去の遺物』である。

ロカリアの川には、特殊なアーチ構造をした石橋がいくつも架かっている。流れの激しい大河川に石の柱を立て、崩れないように見事に美しい石橋を架ける技術は、門外不出の秘伝だったそうだ。

　だが石組み橋の技術は廃れた。

　ボアルドとの争いが激化し、橋造りの発注が止まったからだ。

　橋職人たちは別の仕事に就き、ほんの十数年で石組み橋の技術は絶えてしまった。

　技術の断絶は人が思うよりも遥かに早く進む。優れた技術を絶やしたくなければ、権力で保護するしかない。それができなくなれば、国は衰退する。メルヴィル家の代々の当主は、そのことがよく分かっていたに違いない。

「お父様は、帆船技術を守り、ロカリア王国の国力を高めようと仰っているわ。これからは王都の技術者と協力して、蓄積されるべき知識の喪失を防ぐって。それに『この領地も近いうちに王家に委ねる、レオーゾには継がせない』って。私も賛成よ。私はお兄様と違って、旧メルヴィル王国の血筋になんて興味がないの。戦争が激化している今、ロカリア王国は氏族制をやめて、より強い集団になるべきだわ」

　マリカの明晰《めいせき》な言葉に、アデルは胸を打たれた。幼い頃、何でも知りたがっていた姿を思い出す。あの好奇心の強さがこんなにしっかりと花開くなんて。

「ちゃんと領地のことを勉強してるんだな」

「だ……だって……お嫁に行ったら、アデルに教えなくちゃと思って。私は領主の娘だから、色々な情報に触れられるし、恵まれた立場だっただけよ」

　──マリカ……。

けなげな言葉に愛おしさが掻き立てられ、アデルの鼓動が速まる。

そのとき強い潮風が吹き、マリカの緩やかに波打つ髪を吹き散らした。

マリカは慣れた仕草で髪とヘッドドレスを押さえる。

たっぷりと布を使ったドレスがはためき、華奢な身体の輪郭《りんかく》が露わになった。

周囲の何もかもが太陽に灼《や》かれた眩しい世界で、マリカの姿だけがはっきりとアデルの目に飛び込んでくる。

「今日は風が強いな」

アデルの言葉に、マリカは微笑んだ。

「春呼びの風がまだ残っているのよ。この二ヶ月くらい、ずっと暴風が吹き荒れていたんだから。でももうすぐ春も本番だし、風は収まるはず」

「へえ、この時季は風が強いのか」

アデルがここを訪れるのは、夏の終わりか、初冬が多かった。ロカリアでは一番雨が少なく、旅がしやすい時季だったからだ。

「強いなんてものじゃないわ。春呼びの風が吹いている間は、家から出られない日もあるくらいよ。私は小さい頃、庭で春呼びの風に吹き飛ばされたことがあるの。これはまずい、海まで飛ばされちゃうって木にしがみついていたら、お母様がすっ飛んできたわ。この時季は、風が多少弱まっても外に出るなってお尻を叩かれたのよ」

そう言ってマリカが明るい笑い声を上げる。マリカらしい悪戯話に、アデルもつられて笑ってしまった。

「船だって風で飛ばされて、よほど慣れていないと港に入れないいんだから……最近、船の事故も起きたのよ。本当に危険なの」

アデルは改めて、この美しい海の自然環境の厳しさに思いを馳《は》せる。

傍らのアデルの真剣な表情に気付いたのか、マリカが顔を覗き込んできた。

「海と岩場ばっかりで何もなくて、自然も厳しくて、大変でしょう、翠海って」

「そうだな」

砂混じりの強い風をものともせずにマリカが笑った。太陽よりも眩しい笑顔に見えた。

「でも私はここが大好きなの。ここには私の思い出が全部あるし、ここで取れる魚を食べて、海を眺めて大きくなったから……。両親もご先祖様も、みんなここで生まれて、この海の恵みで生かされてきた人たちだし。だから私はこの翠海の子なのよ」

故郷への強い愛情を吐露され、アデルは焦った。

「将来俺が転属になったら、君はここに残りたいか？」

「ううん、アデルと一緒に行く。だって私、貴方が好きだから」

海よりも美しい瞳で見つめられ、アデルは言葉を失った。

「私がどんなに悪戯者で女らしくなくても、貴方は私を馬鹿にしなかった。危ない旅をして必ず私に会いにきてくれたし、狭い世界しか知らない私の話を真剣に聞いてくれた。いつも優しかった貴方が大好きなの。アデルのお嫁さんになれる私は、世界一幸せな娘だと思うわ」

風に靡《なび》く長い髪を耳に掛け、マリカがはにかんだ笑みを浮かべた。

「私はアデルと一緒にいられることが何より嬉しい。どこに行くとしても、貴方に付いていくわ。故郷の光景は、ずっと私の心の中にあるから」

胸がいっぱいになり、アデルは言葉もなく頷く。

これからはアデルがこの聡明で美しい少女を守るのだ。たとえ何があっても、人生の伴侶として。なんと重大で幸福な責務だろうか。

「俺もここが好きになると思う。それに、君と暮らせるならどんな場所でも幸せだ」

口下手なアデルの言葉に、マリカが大きな目を瞠《みは》ったあと、ぎゅっと手を握ってきた。

「本当？　良かった……！」

突然の大胆な行為に、アデルの頬がかすかに熱くなる。その拍子に思い出した。

近隣に嫁いだ姉二人から、婚約の証の指輪を絶対に渡すようにと言われたこと、女性にとって美しい指輪がどれだけ大事なものなのかしつこく教えられたことを。

――危ない、忘れるところだった。

アデルは懐を探り、袋に入れた小さな指輪を取り出した。戦いに出て稼いだ金で買った指輪だ。

「君に渡すものがあった」

アデルはマリカの華奢な手を握り返し、彼女の身体を自分のほうに引き寄せた。

マリカが桃色の頬で一歩歩み寄ってくる。

「なあに？　どうしたの？」

「俺が選んだ婚約指輪だ」

アデルは改めてマリカの手を取り直すと、細い指に指輪を嵌《は》めた。

マリカが青緑色の目で、じっと紅玉《こうぎょく》の指輪を見つめる。

小さな紅玉が留められただけの、質素な金の指輪だ。

この指輪は修行の旅の途中で買い求めた。

昔『霧山の氏族』が治めていた地域の都市で、宝石商に出会えたからだ。

その都市は山麓にあった。更に東には標高の高い山脈がそびえていて、高い場所で宝石が採れるらしい。ゆえに昔から宝飾品細工が盛んなのだという。

毎年雪が消える頃、宝石商たちは山頂に近い『鉱山の村』を訪ね、何日も掛けて東の山を登っていくのだそうだ。

商人は『婚約者に贈るなら紅玉がいい。昔から生命の石とされていて、身につけている人間を守ってくれるんだ』と教えてくれた。

宝石にも、まじないめいた意味があるという。

他にも緑柱石《りょくちゅうせき》は女性に美をもたらすとか、金剛石《こんごうせき》は王者の妻を飾るにふさわしい石だとか、色々教えてくれた。

『ここいらが霧山の氏族って呼ばれてた頃、代々の領主様は、それは見事な金剛石の指輪

を奥方に贈ったんだよ。予算は、そうだなぁ、安いもので……』

聞いたアデルは無言で首を振った。自分が十年飲まず食わずで働いても、まだ買えない金額だったからだ。

ボアルド王国との戦争が激化し、他国と行き来できなくなってからは、金剛石はもちろん、紅玉も緑柱石も手に入らなくなったらしい。

ここにあるのは、古い時代に買いためた希少な石ばかりだと言われた。

――希少な石だからあんなに高かったのか、俺がうまく乗せられたのか。だが紅玉は、俺でさえ名前を知っている有名な宝石だからな。

果たしてマリカは、小さな紅玉で喜んでくれるだろうか。

息を呑んで反応を窺うアデルの前で、マリカが大きな目を輝かせ、花咲くように笑った。

「ありがとう」

マリカは笑顔のまま、陽光の下で紅玉の指輪を確かめる。

手をゆっくり振り、空にかざして、顔に近づけて、何度もためつすがめつしたあとに、もう一度アデルを見上げて笑った。

「嬉しい、すごく嬉しい。私、一生外さないから！　本当にありがとう……！」

アデルが何かを言い返そうと思ったとき、不意にまばゆい光が翳《かげ》り、青い空も輝く海も、幸福そうに笑うマリカも消えた。

アデルはゆっくりと目を開ける。

視界には、荒れた大きな自分の手だけが映っている。一気に世界が色あせた。幸せだった過去の時間から、砂を噛むような薄暗い現実に引き戻されてしまった。

――あの指輪は、どこへ行ってしまったんだろう。もう、どこにもないのかな。叶うならば、ずっとマリカの指に嵌まっていてほしかった。

そこまで考え、アデルは大きく息を吸い立ち上がった。

頭の中からどうにもならなかった悲しい過去の思い出を無理やりかき消す。

『生きてさえいれば、いつかマリカと再会できるかもしれない』

あてのない想いは、二年経った今も消えることなく残ったままだ。いつになったらマリカへの想いは消えるのだろう。

――君の前では『人殺しとして育てられた俺』ではなく、ただのアデルでいられたのに。

アデルの育てられ方は、異常に厳しすぎた。幼い頃は他の騎士の家の子も同じなのだろうと思っていたが、十六歳で騎士見習いになり、同僚たちと身の上話をするようになって、自分が並外れて厳しく育てられたことを知ったのだ。

『貴族の子弟なのに、君が幼年学校にも通わずにいたのは、ずっと父親から修行を強いられていたからなのか？　そりゃあ幼年学校は義務制ではないが、通っていなかったのは君くらいだぞ。皆噂してた、君は病気で静養ばかりしてるんじゃないかって』

騎士の家の子は皆修行の旅をして回るのではないのか、と尋ねたアデルに、同僚はきっぱりと首を振ってみせたものだ。

『いくら昔ながらの騎士の家柄とはいえ、実の子供にそこまで厳しくするか？　作り話だろう、アデル。昔ならともかく、今は子供に国中を一人旅させる親なんていないよ。いや、でも、ダルヴィレンチ副団長はとても厳しいお方だと有名だもんな……変わった人間が父君だと大変だな』

異質なものを見るような目で、同僚はそう言った。

――仕方ないだろう。俺は、この家を継ぐためだけに、たくさんの敵を殺して武勲を立てるためだけに『もらわれてきた』んだから。

父がこんなに厳しい理由をアデルは知っている。

十五歳で成人した日、正教会からの祝いの品が届かなかった。遅れて届けてくれた若い聖職者は『別の養子縁組をした男の子の家に持って行ってしまった』と謝罪したのだ。

――養子……縁組……？

そこで祖母に問い質して真実を教えてもらった。

アデルはどこかの貴族が正教会に託した不義の子だそうだ。同じ頃に生まれたダルヴィレンチ家の娘は死産だったという。

父の兄弟も女だけだ。両親は小さな娘を失った悲しみと共に、更なる絶望に呑まれることになった。古き戦士の家系であるダルヴィレンチ家に女しか生まれなくなった、と。

そこで両親は養子縁組を取り仕切る正教会を頼り、同じ頃に生まれた黒目黒髪の男児を『後継者』として迎え入れた。

　この時代、養子縁組は珍しいことではない。子供がよく死ぬし、死ななかった家では十人近く子供がいることもざらだからだ。

　だが通常、親は必ず養子として育てている子に、養子であること、実の両親はどこの一族の人間であるかを教える。

　誰であれ、自分の血統を知るのは大切な権利だと考えられているからだ。それに、誤って血縁者と結婚しないよう教えておく必要もあるからだろう。

　しかしアデルの親はそうしなかった。

　祖母は、父が隠した理由を『お前が厳しい修行に耐えられず、実の親のところに帰りたいとぐずったら困るからだよ。この家のただ一人の男児だという責任感を植え付けるためそうしたんだ』と、申し訳なさそうに教えてくれた。

　父はもらってきた赤子に『次は男が生まれますように』と願掛けをして『アデル』という性別の曖昧《あいまい》な名前を与えた。

『自分の血を引く男児が生まれますように』という、父の願いが込められた名だ。

　もしアデルに弟が生まれていたら、その弟が騎士としての天賦の才を持っていたら、アデルの人生はより辛く苦しいものになっていたのだろう……。

　――俺はこの家の道具なんだ。子供じゃなくて、息子という名の道具なんだ。

　父が支配する家は安らげる場所ではなく、理想の息子を演じ続けねばならない舞台だった。

マリカとの未来だけが、アデルの希望であり安らぎだったのだ。

心の底から愛おしい、守りたい、と思える相手は、この世でマリカだけだったのに。

――マリカを失ったら、俺に残るのは薄暗い世界と人を殺す時間だけなんだ。助けてください、俺に……マリカを……返してください……。

アデルは救いを求めて古き神に祈った。戦の神は多くの勝利を収めた戦士に褒美を授けると聞いたからだ。

正教会の神は人々に答えない。ただ統率し、君臨するだけだ。

だから灰色の森の民は正教会の神を頼らず、古き神々に魂を賭《と》して祈る。

アデルは戦士だ。戦士の守神は鷹の印を持つ戦の神である。だから真剣に戦の神に祈り、『勝利』と『名誉』を捧げ続けた。

『敵兵を十人屠ったら褒美にマリカを返してください』

『五十人屠ったら褒美にマリカを返してください』

『百人屠ったら褒美にマリカを返してください』

戦い続けて勝ち続け、その勝利を戦の神に捧げた。それだけではない。褒賞や昇進も断り、その栄誉さえも戦の神に捧げ続けている。だがまだ願いは叶わない。

より多くの敵兵の血が必要なのか、戦の神に願いを叶える力がないのか、そもそもアデルの祈りが狂っているのか、それさえも分からなくなった。

『二百人屠ったら褒美にマリカを返してください』

公爵夫人になった女が、ただの騎士のもとに戻ってくることなどない。頭で理解していてもやめられなかった。

戦の神に勝利を捧げ、祈り続けることはアデルの救いだからだ。

この百年ほどで正教会の力はより強くなり、王都にはよそから来た人間が増えた。併合された他氏族から来た者、他国から流れて来た者……。

灰色の森の風習を守り続ける人間は、今では少数派となってしまった。

ゆえにアデルは奇異に見られていた。なぜ褒賞も昇進も受けないのかと。灰色の森の民同士であれば『戦の神に祈りを捧げている』で通じるものを。

だがどんなに奇異に見られても、アデルは祈りをやめるつもりはなかった。

——俺は誰かに聞いて欲しいだけなんだ。まだマリカを愛していると……。

アデルは騎士の装いに着替え、立てかけておいた剣を腰に吊るした。そして最後に上着の隠しに突っ込んでいたお守りを首に提《さ》げる。

正騎士になったときに祖母からもらった品だ。薄く丸い石に紐通しの穴が空き、戦の神の象徴である『鷹』を記号化した印が彫られている。

剣の鞘《さや》には幼い頃マリカにもらった紫の石がくっついたままだ。未だに戦場で死んでいないから、本当にお守りなのかもしれない。彼女が贈ってくれた品物や手紙は全て大切にとってある。永遠に処分することはないだろう。

アデルは今日の行動予定を思い出し、かすかに表情を翳らせた。

——ああ、今夜は、先月の戦いの勝利を祝う宴《うたげ》があるんだった。

宴の前には、皆で戦死者を悼み、祈る時間が設けられている。

先月の戦いでは、旧知の騎士が一人死んだ。彼の魂が『天国』に行くように祈らなければ。彼は正教会の神を信じる男だったから。

『俺は酒があればいいさ。あとは神様が適当に良くしてくださるはずだ。お前も頑張りすぎるなよ、アデル』

ふと懐かしい声がした。アデルは驚いて振り返る。もちろん誰もいない。

雑に整えた自分の寝台があるだけだった。

——酒があればいい……か。

懐かしい。戦の間に開かれるささやかな宴で、死んだ騎士はいつも旨そうに酒を飲んでいた。娘が美人で嫁さんに似たんだとのろけながら、赤い顔で笑っていた。

——そうだな、君の代わりに、俺が一杯多くもらっておくよ。

アデルは心の中で、死んだ同僚に語りかける。彼は天国に行くのだろうか。それとも祖母の言うように『常世《とこよ》』に向かうのだろうか。

灰色の森の民は『常世』という死者の世界を信じている。

常世は生者の世界に重なった、死者だけが行くことのできる場所だという。

祖母曰く、『幽霊』というのは、常世に行けない、もしくは常世から戻ってきてしまった死者の姿らしい。

未練が死者を生者の世界に引き寄せ、そこに留めるのだそうだ。

近所でも、戦場でも、旅路でも、アデルは物心ついた頃から、この『幽霊』というものをよく見かけた。首のない騎士や、死んだはずの隣家の老人など、例を挙げればきりがない。黙って怯えていたアデルに、祖母がこっそりとやってきて教えてくれた。

『アデル、お前にもあれが見えるんだね、驚いた。けれど気にしすぎてはいけないよ。お前まで常世に引きずられてしまうからね』

強い『目』を持つ祖母は、しょっちゅう『常世の者が見えてしまう人間にとっては、世界は薄暗いものなんだよ。この世には、漏れ出した常世の空気がそこらに立ちこめている。それが太陽の光を遮るのが見えるんだ』とぼやいていた。

世界が薄暗く見えるのは、祖母と同じ理由かもしれない。血は繋がっていないけれど。

――行くか。

アデルは無表情のまま、自室を後にした。

第二章　偉大なる公爵の道具

マリカは悪夢を見ていた。

隣国の軍船が、次々に港に入ってくる。翠海の氏族領が侵略されているのだ。

裏切ったのは兄。

あの軍勢を呼び込んだのは、自分は王になると大言壮語《たいげんそうご》を吐いていた愚かな兄なのだ。

母はマリカを王立騎士団に託すと、マリカに言った。

『ああ、マリカ……どうか幸せに……アデル殿と幸せにね』

気丈なはずの母の目から、涙が次々に滴っている。

『待って、お願い。私も残らせて、お母様、お母様ぁ……っ！』

それが多分、母に向けて発した最後の言葉だ。

マリカの身体が、ロカリア王立軍の騎士の手で軽々と馬上に引き上げられる。騎士はマリカを抱きかかえるやいなや、馬の腹を蹴って走り出した。

最愛の母の姿は、あっと言う間に遠ざかっていった。場面は変わり、マリカに浴びせられるのは、困窮した翠海の避難民の声だ。

『ずるいわ、お嬢様だけ偉い公爵様に保護されて！』

『翠海からの避難民を援助してくださるんですよね！』

『皆待て、お嬢様には何の罪もないだろう！』

『だって翠海がこんなことになったのは、レオーゾ様が……』

人々の声がマリカを責め立てる。

王都には、翠海からの脱出に成功した人たちが避難してきていた。

彼らを守り、逃げられなかった領民を助け出すのはマリカの責任なのだ。

愚かな兄に代わって、マリカがメルヴィル家の人間として責任を取らなければ……。

——ええ、私の責任だわ……私は『閣下』に全てを捧げる代わりに、翠海の皆を助けていただく。私だけが幸せになるつもりなんてないから……。

そう答えた刹那《せつな》、マリカは目を覚ました。

灰色の石の天井が見える。

四方の壁には二頭の獅子《しし》が刺繍《ししゅう》された大きな布が駆けられている。

希少な硝子をはめ込んだ窓からは、朝の光が差し込んでいた。

——ああ、今朝もずいぶん寒いこと。

広い寝台の傍らに夫の姿はない。

マリカがロカリア王国の軍神と呼ばれる、ロレンシオ・バーネベルゲ公爵に嫁いで二年が経った。

その間、四十歳年上の夫とは一度も床を共にしていない。

夫は昔、戦で腹部に負った傷がもとで、女性を抱けない身体になったからだ。

ロレンシオの二人の息子は、共に故人だ。

かつて存在した『赤土の氏族』との激しい戦いの中で命を落としたと聞く。最初の妻もずいぶん前に亡くしていると……。

ロレンシオは二年前まで、この家を自分の代で終わりにし、王家に財産と領地の全てを捧げようと考えていたそうだ。頭がしっかりしているうちに様々な大役に区切りをつけ、余生は一軍師として生きると。

しかし隣国との戦局が変わり、ロレンシオは考えを改めた。

翠海の領主の娘マリカを娶《めと》り、夫としてかの地の支配権を取り返すと明言したのだ。

ロレンシオはマリカに言った。

避難してきた翠海の人々の暮らしを援助する。翠海を取り返すための責任者として動く。その代わり、バーネベルゲ公爵家の子を産んでくれと……。

ロレンシオの支援を受け続けるためにも、バーネベルゲ家の後継者は、これからマリカがもうけねばならない。

そのための『方法』も嫁いできたときに説明された。

だが今のところは、何の沙汰《さた》もないままだ。

——『あんな方法』で子を授かるなんて、おぞましい……できれば一度だけで子を授かりますように。

冷えた寝台でひとしきり祈ったあと、マリカは起き上がった。

――さあ、早く閣下のところに朝のご挨拶に伺わなければ。

侍女に手伝わせて『公爵夫人』の衣装をまとい、黙礼して出て行く侍女を見送って、マリカは宝石箱を開ける。

中には、夫のバーネベルゲ公爵が贈ってくれた豪奢《ごうしゃ》な宝飾品が詰まっていた。

マリカはそこから長い金鎖を取って首に掛け、更に緑柱石を連ねた首飾りを身につける。

最後に金剛石が埋め込まれた結婚指輪を嵌めた。

そして、宝飾品をのせた布張りの板をそっとずらした。

宝石箱は二段になっている。普段は開けない二段目に仕舞ってあるのは、黄金でできた対の指輪と、小さな紅玉の付いた指輪だった。

黄金の対の指輪は、亡き父母が揃いで嵌めていたものだ。

父母の指輪はどちらも煤けて汚れているが、汚れは落としていない。両親が最後に嵌めていた状態のままにしておくと決めたのだ。

そしてもう一つ、小さな紅玉の付いた指輪は……。

マリカはその指輪を取り、その内側を見た。

几帳面な字でマリカとアデルの頭文字が彫られている。アデルの手による文字だ。

表情を動かさずにマリカは指輪を見つめる。何も感じないことに安堵した。

マリカは静かにため息をつき、指輪を宝石箱に戻し、蓋を閉めた。

ここに来てから、マリカは表情を失ったままだ。

無表情なままでは人付き合いに支障をきたすので、必要に応じて作り笑いを浮かべることはできる。だが泣いたことは一度もない。

まだ若いのに可愛げがない、と噂する使用人もいた。

だがロレンシオを含め、大半の人間は『バーネベルゲ公爵夫人は、威厳ある振る舞いを心がけているのだろう』と勝手に決めつけている。

誰もマリカが泣けないことには気付いていない。

父母と故郷を失い、アデルとの未来まで失って、マリカの心は死んでしまったのに。

――心なんてもう要らない。何も感じないほうが楽だわ。私は翠海を救うための手駒として、ただ生きていればいいのよ……。

マリカはアデルの妻になれなかった。彼が誰か別の人を愛し、結ばれ、幸せになる姿を人づてに聞きながら生きていかねばならない。

かつての生き生きとした感情豊かなマリカだったら、きっと耐えられなかっただろう。

身支度を終えたマリカは最後に鏡の前に立ち、装いを確認する。

――私、石でできた彫刻みたい。

だが、これでいい。公爵夫人に求められるのは冷ややかな威厳なのだから。

先ほど無造作に掛けた首飾りを直し、真珠を縫い付けたヘッドドレスの具合を確かめると、マリカは部屋を出た。

かがり火に照らされて、胸部に縫い取られたバーネベルゲ家の家紋が鈍く輝く。

石のアーチを連ねた廊下を通り、マリカはロレンシオの執務室へ向かった。鉄の扉の前には、同じ鎧《よろい》を着て槍を持った衛兵が二人立っていた。

「閣下に、朝のご挨拶に参りました」

低い声で告げると、衛兵が重い扉を開けた。

マリカは開いた扉から豪奢な室内に入り、深々と頭を下げた。

「おはようございます、閣下」

「おおマリカ、今日も美しいな」

機嫌の良いロレンシオの声が聞こえて、マリカは顔を上げた。

夫のロレンシオは、六十間近とは思えぬほど活力に溢れた男だ。濃灰色の双眸には、今も油断ならない炯々《けいけい》とした光が宿っている。その手に嵌まっているのは古い結婚指輪だ。

昔の結婚のときに作った指輪らしい。どうやら宝飾品にはまったく興味が無く、新調するのは無駄だと思っているようだ。もちろんマリカはなんとも思わない。ロレンシオがそうすると決めたならば、従うだけだ。

ロレンシオは、今は存在しない『霧山の氏族』の領主だった。ロカリアの東の山麓地方に広大な領地を構えていた大氏族だ。

十五年ほど前、ロレンシオは隣接する『赤土の氏族』との長年にわたる抗争に終止符を打ち、その領地を併呑《へいどん》した。

その後『霧山の氏族』と『赤土の氏族』の領地をロカリア王家に捧げ、その褒賞に公爵位を賜《たまわ》ったのだ。

よって現在は、王国の領土の半分は王家のものである。

ロレンシオの貢献により、王家はロカリア国内で最大の領地を持つ氏族になった。

残る氏族には、王家に抗うほどの武力はない。ロカリア王国の全領土が王家のものになるのも時間の問題だろうと囁かれている。

『氏族制を改め、一つの国家としてまとまらねば、周辺諸国に対抗できなくなる』

それが、ロレンシオの主張だ。

現在、複数の氏族がロレンシオに倣《なら》い、己の氏族の領地を献上して、ロカリア王国の高位貴族になることを検討し始めた。

たった一つ、現在は孤立しているマリカの故郷、翠海の氏族を除いては……。

「閣下……そちらは……？」

卓上に積み上げられた金貨を見て、マリカは首をかしげた。

「これは先日の勝抜戦《かちぬきせん》の報奨金だ。約束した金額に間違いがないか、私の目の前で金貨を数えさせていた」

「また剣技大会を開かれたのでございますか？」

この国では男性の武芸が奨励されている。

ロレンシオは王家に並ぶ、武芸関連の催しの大口後援者だ。

「ああ、今回は私の名前で参加者を募って御前試合を開いたんだ。国中から多くの者が参加してくれて、陛下や王太子殿下も大変に満足されていた」

王城では頻繁に御前試合が開かれる。

ここで武技の腕を示し、王やロレンシオに認められることは、戦に従事する男たちにとって大きな名誉なのだ。

勝抜戦の場合は上位に残った人間に報奨金が与えられる。

律儀なロレンシオは万が一にも約束した金額に間違いがないよう、自分の目で報奨金を確認していたのだろう。だが、一位の賞金袋が見当たらないのが気になった。

「これが二位の分、これが三位の分だ……こうして封をして私の署名を付けておく」

ロレンシオが二つの革袋を作って密封すると、副官がそれを盆にのせて立ち上がった。

「では、こちらを入賞者に手渡して参ります」

「ああ、頼んだぞ」

ロレンシオは満足そうに頷き、マリカに顎をしゃくってみせた。そこの椅子に座れという意味だ。マリカは一礼して、夫の側の椅子に腰を下ろした。

「マリカ、何か気になることがあるのか？」

ロレンシオに問われ、マリカは素直に尋ねた。

「革袋を二つしかお作りになっていないのはなぜでしょう？」

「……一位の者には、もう欲する物を与えると約束したからだ」

それ以上ロレンシオは説明をしなかった。

尋ねてよいのか躊躇っていると、ロレンシオは話題を変えた。

「そうそう、エレオノールがお前に話をしたいそうだ」

エレオノールは、ロレンシオの腹違いの妹だ。夫を戦で早くに亡くし、異母兄のもとに身を寄せている貴婦人である。

長男が継いだ実家で余生を送るだけでは勿体ないと、ロレンシオが呼び寄せたらしい。実務能力に優れ、長年不在だった公爵夫人の代わりに采配を振るってきた女性だ。

マリカが嫁いできたあとも、公爵家の裏方を彼女が仕切っていることに変わりはない。

「彼女を、今夜あたりお前の部屋に行かせよう」

「かしこまりました。それでは私は、皆の食事の支度が調っているか確認して参ります」

ロレンシオが頷くのを確認し、マリカは執務室を出た。

この屋敷には警備兵、事務方、侍女、下働きの人間など、総勢五百人近い人間が働いている。彼らの食事を滞りなく準備するのも、雇用主である公爵夫妻の責任なのだ。

少し気候が崩れればすぐに食材の値段は高騰する。

蝗害《こうがい》や干ばつが発生すれば、購入すら難しくなる。それでも公爵家は、雇用する人間たちに食事を提供せねばならない。

マリカは支度に問題がないかを確かめるため、階下の厨房に向かう。

入り口から顔を覗かせると、厨房長が足早に歩み寄ってきた。

「奥方様、本日の支度は滞りなく進めております」

厨房の奥からは豆と肉を煮込む匂いが漂ってきて、複数の男たちが忙しく立ち回っている姿が見えた。その中には翠海からの避難民の姿も見える。避難民の過半数がロレンシオの温情により王都で職を得ているのだ。

鍋をかき回していた一人の娘がマリカを睨み付ける。

『お嬢様だけ綺麗な服を着て贅沢《ぜいたく》しているなんてずるい。領主の血筋だというなら、私たちのためにもっと苦労してよ！　レオーゾ様のせいで私たちは……っ！』

彼女は過去何度もマリカに食ってかかってきた。営んでいた雑貨店を守ろうとした両親はまだ翠海に残っているという。マリカに対する態度は冷たい。

だが、他の領民たちも似たようなものだ。レオーゾのせいで生活を壊されたのだから、妹のマリカを憎んでも仕方がない。

――『奥様』と呼ばれていても、私は使用人同様の存在で、閣下の少しだけ重要な道具に過ぎないのに……。

マリカは娘から視線を逸《そ》らし、背筋を正して厨房長に尋ねた。

「小麦の値段が上がりそうだけれど、備蓄に問題はありませんか」

「はい、あと一月は持つかと。次回の購買は来週を予定しております。牛も食わないような古い小麦の余り在庫を売りつけられないよう、気をつけて交渉しますよ」

「分かりました、ありがとう」

マリカは部屋を出て、次は事務方の集う部屋に向かった。今日の来客予定を再確認するためだ。挨拶のときに客の名前が分からないなど、万が一にもあってはならない。

そのあとはいつもどおり管財部に赴き、帳簿を確認する。

領収書や請求書の管理、実際の資金に過不足がないかの勘定をせねばならない。

資産を預けている銀行とのやり取りがあれば、その対応も必要だ。

マリカは無表情に、帳簿に書かれている数字を追った。

部屋の中は、管財人たちが紙をめくる音と、ペンを走らせる音しか聞こえない。

「奥方様、翠海からの避難民の方々への支援金ですが……」

管財人の一人が立ち上がり、マリカに書類を持って来た。

その紙には『今月分のマリカ夫人の化粧料は、全て翠海の避難民のための生活補助資金に流用する』と書かれている。

『化粧料』というのは、ロレンシオの公爵としての収入のうち、マリカに渡される予算のことだ。マリカはそれを、故郷から王都へと避難してきた人々のために全額使っている。

今マリカの身を飾っている宝飾品やドレスは全て、二年前の結婚時に用意されたものだ。

ドレスは寸法を直したり飾りを替えたり、宝飾品は部品を繋ぎ替えたりして見た目を変え、使い続けている。着飾るためではなく、『ロレンシオの妻が同じ格好ばかりしている』という噂が立てば、夫の顔に泥を塗るからだ。

自分を飾りたいという女らしい気持ちはもうなくなった。アデルの婚約者だった頃には、彼に一番綺麗な自分を見せたかったのに……。

――ここは風の音さえ滅多に聞こえないわ。本当に静かな街。

潮騒に包まれ、砂混じりの潮風の中を走り回っていたのが嘘のようだ。耳を澄ましても、自然の声はマリカの耳に届かない。

『マリカ、お前はいつになったらお転婆が収まるのだろうね』

『こら！　もう、母様の言うことを聞きなさい、マリカ！』

優しい父母の声が聞こえた気がした。マリカは何気なく、帳簿を押さえている己の手を見る。長い間陽に焼けていない肌は、昔と違って真っ白だ。

あんなに大切だった紅玉の指輪は、もう指に嵌まっていない……。

ロレンシオに夜の挨拶を終え、マリカは侍女たちと一緒に部屋に帰った。

明日の朝も早い。さっさと身体を清拭《せいしき》して休もう。ドレスを脱ぐのを手伝ってもらうと、マリカは侍女を下がらせて、寝室の脇に作られた小さな浴室に向かう。

中にあるのは、大きな木のたらいと、質素な木の椅子だ。

侍女が用意してくれた湯は、ほどよい加減になっていた。

マリカは特殊な編み方をした布を手に取り、濡らしてよくもみほぐす。

その布で身体の垢を落とし、湯で肌を流す。そして残りの湯で念入りに髪と地肌を洗った。特殊な灰を使う手入れの方法もあるが、湯で洗うのが一番艶が保てて良い。

――実家は蒸し風呂だったものね……最初は寒くて泣きそうだったけれど、すっかりこちらの入浴にも慣れたわ。

マリカは残り湯を身体に掛けると、湯冷めする前に大きな布で身体を拭き、髪をぎゅっと絞った。

寝間着の上に毛糸の上着を羽織り、髪を拭《ぬぐ》っていると、部屋の扉が叩かれる音がした。部屋を照らす大きな蝋燭《ろうそく》を見る。燃え残りが少ない。もうかなり遅い時間だ。

「はい……」

「エレオノールが参りました」

マリカは、エレオノールを室内に招き入れて、長椅子に座らせた。

エレオノールは細身の貴婦人だ。五十近い歳だが、白髪交じりの黒髪は未だに艶やかで、凜とした顔には往時《おうじ》の美貌の面影がはっきりと残っている。

今だって、化粧をして華やかに装えば、どれほど美しいだろうか。

――エレオノール様には『灰色の森の民』の血が濃く現れているのね。『灰色の森の民』には美しい人が多いと聞いたわ。アデルもそうだった。

マリカはエレオノールの向かいに座り、腹に力を入れて姿勢を正した。

「この二年、ロレンシオ様と私はマリカ様の働きぶりをよく見て参りました。貴女は聡明で、私たちの予想を超える素晴らしい貢献をしてくださいましたね。本当にありがとう」

無口なエレオノールは軽々しく褒め言葉を口にしない。何を言われるのか覚悟しながら恐る恐る頭を下げたマリカに、エレオノールが言った。

「ですから、正式にロカリア教会の許可を得て、仮父を頼むことに決めました」

エレオノールの言葉に、マリカは息を呑んだ。

——とうとうこの日が……。

仮父とは、夫の身体の問題で子供を作れない場合に限り『代理』を認める制度だ。正妻と仮父の間に宿った子は、正式な『夫婦の子』として認められる。

全て、嫁いできた日に説明されたことだ。

知らない男に身体を弄《まさぐ》られ、望んでもいない体液を注がれる。

仮父に何をされるのかつまびらかに思い浮かべた刹那、マリカの胸に、生臭い靄《もや》が立ちこめた。知らない男に孕むまで犯される。それがマリカの仕事なのだ。

何も言わないマリカの様子をいぶかしんだのか、エレオノールが窘《たしな》めるように言う。

「嫁いできたときに約束したはずですよ。この家のための世継ぎを産み、しかるべき方に育てていただくと。男児ならば政治学や戦術論を、女児ならばどこの家に嫁いでも恥ずかしくない淑女教育を施していただきましょうと」

マリカは頷く。確かに、間違いなく約束した。ロレンシオとて、ただでマリカを助けてくれたわけではないのだ。跡継を産むこと、もしもロレンシオより先に死ぬことがあったら、全ての権利を夫である彼に譲ること。それがマリカが嫁ぐ条件だった……。

——二年待っていただいただけでも、感謝しなければね。

ロカリア王国では十四歳から結婚が許されるが、母体が未熟なままでの出産は難産が多く、赤子も母親も死んでしまうことが少なくないとされている。

だからロレンシオは大事を取って、マリカが十七になったら仮父を迎えようと提案してくれた。『子を産む道具』である女に譲歩してくれる『夫』は少ない。ロレンシオの譲歩は、この時代には珍しい大変な温情なのだ。

「はい、間違いなく……」

——私はもうすぐ犯される。知らない男に脚を開く。

マリカは込み上げる嫌悪感を持て余しつつ、エレオノールの言葉に頷いた。

「仮父をお願いすることは不道徳な行いではありません。神の許しのもとで大切な跡継を授かるのですからね。それに今回の仮父はロレンシオ様が正教会に頼み、特別にご自分で選ばれた方ですから、悪い子が生まれることはきっとないでしょう」

「閣下が仮父をお選びになったのですか？　正教会が選んだ方ではなく……？」

驚いて尋ねると、エレオノールは頷いた。

ロレンシオはおそらく、この国で一番正教会に恩を売っている、つまり献金を行っている男だ。彼の我が儘であれば正教会はほぼ耳を貸すだろう。

マリカは強く拳を握り、エレオノールに頷いてみせた。

「……はい、分かりました、エレオノール様」

従順に答えたマリカに機嫌良く微笑みかけ、エレオノールが囁きかける。

「子供さえ授かれば何をしてもいいのです。夜に貴女の部屋を覗く者はおりません」

――え……？

言葉の意味が分からず、マリカは問い返した。

「それはどういう意味ですか、エレオノール様」

「私の言葉の意味はすぐに理解できます。明日の夜、仮父を呼びますから」

「明日……ですか。心の準備が、まだ……」

「余計なことは心配せず、仮父殿に身を任せれば大丈夫です」

にべもないエレオノールの言葉に、マリカは目を伏せた。

気持ち悪さをやり過ごして仮父を迎えるしかない。こうなったら一日も早く妊娠してしまいたい。あとのことはどうでもいい。

「はい、分かりました……」

マリカの返事にエレオノールは頷き、足音もなく部屋から出て行った。

翌日の夜が来た。マリカは正教会の教えどおりに振る舞うことを決めた。

湯で身を清めたあと、下着を着けずに綿の分厚い寝間着を着る。

襟元から裾《すそ》まで真っ直ぐに釦が並んだ寝間着だ。

仮父はこの釦を『必要な場所』まで開き、マリカに子種を授けて去るという。これは、正教会の手引書《てびきしょ》にあった『仮父を迎える際の女の正装』だ。

必ずしも必要ではないが、この装いが望ましいとあったので、侍女に材料を持ってこさせて急いで縫った。

――アデルのために練習したお裁縫が、こんなところで役に立つなんて皮肉ね。

マリカは他人事のように思う。二年前のマリカは今よりもずっと子供だったけれど、一人前にアデルを愛していたのだろう。

彼が夫になったら、袖を通す私服は全部縫ってあげたいと思っていたほどに。

――だけど今では、どんなふうに好きだったかなんて、全然思い出せないわ……。

手引書には、閨《ねや》での心得も書かれていた。

女は、抱かれる間は声を出してはならず、仮父の身体に自分から触れることも許されない。もちろん性交中に相手と見つめ合ってはならないとあった。

快感を覚えてはならない、動いてはならない、静寂のうちに事を終えよ。快楽は夫婦にのみ許された特例である……と。

――手引書どおりに、藁束のように身体を投げ出しているわ……。

寝台に腰を下ろしたマリカは、最後に麻袋を被った。

手引書では、性交の際には視界を隠すことが推奨されている。

目を瞑って交わるのが正しく、交合中に確実に相手を見ないようにするためには、目隠しの布を巻くか、外れそうな場合は麻袋を被ってもよいとあった。ただしこれは古い風習のため、相手を驚かさないように配慮が必要らしい。

──もちろん麻袋を被るわ。見たくない、仮父の顔なんて。

支度を終え、寝台の上に横になる。

──おかしな格好。

だがこれも、正教会の教えに則った支度なのだ。

『子供さえ授かれば何をしてもいいのです。夜に貴方の部屋を覗く者はおりません』

しんと静まった宵闇の中、不意にエレオノールの言葉を思い出す。

あれは一体、どんな意味なのだろう。

麻袋の中でマリカは何度も瞬きをした。

どのくらい時間が経っただろうか。麻袋のせいで、硝子の天窓から入る月の光の加減がよく分からない。うすぼんやりと天井の片隅が明るいことしか伝わってこない。

──何の音も聞こえないわね。本当に静かなお屋敷。

仮父は胸に正式な『代理証』を提げ、音もなく忍んでくるという。

その代理証を見た人間は、完全に仮父の存在を無視するのだと聞いた。誰も家の中を歩き回る仮父を咎めない。

仮父との性交に耐えられずに泣いて叫んで助けを求めても、きっと誰も来ない。

この家には侵入者などいないから。マリカは赤子を孕むまで、繰り返し知らない男に抱かれるしかないのだ。

――かなりの夜更けだわ。今日は、仮父は訪れないのかもしれない。

刑の執行が延びたような気分でマリカは身体の力を抜いた。

だがすぐに、身体をすくめる。

ぎぃ、と扉が開く音がしたからだ。

安堵しかけたマリカは全身を強ばらせた。耳を澄ますと、部屋の扉のほうから間違いなくかすかな足音が聞こえてくるのだ。だがほとんど音は響かない。靴底は木ではなく、頑強な蔓を編んで固めたものに違いなかった。

屋敷暮らしの貴族の靴ではない。戦士のものだ。

身を固くしたままのマリカの足元が沈み込む。男が寝台の縁に腰を下ろしたようだ。

マリカは身体中の感覚を総動員して男の気配を探る。

本当は目を瞑り、男の存在を無視して、ただ抱かれるに任せなければいけないのに。

男の手が寝間着の裾に触れた。

――ああ……開かれる……。

一つずつ釦を外されていくのが分かった。脛《すね》が露わになり、膝が見え、腿の半ばまで露わになる。それでも釦を外す手は止まらない。

マリカの身体が強ばる。男の手が恥部の上辺りの釦を外す。

――さっさと終わりにして……。

臍《へそ》の下辺りまで釦を外すと、男の手は止まった。

麻袋越しにほのかな明かりを感じた。

男は燭台《しょくだい》を手にしているらしい。マリカの脚も下腹部も余すところなく目にしているのだと感じた瞬間、蹴りつけたいような気持ちになった。

何も感じなくなっていた心でも、本能的な嫌悪感までは消せないようだ。

――早く終わりにして。性交なんて。

気持ち悪さをやり過ごし、マリカは必死に手引書の内容を思い出す。

手も足も投げ出しておくように。

脚は交わりができる程度に開いておくように。

あとは全て仮父に任せるように。

男の手が、次にマリカの脚に掛かった。

――え……何……嫌……。

手引書とは違うことをされる。そう察した刹那、マリカの全身に鳥肌が立った。

――やめて！

抗議の声を上げそうになるのを必死に呑み込む。

マリカの両脚が曲げられ、大きく開かれたからだ。

臍まで剝き出しの下半身を晒《さら》したまま、脚の間が丸見えの姿を取らされる。

マリカの心臓が、激しい羞恥と恐怖でどくどくと音を立てた。

——この仮父は教えに背いた行為をしているわ！

丸出しになった秘裂に、男の指が触れた。

べとつく何かが指先に付いている。それをマリカの陰部に塗りつけようとしているのだ。

ひんやりした異物の感触に、マリカの蜜口がひくひくと動いた。

——……確か……これは軟膏《なんこう》……？

歯を食いしばり、マリカは手引書の内容を思い出す。

妻が処女の場合や、性交が困難な場合は、仮父が軟膏を使う場合がある。それには、素直に男を受け入れたくなる成分が含まれていると書かれていた。

きっとこれは教会が指定した軟膏だろう。

危うい場所に触れられて、どうしようもなく息が弾んだ。軟膏がじくじくと粘膜の奥に染みこんでくる。異様な感覚に襲われ、身体をねじりたくなった。

——何、この軟膏。

膣口に怪しげな火照《ほて》りと、痺《しび》れを感じた。

マリカは歯を食いしばり、教会の教えどおりに何も感じないよう、布の下でぎゅっと目を瞑る。

指は裂け目を辿り、マリカの小さな孔にずぶりと沈んだ。仮父は、中にも軟膏を塗ろうとしているのだ。

「……ん！」

思わず唇が緩み、声が漏れた。マリカはかすかに腰をくねらせて、秘部に異物を受け入れる違和感をやり過ごそうとした。

ますます指が奥深くまで入っていく。あられもない体位を男に晒し、更にこんな場所を指で弄られているのだと思うと、屈辱に目がくらんだ。

——早く終わって……早く……っ……。

中に執拗に軟膏を塗りたくられるたび、下腹部全体が熱くなっていく。

懸命に整えたはずのマリカの息が再び乱れ始めた。

粘膜が男の硬い指に擦られ、びくびくと波打つ。同時に、くちゅくちゅといういやらしい音が静まりかえった部屋に響き始めた。

——ああ……なぜ、こんなふうにいやらしく触れるの……やめて……！

マリカは男に抗い、膝を閉じようとする。

だが、到底敵わない力でぐいと開かれてしまった。指を受け入れ、秘部を濡らしながら、マリカは麻袋の中で薄く目を開いた。

——お願い、手引書の規定を守って……！

声に出して『やめてください』と拒めたらどんなに良いだろう。しかし正教会の教えは絶対だ。声を出すわけにはいかない。

男の指が奥深くに侵入するたびに腰が浮きそうになる。ますます蜜口は濡れて、分厚い寝間着の下で乳嘴《にゅうし》が硬く尖《とが》るのが分かった。

何度も繰り返しマリカの中を往復していた男の指が、ようやく抜かれた。マリカの秘裂がもっと弄ってほしかったとばかりにはしたなく蜜を垂《た》らす。

気付けば、下腹部だけではなく身体中が熱かった。空っぽになった蜜洞が物欲しげに収縮する。

大きく脚を開かされ、濡れてひくつく花を晒したままマリカは唇を噛んだ。

今感じているのは快楽ではない。

この変な軟膏の作用だ。

身体中を駆け巡る熱を持て余し、マリカは投げ出した手で胸元を強く掴んだ。

何をされても、声を出さず、うち捨てられた藁束のように振る舞わねば。

この部屋には誰もいない。自分は何もされていない……そう言い聞かせたとき、かすかな衣擦れの音が聞こえた。

開いた脚の間に男の身体が割り込んでくる。

男はマリカの脚を更に大きく開かせた。

両脚を曲げられ、まるで蛙のような体位を取らされる。

その間にも怪しげな軟膏を塗られた秘裂からは蜜が滲《にじ》む。

浅ましく濡れた恥部が男の目に晒されていると思うと、嫌悪感が強まった。

——どうして私にこんな恥をかかせるの！

自分の呼吸音がはっきりと聞こえる。喘《あえ》ぐような呼吸音だ。

身体中が熱い。

マリカの爪先が下腹部の疼《うず》きに呼応するように、ぴくぴくと震え出した。

乳嘴は硬くなったままだ。服に触れたそこがじんじん痺れて痛痒《いたがゆ》い。きっと服の上からも乳房の形は露わになっていることだろう。

こんな姿を見られたくない。『蝋燭を消しなさい！』と叫びたかった。

腿で挟み込んでいる男の身体が動く。震えて蜜を滴らせる秘裂に何かが宛てがわれる。

——いや……っ……！

これは男性器の先端だろう。これから身体の中まで汚されるのだ。

抗いたくとも、怪しい薬で解されたマリカの身体は従順だった。

だらしなくほとびた蜜口が、じゅぷじゅぷと音を立てて少しずつ男の器官を呑み込む。

清らかだった身体を押し開くそれは、肉でできた杭《くい》のようだった。

その杭が、マリカの蜜窟をみっしりと満たしながら、容赦なく奥へと押し入ってくる。

あられもなく両脚を開いたまま、マリカの身体は嬉しそうに肉の杭を食《は》んだ。

美味しくて、下半身が蕩《とろ》けそうになる。心は男を拒み、理不尽に犯されることを怒っているはずなのに、身体の反応は真逆だった。

——い、嫌……神様……。

粘着質な音を立てながら、マリカの粘膜が男のものに絡みつく。

下半身が溶け出しそうなほど、快《こころよ》かった。生まれて初めて感じる悦楽に、マリカの腰がビクビクと跳ねる。

動いては駄目だ。藁束のようにただ身を投げ出していなければ。

そう思うのに、止められない。

――ああ……なにこれ……っ……。

マリカは涙ぐんで、ぐっと口を噤《つぐ》む。

指より遙かに太い杭で満たされた身体が、ますます熱くなっていく。

――違う、違うわ……私、絶対に気持ちよくない……っ……！

なぜ自分は禁じられた快楽を覚えているのだろう。

悔しい、という言葉が上滑りする。マリカの神経はいつの間にか、突き立てられた雄の杭に集中していた。

――気持ちよくない、こんなの……！

太く逞しい杭を呑み込んだ場所が、どくどく脈打つのが分かる。そこからぬるい液体が垂れ落ちるのが分かった。

息の乱れを誤魔化すのが難しくなってくる。

せめて繋がり合っている場所を男の目から隠したい。

正教会の手引書には『決して動いてはならない』とあったけれど、耐えられない。

マリカは震える手で分厚い寝間着を摑む。

臍まで開かれた寝間着の一部を、剝き出しの秘所の辺りに押しつけた。

この程度で全てを隠せないのは分かっているけれど、屈辱には打ち勝てなかったのだ。

懸命に寝間着の一部で秘部を隠すマリカの抵抗をあざ笑うように、男が奥深くまで突き立てた肉の杭を前後させた。

刹那、身体中に鳥肌が立つ。

この破廉恥な体位を喜ぶかのように、下腹部がびくびくと蠢《うごめ》いた。

——だめ……っ……。

咥え込んだ逞しい杭が、じゅぽじゅぽとあられもない音を立ててマリカの中を行き来する。抜かれるたびにマリカの隘路《あいろ》はぎゅうと収縮し、ぐっと挿入されるとおびただしい蜜を溢れさせる。

とろとろになったそこを杭が行き来するたび、マリカの腰が僅かに浮いた。

硬くなった乳嘴が服でこすれて痛いくらいだ。

——あ……ああ……。

必死に結合部を隠そうと寝間着の裾を引っ張っていたが、その手も緩みそうになる。

涙が幾筋も頬を伝い落ちた。心が動いたからではない。震えるほどの快感を身体に刻み込まれているから涙が出るのだ。

許されない涙は、麻袋に吸われて消えていく。

男は奥深くまでマリカの身体を貫くと、根元を擦り合わせてきた。下腹部全体が生き物のように蠢《うごめ》く。

「……っ……あ……」

必死で堪えていた声が漏れてしまった。男に無理やり開かされた脚が無意味に宙を蹴ろうとする。吐き出す息が熱い。炎をまとう風のようだった。

マリカの中を穿つ男の勢いが激しくなっていく。

激しく突き上げられて身体が揺れ、寝台の上のほうへと押されていく。脚を押さえていた男の手が、マリカの腰をぐっと摑み、下のほうへと引きずり戻した。

荒々しい仕草に、マリカはごくりと喉を鳴らした。

もっと激しく抱かれるのかもしれない……と期待したからだ。

同時に、身体がますます熱く火照り、物欲しげな蜜が大量に垂れ落ちた。

このままでは、身体が堕落してしまう。

そう思いながらも、マリカは淫らな姿で脚を開いたまま、雄に苛《さいな》まれるのを待った。

――違うの……私は抱かれたくなんか……ないの……。

抗う意思がどろどろと溶けていく。

これが正教会の禁じる『肉欲』なのだろうか。

だとすれば、到底打ち勝てそうにない。

マリカを寝台につなぎ止めた男が、先ほどとは比べものにならない勢いで杭を抜き差しする。激しい勢いに乳房が揺れ、蜜音が浅ましいほどの大きさになっていく。

気を抜けば背を反らしそうになる。

男の動きに合わせて腰を揺すりたくなる。

これまでに感じたことがない性的な快感がマリカの身体を炙《あぶ》った。

――嫌！　私、絶対に……快楽なんか……っ……。

ぱんぱんと音を立てて打ち付けられていた男の腰が、不意に止まる。マリカの腰骨を摑む手にぐっと力が入った。

――あぁ、だめ……だめ……ぇ……。

絶頂してわななくマリカの奥で、硬く大きく反り返った杭が震え、熱い何かを迸らせる。

乱れた呼吸のせいで、麻袋の中が湿り気を帯びていた。

目元も口の端も濡れてぐしゃぐしゃだ。

執拗に熱い液を吐き出した男が、腰を摑む力を緩める。

マリカを苛んだ肉の杭が抜かれた。満たされていた身体が空になり、小さな孔が『まだ抜かないで』とばかりに、弱々しく開閉する。

身体中が熱く、頭がぼうっとした。

しばらくした後、マリカの脚がそっと閉じられた。剝き出しの脚を隠すように丁寧に寝間着の釦が留められていく。

足首の位置まで釦を留め終えた男が立ち上がる気配がした。

麻袋越しに感じる光の位置が変わった。男が蝋燭を手にしたのだろう。かすかな足音と共に、男がマリカから遠ざかって行く。

扉の開く軋《きし》む音がして、冷気が僅かに流れ込んできたが、すぐに閉じた。

『夜に貴女の部屋を覗く者はおりません』

不意にエレオノールの言葉が蘇る。

ぐったりと重い身体を持て余しながら、マリカは思った。

——あれは、仮父相手に、好きなように快楽を味わえという意味だったの？

だとすれば許しがたい話だ。

正教会の教えを疎かにし、性の快楽に身を任せよとは。

——今日の仮父だってひどいわ。なぜ決まりを守らないの。教えを、貞節を何だと……。

だが、批判的な思いは薄氷のようにすうっと消えていく。

マリカに他人を責める資格などないからだ。

禁断の快楽に呑まれ、腰を振りたい、声を上げたい、もっと激しく犯してほしいと思ったのは、他ならぬマリカ自身なのだから。

——いっぱい出されたわ……お腹の中から溢れてきそう……。

とうとうこの日が来てしまった。誰とも知らぬ男の子を腹に宿し、命がけで産まねばならないときが……。

麻袋を被ったまま、マリカはぼんやりと横たわり続けた。

——私にだって、素敵な未来があったはずなのに……。

過去の記憶が静かに蘇る。

アデルとの婚約が正式に決まったとき、父は『これからは二人で助け合って生きるんだよ』と優しく励ましてくれた。

母は『実家に甘えず身の丈に合った暮らしをするように』と助言してくれた。

領主の娘とはいえ、嫁いだあとはアデルと共に、王立騎士団の宿舎で暮らすことが決まっていたからだ。

『君を大切にする』と誓ってくれたアデルの優しい笑顔が浮かんだ。

けれど涙は出ない。どんなにアデルのことを考えても、もう心は動かない。

ただ一つ分かるのは、今のマリカに会っても、アデルは昔のようには愛してくれないだろう、ということだけだ。

こんなに乾ききった心身の無表情な女は、アデルが大事にしてくれた『マリカ・メルヴィル』ではない。

――私は何者になってしまったんだろう……。お化けみたいね。泣きも笑いもしなくて、自分でも気味が悪いわ……。

そう思いながらマリカは麻袋の中で目を瞑った。腹の奥の火照りが引いていく。

おそらく、軟膏に混ぜられていた怪しい薬の効果が切れたのだろう。引きずり込まれるような強い眠気が襲ってきて、マリカは目を瞑った。

波の音が聞こえる。

マリカの目の前に広がっているのは、夕闇が迫る翠海の光景だった。

ここは、王立騎士団の支部に近い、崖の上の広場だ。

港に見慣れぬ船が入ってきたという一報を聞いたあと、厳しい顔をした母に連れられて、馬車でここにやってきた。

母は『あれはボアルドの軍用船だわ』と、短く説明してくれた。

支部には、ロカリアの王都からやってきた騎士たちが十人ほど駐屯している。

あと数ヶ月後には数百人近い人数になる予定だった。

アデルも異動してきて、落ち着いたら結婚式を挙げるはずだったのに。花嫁衣装だってしつけ糸を外せば仕上がるところまで出来上がっていた。

マリカは、紅玉の指輪を撫でながら歯を食いしばる。

先ほどから動悸と冷や汗が止まらない。

——敵襲……？　海から……？

馬車にゆられている間、狭い港にいくつもの船が入ってくる様子が見えた。

まだ新しい船だ。母の言うとおりボアルド王国の紋章が帆に描かれている。大きさも貿易船の比ではない。

ボアルド王国は、百年以上もの長い間、ロカリア王国との小競り合いを続けてきた。

しかし翠海の氏族領がボアルド王国に攻め込まれるのは初めてだ。理由は、翠海の氏族領が南を海に、それ以外の方位を巨岩と山に囲まれた天然の要塞だからである。

――ボアルド王国は、あの船で兵隊たちを運んできたの？

震える膝を叱咤しながらマリカは母に尋ねた。

「お母様、お父様はどうして一緒じゃないの？」

「お父様は港の造船技術研究所に向かわれたわ」

「ど、どうして、私とお母様だけ、王立騎士団の詰め所に来たの……？」

ここ二時間ほどの出来事が急すぎて、訳が分からない。平和だった日常に火が付いて、激しく燃え上がったかのようだ。

震えているマリカの問いに、母が落ち着き払った声で答えた。

「お父様は、翠海の氏族の造船技術をボアルド王国に渡さないために、機密を焼却しに向かわれたのです」

造船技術研究所は、長距離航行を可能にする船を造るべく、船大工や学者、造船技術者が集まって船造りをしている場所である。

翠海の氏族領は、岩ばかりの不毛の僻地《へきち》だ。

昔から漁業以外、産業と呼べるものがほとんどない。その他は南の国から入ってくる僅かばかりの希少品を商って、それで生計を立てている。

だから父は『造船をうちの主要な産業にしよう』と日々工夫を重ねてきたのだ。研究所だって三年前にやっとできたばかりなのに。

そのとき、馬車の音を聞きつけたのか、王立騎士団の詰め所から、制服姿の騎士たちが飛び出してきた。

「メルヴィル夫人、港に入港してきたのは、ボアルド王国の船ですね」

騎士隊長が鋭く母に尋ねる。母は頷き、言った。

「はい。夫は造船技術研究所に向かいました。この子一人を王都へお連れくださいませ。メルヴィル家の血を絶やさぬためにも、この子だけはどうか」

マリカの震えがますますひどくなる。母は一体何をしようとしているのだろう。これから何が始まるのだろう。

「かしこまりました、奥方様。では、マリカ様を王都へお連れいたします。一番馬を駆るのが得意な者がおりますので、その者と護衛の二名が。他の者は残ってボアルド軍を迎え撃ちます」

騎士隊長の言葉に、血の気が引いていく思いがした。

王都に行くなんて聞いていない。父が心配だ。造船技術研究所の皆も、いや、港の周りに住む人々の全てが心配だ。早く港に戻らなければ。自分も避難を手伝わなくては。

青ざめながらも、マリカははっとなって、母に尋ねた。

「お兄様は？　お兄様は相変わらず見つからないの？」

兄のレオーゾは何年も前から滅多に家に寄りつかない。

流れてくる噂も『下町の娼窟で賭博に耽っていた』だの『最近は馴染みの娼婦をよく替えるようだ』だの、耳を塞ぎたくなるような話ばかりだ。

マリカの問いに、母が顔を歪めて答えた。

「母様は、レオーゾがボアルド軍と行動を共にしているのではないかと疑っています。もしそれが本当なら……刺し違えてでもあの愚か者を止めなければ……」

「お母様……？　何を仰っているの……？」

蒼白になったマリカに、母が言う。

「とにかく、レオーゾのことは母様に任せて。貴方は王立騎士団の皆と一緒に、王都に避難して。そこで王立騎士団の方のお言葉に従いなさい」

マリカは母の青緑の目を見ながら、首を横に振る。

「嫌よ、一緒に残るわ！」

母は首を横に振った。

「避難を始めている領民たちと、娘をお願いいたします」

騎士隊長は頷くと、マリカの肩を抱いて言った。

「さ、こちらの騎士たちと共に王都へ向かってください」

「いいえ、私は両親とここに残ります。一緒に領民の避難を手伝います！」

怖くて震えが止まらない。見れば、港の辺りから黒い煙が上がっている。あそこは造船技術研究所だ。父に連れられて何度も見学に行った。

——嘘……嫌……造船技術研究所が燃えてる……お父様……お父様……！

あんなに大切にしていた研究所や船に、父は自ら火を放ったのだ。心を抉られるような痛みが走る。

「騎士隊長様、放してください。私もここに残ります……」

母が顔を歪め、厳しい声で言った。

「貴女は残っては駄目！　王都に避難した人たちと一緒に国王陛下を頼りなさい。アデル殿のお父上が口利きしてくださるはずよ。いいわね？」

「嫌、こんなときに、翠海を見捨てて逃げたくない！」

騎士隊長の手を振り切ろうとしたとき、母が何かの合図を送った。マリカの身体が、馬を連れた騎士の腕で軽々と抱え上げられる。

「下ろしてください！」

悲鳴を上げて抗うマリカの視界に、母が口元を覆う姿が飛び込んできた。

「ああ、マリカ……どうか幸せに……アデル殿と幸せにね」

明るく気丈なはずの母の目から、涙が次々に滴っている。

母の口走っていた不吉な言葉が頭をよぎった。兄がボアルド軍と合流しているかもしれない。もし兄が間違いを犯していたら、刺し違えてでも止めると……。

身体中に鳥肌が立ち、マリカは叫んだ。

「待って、お願い。私も残らせて、お母様、お母様ぁ……っ！」

だが、鍛え上げられた騎士の力は圧倒的だった。

「さあ、こちらへ」

マリカの身体が馬上に引き上げられる。必死に母に手を伸ばそうとするマリカを片手で押さえ込むと、騎士は馬を走らせ始めた。

そのあとのことは切れ切れにしか覚えていない。

王立騎士団や避難民たちと共にロカリアの王都にたどり着いたあとは、マリカだけが王宮の一室に閉じ込められた。

「アデルのお父様に……ダルヴィレンチ家のご当主様にお会いしたいのです。ご当主様に仲介していただき、国王陛下に私たち避難民の救援をお願いしたく……」

王宮の兵隊は、マリカの願いに首を横に振った。

アデルの父に会う必要はない、というのが王宮側の答えだった。

「既に避難民の救助は始まっています。ご心配なさらずとも大丈夫ですよ」

涙を絞り尽くし、ぼろぼろになったマリカはその部屋でずっと両親の無事を祈っていた。

——お父様とお母様は大丈夫なの？　いつか迎えに来てくださるのかしら？　翠海の氏族領は……今頃どうなっているのかしら……。

考えれば考えるほど悪い想像が浮かんでくる。

兄は本当にボアルドの兵隊と組んで、何か悪事を企んでいるのだろうか。あの愚かな兄は母国を裏切ったのだろうか。

昔から『翠海の氏族領は、メルヴィル王国という国だった。自分は王家の血を引く高貴な人間なのだ』と言い続けていた馬鹿な兄だ。何をしでかしても不思議ではない。

――お父様、お母様……嫌……。

何も知らされないまま部屋に閉じ込められ続けて一ヶ月以上経っただろうか。

アデルには一度も会えない。

両親の無事も、翠海の氏族領の状況も何も知らされない。ボアルドが攻めてきたときに逃げ延びてきた、避難民の一団にも会わせてもらえない。

美しい侍女たちがやってきて、お菓子や絵物語などの娯楽を勧めてくるだけ。

静かな地獄のような日々が続いていた。

侍女に何を聞いても『確認して参ります』『分からない、とのことでした』というやり取りが繰り返され、話をまともに聞いてくれそうな人は誰も訪れてこない。

なぜ閉じ込められているのかの説明もないままだ。

――アデルはどうして会いに来てくれないの？　もしかしてアデルはボアルドとの戦に行ったのかしら？　嫌、怖い、考えたくない。もう、私、どうすればいいの……？

侍女に刺繍を勧められ、虚《うつ》ろな目で針を動かしていると、予想もしていない訪問者が部屋を訪れた。

訪ねてきたのは、威厳ある大柄な男だった。歳は五十過ぎだろうか。父よりも年上なのは間違いない。濃い灰色の髪と目をしている。

その男を見た刹那、脳裏になぜかアデルの姿が浮かんだ。しかし、理由が分からない。

――この方とアデルのどこが似ているのかしら？

男の後ろには王立騎士団の制服を着た男たちが何人も従っていた。物静かなのに何という威圧感だろう。灰色の目に見据えられると、喉元に鋼の刃を突きつけられたかのように身体がすくみ、脚に力が入らない。

――あっ……この人、アデルと同じで……。

何かに気付きかけたとき、男が口を開いた。

「失礼するよ、お嬢さん」

怯えて椅子から立てないマリカに、男が皺深い目元を細めてみせる。そのままで構わないと言う合図だ。

深々と頭を下げたマリカに、男は言った。

「私はロレンシオ・バーネベルゲという。国王陛下より、王立騎士団の相談役を仰せつかっている」

――王立騎士団の、相談役……？

マリカは椅子の上で縮こまったまま、ロレンシオと名乗った男の格好を確かめた。

黒い天鵞絨《ビロード》の上着の胸には、無数の勲章が輝いている。天鵞絨の服なんて、翠海の氏族領では領主である父すら身につけていなかった。

ロレンシオがとてつもない身分の男だということは、田舎者のマリカにも分かった。

「わ、私めに、何か御用でしょうか……」

マリカは消え入りそうな声で尋ねた。これから何を言われるのか恐ろしくて、名乗る余裕すらない。歯を食いしばるマリカに、ロレンシオは静かな表情で告げた。

「君のご両親が亡くなり、駐屯していた王立騎士団は壊滅した。翠海の氏族領は、ボアルド王国に占領されてしまったのだ。あとで君のご両親と勇敢だった騎士たちに、鎮魂の祈りを捧げる集会を行おう」

マリカの手から、刺繍枠と針が落ちる。見えない大きな手で身体をわしづかみにされたような気がした。

——今……なんて……?

ゆっくりと瞬きをするマリカに、ロレンシオが淡々と告げる。

「ボアルド軍の責任者と交渉し、これだけは回収できた……受け取りなさい」

差し出されたものを受け取ろうと、マリカは震える手を伸ばす。

——なに？　この指輪、どうしてこんなに汚……。

掌に置かれた二つの指輪をじっと見ていたマリカは、ほとばしりかけた悲鳴を必死に呑み込んだ。

煤けた指輪は父と母が揃いで身につけていたものだからだ。指から外されることがないはずの指輪がなぜこんな汚れ方をしているのか。

両親が死んだという事実が、マリカの胸を剣のように突き刺した。

凍り付くマリカに、ロレンシオが言った。

「翠海の氏族領の現状だが、統治者の地位にいるのは、君の兄のレオーゾ君だ。レオーゾ君はボアルド王国の軍事支援を受け、翠海の氏族領を『新生メルヴィル王国』と名付けて独立国家とするそうだ。事実上は、ボアルド王国の傀儡《かいらい》国家になるがな」

「そんな、そんな馬鹿な……こと……」

ようやく声が出た。兄の名前をこんなところで、こんなおぞましい形で聞くなんて。

「ボアルドは、レオーゾ君に統治権を与えた理由を、表向きは『天与の統治権はメルヴィル家にあるからだ』としている」

マリカは理解したことを示すため、小さく頷く。

王や領主がその地位に就けるのは、神が『統治権』をその家に与えたからだ。

信心深い人々は『神が選んだ統治者は、自分たちの生活を守ってくれる』と信じて税を納め、その支配下で暮らしている。

しかし、兄は誰がどう見ても統治者の器などではない。

マリカでさえ分かることが、ボアルド王国の施政者たちに分からぬはずはないのに。

「ボアルドは、翠海に侵略する価値があるかどうかを図りかねているのだろう。海洋貿易が、今後百年でどれだけ発展するのか予測が付かないからだ」

マリカは、無言で目を左右に動かした。

——侵略する価値……？　ボアルド王国は『領土が広くなれば広くなるほど良い』と

思っているのではないの？

　父母の指輪を握りしめたまま、マリカはごくりと喉を鳴らしてロレンシオに尋ねた。

「ボアルドは……翠海の氏族領を自国の領土にしても損をしないか、時間を掛けて確認しようとしているということですか？」

　両親がいない今、翠海の氏族領の状況はマリカが把握せねばならないのだ。

　愛する故郷に何が起きているのか、全てを頭に叩き込まなくては。

「そうだ。ボアルドが見極めたいのは、翠海の氏族領から今後どれだけの税収を得られるかだ。属国扱いとして最低限の兵を置き、『国王』のレオーゾ君に税を納めさせるのが良いのか、莫大な財を投入して総督府を設置し、自ら統治したほうが適切なのか。果たしてそれだけの価値が『痩せた土地と岩だらけの港』にあるのかと」

　マリカは頷き、重ねて尋ねた。

「ボアルド王国はなぜ翠海を拠点にして、王都を挟撃してこないのでしょうか」

「翠海から王都まで、大軍が移動するとなれば一月近くかかる。王都と翠海を結ぶ街道沿いは、貧しく痩せた土地の連続だ。道中、まともに食物や物資の補給ができないのだよ。翠海をボアルド軍の拠点にするにも、先ほど言ったように相当額の投資が必要になる」

　確かに、王都に連れてこられるまでの間、騎士団の人たちは『相当辛いが頑張って』とマリカを励まし続けてくれた。

　街同士の距離が離れていて、陽が出ている間に目的地にたどり着くのが大変だったからだ。立ち寄る村も、王都が近づくまでは、翠海と変わらない貧しげな村ばかりだった。

——それに街道には、軍隊が休める場所なんてないわ。人里も湧き水もほとんどないもの。皆、なかなかお水を飲めなかった。

「だからまだボアルドは様子を見ているのだ。いつ挟み撃ちにされてもおかしくないのだぞとロカリア王国に圧力を掛けつつ、国内では『翠海に侵略拠点を作るか否か』で喧々《けんけん》囂々《ごうごう》としておるに違いない」

まるで見てきたかのようにロレンシオが言う。彼の頭の中には、ボアルドの状況が手に取るように浮かんでいるに違いない。

マリカも、頭の中にロカリア王国の地図を描いてみた。

東西を山に挟まれた縦長の領土。南には海があるが、南部の大半は人の住めない岩山だ。海に至るには、山と山に挟まれたごく細い地域を通り抜ける必要がある。

ボアルドと国境を接しているのは北西部だ。長年続いてきた小競り合いも、その地域で発生していると聞く。

「だが、我が国が挟撃の脅威に晒されていることは間違いない。この状況では、迂闊に翠海に攻め入ることもままならん。そこで、教皇庁の勅許《ちょっきょ》を得て、翠海の氏族領の正当な統治者は『マリカ・メルヴィル』……つまり君だと宣言することになった」

ロレンシオの言葉にマリカは息を呑む。

マリカの暮らすこの大陸では戦争が絶えない。

だが、どんなに戦って土地を略奪したとしても、教皇庁から『神の名において許されない行いである』と認定されれば、略奪者は『破門』される。

それは、永遠に神の国に行けないと宣言されるに等しい。破門された者は死後、神に救われることなく地獄を彷徨い続けねばならなくなるのだ。だから破門を恐れぬ信徒はいない。

「なぜ、教皇猊下《げいか》は、そのような勅許をくださったのでしょうか？」

「教皇猊下の御心は金で買うのだよ、知らなかったのかね」

きっぱりと言われ、マリカは言葉を失った。

「お、お待ちください……聖なる教皇猊下が、金銭などで心を動かされるはずが……」

ロレンシオは笑った。お前は幼いと言わんばかりの皮肉な笑顔だった。

「私は君を妻に迎え『新メルヴィル王国の統治権が欲しい』と教皇猊下にお願いに上がるつもりだ」

――っ……ま……？

だんだん血の気が引いていく。色々なことが起こりすぎていて頭が飽和しそうだ。

「私が見せる『信仰心』次第だが、おそらく猊下は『神は、親殺しの罪を犯したレオーゾではなく、マリカに天与の統治権がある』とのお言葉をくださるはずだ。勅許を得次第、それをボアルド王国に突きつける。翠海を占領し続ける限り、ボアルド王は破門される可能性があると脅しをかけるのだ」

「それで……ボアルド王国は手を引きますか……？」

ロレンシオは首を横に振る。

「いや、教皇庁の勅許は牽制策の一つに過ぎない。だが策は多いほうがいい。というわけで、君には私の妻、『バーネベルゲ公爵夫人』になってもらう」

「こう……しゃく……ふ……？」

マリカはロレンシオの言葉を反芻し、そこではっと思い出した。

公爵とは、王家に次ぐ地位だ。

ロカリア王国で唯一、その地位を与えられた人がいると、父母から聞かされた。

その人物は複数の氏族で構成されているロカリア王国の統一を進め、『ロカリアの軍神』と呼ばれているのだと……。

――こ、この方が……ロカリアの軍神……私が、この方の……妻に……？

嫌です、どうしても嫌。そう言おうとしたが、口はぴったりと閉じたままだった。

ロレンシオの言うことが理解できたからだ。

ロカリア王国が危機に瀕している今、『軍神』はあらゆる手段を講じようとしている。

その一つが、マリカの正式な夫となり、兄が建立した『新生メルヴィル王国』とやらの統治権を主張することなのだ。正教会の教えを信じる以上、決して逆らえない『教皇庁』の威光を借りて。

――手駒の一つとして……メルヴィルの娘である私を妻に……。

頭がぐらぐらしてきた。

――アデル……私はもうアデルに会えないの……？

目の前がぼんやりと霞む。

マリカ・メルヴィルというちっぽけな小娘の幸福は今をもって握りつぶされる。

バーネベルゲ公爵閣下本人がマリカに話をしに来たということは、この話はもう、ロカリア王国内における決定事項なのだ。

母が別れ際に告げた言葉がマリカの脳裏に蘇る。

『アデル殿と幸せにね』

唇を噛むマリカに、ロレンシオが告げた。

「もちろん私は『妻』となった君を疎かにはしない。翠海からの避難民たちも不安が高まっているようだ。妻の領民は私の名の下《もと》に保護する。今の話は理解できたか」

俯いたマリカの目から涙が滴る。マリカは彼の道具になる。その代わり、この偉大なる公爵閣下に、翠海の人々を救ってもらうのだ……。

「はい」

自分の声とも思えぬほど乾いた声が出た。

『私、婚約者がいるんです。皆に手伝ってもらって花嫁衣装を仕上げて、お嫁に行く日をずっと待っていたんです。まだ母や厨房長に翠海の氏族領の郷土料理を習わないといけないんです。父に造船の話を聞きたいんです。私……婚約者に、これからしてあげたいことが、たくさんあったんです……』

呑み込んだ言葉が心の中で渦潮《うずしお》を作る。拭っても拭っても涙がしたたり落ちてくる。

――お父様……お母様……アデル……。

辛くてたまらず、マリカは顔を覆った。しゃくり上げるマリカの頭に、遠慮がちに大きな手が置かれた。

「アデルに、私の婚約者に最後に会えますか？　わ、私、彼に謝って、幸せになってって、言いたい……です……」

マリカの問いに、ロレンシオが静かな声で答えた。

「ダルヴィレンチ家の息子は、北の防衛線に派遣されているはずだ。国境の守りを厚くせねばならない状況だから、しばらくは戻れないだろう」

――そんな……。アデル、ごめんね……お別れも言えずにごめんなさい……。

心が血を流し続けているのが分かる。これから先、どうやって生きていけばいいのか分からない。家族が、婚約者が、故郷が……。

全部大切だった。愛していたのに、どうして。

「……すまない」

ロレンシオの謝罪の言葉にマリカは頷いた。頷くことしかできなかったからだ。

その日マリカは、故郷と両親と婚約者、愛と希望を全部失った。

己の心と引き換えに『公爵夫人』という虚ろな冠を得たのだ。

「マリカ様」

低い女の声が聞こえた。エレオノールだ。薄く目を開けると、視界が薄茶色の布で覆い隠されていた。

――私、あの袋を被ったまま眠ってしまったんだわ。

マリカは起き上がり、被っていた布を枕元に放り出す。毛布も掛けずに気を失っていたせいか、身体中が冷え切っていた。

――夢の中では私も泣けるのね……。

マリカはため息をつく。

エレオノールは寝台の傍らに佇み、マリカが脱ぎ捨てた袋をつまみ上げた。

「このようなものを律儀にお被りになって。必要ありませんわ」

「いいえ、私は正教会の教えどおりに……」

反論しかけたとき、マリカの脳裏にえもいわれぬ陶酔が蘇る。はしたなく脚を開かれ、焦らされて、もっと……と求めそうになった悦楽の極みを。マリカは慌てて忌むべき記憶を振り払い、エレオノールに答えた。

「手引書どおりに正しく振る舞いました。私は麻袋を被り、声も一切出しておりません。お相手の仮父様も同様でございました」

だが、マリカの優等生じみた答えにエレオノールは満足しなかったようだ。

「まあ、なんてこと」

エレオノールが首を横に振る。何が間違っているのか意味が分からず、マリカはエレオノールを見上げた。

「とにかく、また近いうちに仮父を呼びます。そのときは袋を被ってはいけません。お相手には気分良く過ごしていただかねばいけませんからね」

エレオノールが袋を畳みながら言った。

――どうして仮父にそんなに気を遣うの？

反抗的な気持ちとは裏腹に、脚の間がずくんと疼く。愚かにも、身体は『またあの仮父に犯してほしい』と訴えているかのようだ。

マリカは俯いて唇を噛む。

――私は快楽に屈してなんかいない……。

汚された秘部の疼きが強くなり、マリカはぎゅっと目を瞑る。

――後継者を産むためには我慢も必要なのよ……。

何も言わないマリカに、エレオノールが言った。

「さあ、いつものように身支度なさって、陛下にいらしてくださいませ」

マリカは汚れた顔を乱暴に拭い、エレオノールに頷いてみせた。

この身体はもはやただの道具だ。

たとえどんなに罵倒されても、ロレンシオの命令に従い、領民たちを守らねば。それがメルヴィル家の娘として育てられたマリカの責務なのだから。

◆

アデルがロレンシオから課された『仮父の義務』を果たした翌日の夜、騎士団の馬舎《うまや》で、若い馬の出産があった。

初産なので、アデルが付き添うことになったのだ。

親戚に馬牧場を持つ者がいて、幼い頃から手伝いをさせられており、知識があるからだ。

命と豊穣の神に祈りながら見守っていたおかげか、子馬は元気に生まれた。

子馬が母馬の乳を飲むのを見届けたら、人々が寝静まる時間になってしまった。

アデルは帰途につき、月明かりを頼りに王都の真っ暗な道を歩き出した。

この近くには、ロカリア王国の建立前からある、古い教会が建っている。

元は教会ではなく、灰色の森の民が集って祈る場所だったと伝えられている。今でもよく探せば、灰色の森の民が祀った『神々の印』を見て取ることができる。

その教会の庭に、建設当初の壁の一部が残っていた。

壁には穴が空いている。やっと腕が通るほどの穴だ。

穴の周りは丸く石が組んであり、わざと開けた穴であることが分かる。

言い伝えによると、これは数百年前に、灰色の森の民が『愛の神』のお告げで作ったものだそうだ。離ればなれになった人を想いながらこの穴に腕を通すと、見えない誰かがその手を握り返してくれることがあるらしい。

手を握られた者は、近い将来、離ればなれになった相手と再会できるのだそうだ。

時折、この壁穴に腕を通している人を見かける。皆、真剣な表情だ。

この時代、消息の知れない人間を探すことは難しい。

戦争が多いために流人の移動が激しく、領主の戸籍の管理がまるで追いついていない。

かつては氏族領内で徹底されていた荘園制は形骸化している。

ひたすら国中を探し歩くしか再会の手立てはない。しかしそれは途方もなく困難なことだ。治安の低下で危険も多く、一般の人間には難しい。

だから人は儚い奇跡を求めて壁の穴に手を入れる。いなくなった人にまた会えますように、貴方を求めるこの手が握り返されますようにと……。

――ん？　誰かがいるな。

その教会の庭に、複数の人影が見えた。

今は深夜。人々は家の戸にかんぬきを掛け、固く窓を閉ざして眠っている時間だ。夜盗や怪しげな者がうろつき危険なため、一般人が出歩くことは稀である。

――こんな時間に、人捜しのまじないをしに来たのか。

穴の空いた壁の近くに、カンテラを手にした人々が集まっている。

その中にアデルが知る顔があった。父の同僚の五十がらみの騎士だ。細君や侍女、護衛たちと共に、若い女を囲んで途方に暮れたように佇んでいる。

中央にいる若い女は啜り泣いていた。

「握り返してくれないわ！　どうして！」

甲高い声が夜の空気を震わせる。ぎょっとするような大きい声だ。異様な雰囲気にアデルは足を止める。

「若奥様、もう一度私が試してみますからね」

泣いている若い女を慰めるように、侍女が穴に手を入れる。

「ごめんなさい、愚かな行いにお付き合いさせてごめんなさい。お義父様、お義母様、それに皆も、ごめんなさい」

若い女はひたすら謝っている。ひどく調子外れな、芝居がかった口調だ。

――彼女は正気を失っているのか。

あの家では三男の騎士が先の戦で行方不明になったと聞いた。渡河作戦中に増水した川に呑まれたのだ。若い女は消えた騎士の妻に違いない。

騎士の家の人間は、たとえ戦いで家族を失っても表立って嘆くことはできない。

だが、彼女は『夫が見つからない、ずっと帰ってこない』悲しみに耐えられず、壊れてしまったのだ。

だからあの家族は、真夜中に狂った女を連れて人目を忍んでやってきたに違いない。

穴に手を突っ込んでいた侍女が明るい声で言った。

「若奥様、私がやったら、誰かが握り返してきましたよ。きっと坊ちゃんは……近いうちにお帰りになりますからね」

「ほんとう？　良かった！　ありがとうございます、ありがとうございます、神様」

若い女は笑いながら虚空を見て礼を言っている。彼女を支えていた細君が、手巾で涙を拭うのが見えた。

アデルは目をこらす。壁の向こう側の闇の中に、かすかに何かが見えた。人だ。ロカリア軍の鎧を着た騎士に見えるが、どんなに目をこらしても焦点が合わない。すぐに『常世の者』だと分かった。それが誰なのか、教えられずとも悟る。

——貴女の夫は帰ってきている……貴女の側に……。

アデルの胸に苦いものが広がる。

「明日には帰っていらっしゃるかしら」

調子の外れた若い女の声に背を向け、アデルは自宅に向けて歩き出した。

狂った女の嬉しそうな声が脳髄に絡みついて離れない。

もういない夫を探して、まじないに縋りに来る妻。声も届かず姿も見せられないのに、ただ妻を案じて寄り添い続ける幽霊の夫。

どちらも自分だ。どちらも相手を求めて、求め尽くしても何も与えられない……。

そう思うと同時に、生々しく開かれた白い脚が頭をよぎった。

夜風に冷え切った下腹部がどくんと脈打つ。

仮父として『バーネベルゲ公爵夫人』を抱いてから、脳天を突き抜けるような快感と虚しさが忘れられないままだ。

火照りだした身体を誤魔化そうと、アデルは足を速める。

頭の中にはっきりと淫らな光景が浮かんだ。

艶《なま》めかしい曲線を描くすらりとした脚。

細くくびれた腰に、分厚い寝間着越しにも分かる豊かな胸。

濡れて光る局部に、髪と同じ美しい色の和毛《にこげ》。貫くたびにびくびく震える雌の器。

そして頑なに外されなかった麻袋……。

——マリカは俺のことなど、これっぽっちも待っていなかった……。

嘲笑に似た思いが込み上げる。

今時の女たちは、麻袋など被らず仮父を待つと聞いた。

男の顔、身体、受け答えを念入りに確かめ、気に入らない男だったら『お前の種は要らない』と蹴り出すらしい。

もちろん仮父を拒む権利など、正教会からは認められていない。だが、拒んだところで女たちが罰せられることもないそうだ。つまり『選ぶ行為』は暗に認められているのだろう。

マリカは頭に被った麻袋を外すこともなく、身動き一つしなかった。

彼女の性格上、知らない男が寝所に来るのに、相手を確認しないとは考えづらい。好奇心旺盛なマリカが、自分を抱く男の顔を見たがらないはずはないのだ。

おそらく、ロレンシオはマリカに仮父の名前を伝えたのだろう。

『元婚約者は、未だにお前に未練たらたらのようだぞ』

含み笑いと共にマリカに告げるロレンシオの声が想像できる。

アデルが来ることを知っていたのなら、マリカのあの異様な格好にも納得がいく。

マリカは、もうアデルの顔など見たくもなかったに違いない。

——間男として現れる俺に、拒絶の意思をはっきり伝えようとしたんだろう。それも人づてに断るのではなく、俺に直接示そうとしたんだ。マリカらしいな。

顔が歪むのが分かった。

笑っているのか泣きそうなのか、自分でも分からない。

紅玉の指輪を空にかざし、晴れやかに笑っていたマリカの姿が忘れられない。

アデルの時間はあのときで止まっている。

今も生き別れの婚約者に強い未練を残したままだ。他の女など名前すら覚えられない。

自分の魂にはマリカ以外の女性は棲《す》めないのだと思い知った。

だがマリカがロレンシオと離縁することなど決してない。

正教会は厳格な一夫一婦制を敷いている。

夫の暴力や不倫、もしくは妻が子供を産めない場合でない限り夫婦の離婚は認められないし、ロレンシオに限ってそのような愚は犯さないだろう。

ロレンシオは『翠海の氏族領を奪還するため』に、政治的配慮を以てマリカを妻にしたのだ。教皇庁に莫大な額の寄進を行い、『マリカ・メルヴィルに天与の領主権がある』との声明も出させたと聞いている。

今やマリカは、ロカリア王国の重要な『鍵』なのだ。ちっぽけな指輪で笑ってくれた愛しい少女はもういない。

『明日には帰っていらっしゃるかしら』

先ほど見かけた、若い女の調子外れな声が蘇った。

――俺はあの女性と同じ。半端な希望に食い潰される彼女と同じだ。

だからアデルはマリカを抱きに行った。

抱いてもマリカは自分のものにはならないと思い知るためにだ。

二人の間に子供が生まれても、生涯我が子とは呼べない。自分は種馬だ。その事実を刻みつけるために、アデルは仮父の役割を引き受けた。

そして、頭に麻袋を被り、はっきりと拒絶の意を示すマリカを、女の身体もろくに知らないくせに無理やり抱いた。

マリカは性交を終える最後まで何もしなかった。アデルを咥え込み、身体の最奥を打ち震わせながらも、丸太のように転がったまま声すら上げなかった。

――君はきっと、閣下の妻として暮らす今が、幸せなのだろうな……。

二年前、王都に『ボアルド軍が翠海の氏族領を占領した』と知らせが届いた頃、アデルは北部の国境防衛隊に配属されていた。

アデルは国境での任期をあと一月残すだけだった。そのあとは新設された翠海の氏族領の駐屯地に赴任し、マリカと結婚するはずだったのだ。

国境に翠海の氏族領が奪われたという情報が入ったのは、もう、事が起きてから一月以上経ってのことだった……。

領主夫妻は息子のレオーゾに殺害され、マリカだけが王都に保護されていると聞かされて、彼女を一人にしておけないと思った。

だが、マリカに会いに行きたいというアデルの願いを上官は却下した。

『マリカ殿はもう安全に保護されている、私情を捨てて戦いに備えろ』と言われ、ぐうの音も出なかった。上官の言葉が正しい。

いつ命がけの戦いが始まるか分からないのに、気を散らしている場合ではない。

戦場ではたった一人の気の緩みが、仲間の命までも危険に晒すのだ。

アデルは身も心も削られる思いで、来る日も来る日も、いつボアルドの軍勢が攻めてくるか分からない国境線に立ち続けた。

そして、任期を終えて王都に戻ったアデルは、マリカが『バーネベルゲ公爵夫人』になったことを知らされた。それがアデルの恋の終わりだった。

曖昧に終わった恋は、熾火《おきび》のようにアデルの心を炙り続けている。

『俺はまだ君を愛している』と呻きながら、アデルの心は焼け爛《ただ》れていく。

マリカとの残酷な一夜は、敵兵を屠り続けた褒美なのだろうか。

戦の神は必死に勝利を捧げ続けたアデルを憐れみ、マリカの肉体だけを与えてくれたのだろうか。

だがそれは、飢えて死ぬ間際の獣に、新鮮な血を一滴だけ舐めさせるような、残酷な恵みだ。惨めさも欲望も増すばかりで果てが見えない。

マリカの柔らかな指は、もう二度とアデルの手を握り返してはくれないのに。

第三章　再会

一度目の交合ではマリカは身籠もらなかった。

月のものが終わった数日後、再び仮父を呼んだと言われた。

「この前のように麻袋など用意してはいませんね」

エレオノールがやや不機嫌な声で言う。枕を持ち上げた彼女は、マリカが隠していた麻袋を見つけ、取り上げてしまった。

「ほら、こうなさったほうがずっと魅力的でしょう」

マリカに薄い絹の寝間着を無理やり着せ、エレオノールは満足げに言った。

素肌にまとった寝間着は帯で留める形だった。男が脱がしやすいようにするためだろうと他人事のように思う。

「ではマリカ様、また明日の朝に」

「かしこまりました、エレオノール様」

マリカは消え入りそうな声で返事をした。

――なぜ仮父のご機嫌をそんなに取りたいのか分からないけれど、従うしかないわ。

薄い絹の寝間着では寒くて、思わず体を抱く。

――今夜こそ私は、快楽には屈しない。

仮父との性交を思い出した刹那、甘い疼きを下腹に感じた。同時に強い嫌悪感が襲ってきて、マリカは身を縮めた。

このように快感を覚えること自体が神の教えに背いているのに。

――今夜は間違った性交をせずにすみますように……。

マリカは繰り返し祈りながら毛布に潜り込んだ。温かくてほっとする。

仮父はいつ来るのだろうと思いながら、マリカはうとうとし始めた。

眠りそうになっていたとき、静かに扉の開く音が聞こえた。仮父は見えない影のように扱われる。扉を叩いて入ってくることもない。いないはずの人間だからだ。

――さっさと中に出して、すぐに帰ってほしい。

マリカは毛布の中で慌てて仰向けになり、手足を投げ出す。

かすかな足音が近づいてくる。この前と同じ硬い蔓を編んだ靴底の足音だ。

ことん、という音が聞こえた。枕辺《まくらべ》の台に燭台を置いたのだろう。

男の気配が近づき、マリカの毛布を剝ぐ。

マリカは思わず閉じた膝頭に力を入れた。男の指が肌に食い込み、無理やり脚を開かせようとする。マリカは目を瞑ったまま抗った。

本当は全身脱力して、海辺に打ち上げられた海藻のようにぐにゃぐにゃになっていなければいけないのに。

——知らない男に抱かれて達するなんて二度と嫌、汚らわしい……。

同時に、こんなにも『嫌だ』と思うのも久しぶりだと妙な感慨を覚えた。やはり、仮父に無理やり身体を暴かれたあの夜から、自分は『感情的』になっている。

「俺がそんなに嫌か」

不意に静かな声が響いた。お互い会話を交わさず子種だけ仕込むのが正しい作法のはずなのに、なんと無礼な仮父だろう、馴れ馴れしい。マリカはますます膝頭に力を入れた。

——嫌よ、嫌に決まって……え……？

そのとき、強い違和感を覚える。

声がアデルに似ている。だが気のせいかもしれない。最後に聞いたのは二年前だから、聞き間違いの可能性もある。

マリカはぎゅっと瞑っていた目を薄く開け、己の足元を見た。

寝台に乗り上げた男が、マリカの脚を跨いで、膝に手を掛けている。またこの間のいやらしい格好をさせようとしているのだ。

睨み付けようとしていたマリカの目が、そのまま大きく見開かれた。

蝋燭の灯りに浮かぶ姿が、よく知る男のものだったからだ。

黒い髪、精悍《せいかん》な輪郭、広い肩。美しく整った静穏な顔。

——あ……アデル……？　嘘……。

身体から力が抜ける。

そこにいたのは、二年前に生き別れた婚約者だった。

何も考えられない。ゆらゆら揺れる茜色の光の中で見つめ合いながら、マリカは震える唇を開いた。

「アデル？」

「……久しぶり。この前は顔を見せてくれなかったが、今日は気が変わったのか？」

やはり、彼はアデルなのだ。

マリカは信じられない想いで頷き、正直に答えた。

「顔を隠すなと家の人間に叱られたの」

「ふうん……まあいい。俺はどちらでも構わない」

淡々とした声で答えると、アデルがマリカの脚を大きく開かせた。

柔らかい絹の寝間着の裾が、腹に結ばれた帯の下で割れ、夜の冷えた空気に脚と秘部が晒される。

だがマリカは脚を閉じるのも忘れ、アデルに重ねて尋ねた。

「この前来たのも貴方なの？」

「ああ、そうだ。今日もさっさと済ませよう」

まるで作業をこなすかのような口ぶりだった。

マリカは軽い屈辱を覚え、腰を引いて膝をとじ合わせる。そして、寝間着の裾をかき合わせて両手で秘部を覆った。

「どうしてこんなことを引き受けたの？」

「君こそ、なぜ仮父が俺であることを受け入れたんだ？」

「どういうこと？　私は閣下に命じられるままに、閣下の決めた仮父を待っていただけよ。貴方が来るなんて知らなかった」

その答えに、アデルがゆっくりと瞬きをした。

——私……何かおかしなことを言った……？

しかし、アデルの表情は読めない。昔と変わらず、飄々としていて心の奥を覗かせてくれない。晴れた夜空のような黒い目には静かな光が浮かんでいるだけだ。

マリカの脚が、アデルの大きな手で再び無情に開かれる。

「あ……っ……」

蟹のように脚を曲げ、秘部を余すところなくアデルに晒す姿勢を取らされた。帯で結んで閉じただけの寝間着がどんどん脱げてくる。

アデルは上着を脱ぎ、寝台の隅に置くと、ズボンに手を掛けた。

躊躇いもなく前釦を外し、下着と共にズボンをずり下げる。ぶるんと音がしそうな勢いで男性器が屹立し、マリカは慌てて目を逸らした。

かすかに下腹部が火照り始めた。身体はまだ性交の快感を生々しく覚えている。

今夜もまたあの愉悦《ゆえつ》に溺《おぼ》れるのだろうか。もっと犯してと、身体が叫ぶのだろうか。

——嫌、もう快感を覚えるのは嫌です……神様……。

マリカは心の中で祈ると、アデルに尋ねた。

「ねえ、アデル……仮父としてここに来た理由を教えて」

身体を近づけてきたアデルが静かな声で答えた。

「正教会を通して閣下から頼まれたからだ」

「それだけ？　貴方にこんなことを頼んだ理由は聞いた？」

「さあ、知らない。説明されなかった」

「そうなの」

冷めた声が出た。昔の婚約者に引き合わせ、子種を仕込ませようだなんて、ロレンシオは何を考えているのだろう。

手駒として利用し尽くす詫びのつもりなのだろうか。『せめて、かつて愛した男に抱かれて孕め』と……だとしたら悪趣味すぎる。

「ずいぶん変わった依頼を受けたのね。断ってもよかったのよ」

マリカの乾いた声に、アデルが不思議そうに顔を覗き込んできた。

昔よりも更に精悍さが増した顔つきに、一瞬だけ心が揺れた。

だが開きかけた心はすぐに閉じる。今のマリカには何もない。身体を道具として差し出す以外何もできないのだ。心なんて存在する意味がない……。

「元気がないな。もしかして具合が悪いのか？」

アデルの優しい声に、マリカは顔を上げて笑みを浮かべようとした。

だが、うまく顔が動かない。『公爵夫人』を演じるとき以外は、作り笑いは難しいようだ。笑顔を作るのを諦め、マリカは小さな声で答えた。

「大丈夫、少し疲れているだけなの。気にしないで」

切れ長の黒い目が、戸惑ったようにマリカを見下ろしている。

「どうしたの？」

「君のそんな元気のない顔は、初めて見る気がして」

乾いた笑いが込み上げてくる。アデルの記憶の中の自分は、お転婆で元気いっぱいの女の子なのだろう。

幸せだった頃の自分に教えてあげたい。貴女は偉大なる公爵閣下の道具になる、そんなふうに笑ったりはしゃいだりすることはもう二度とできなくなるのだと。

――アデルからしたら、今の私は別人なんでしょうね。

黙りこくっているマリカに、アデルがいぶかしげな視線を注いでくる。

「そんなことより早く抱いて、早く帰って。蝋燭が尽きるまでに戻らなければいけないのでしょう。仮父が長居することは禁じられているはずよ」

「だが、君の様子があまりに……」

言いかけるアデルの言葉を、マリカは強い口調で遮った。

「大丈夫だから、気にしないで」

「……分かった」

アデルが納得しかねる表情で頷いた。大きな手がマリカの腰に掛かる。脚が更に大きく開かれた。反り返る性器の先端を宛てがわれ、マリカは小さく息を呑む。

「軟膏を塗ったほうがいいか？」

この前の夜の異様な快楽を思い出し、マリカは慌てて首を横に振った。

「要らないわ」

「分かった、ではこのまま……痛かったらあれを塗るから言ってくれ」

柔肉の裂け目を硬い肉杭の先で押され、きゅんと蜜口が収縮した。お腹の奥が熱い。

身体の火照りが止まらなくなる。

先ほどまで強く感じていた『知らない男に体液を注がれる嫌悪』が、心の中から綺麗に消え去っている。

――どうして……？　嫌じゃないのは『知り合い』のアデルだから……？

戸惑いつつも、マリカは低い声で続けた。

「痛くてもいい」

アデルは反り返りそうになる性器を手で押さえたまま、マリカの裂け目を先端で繰り返し擦った。

刺激に誘われ、たちまち裂け目が濡れ始めた。

弾力のある切っ先の感触に、どろりと蜜が溢れ出す。

――アデルのあれが入ってくるんだ、私の中に、お腹の奥に……。

そう思った刹那、呼吸が熱を帯びた。

彼の姿を見まいと、脚を開いて秘部を晒したまま天井を見上げる。

アデルの杭の先端が茂みを擦り、蜜孔に沈み込もうとしては、また滑って裂け目沿いに通り過ぎていく。

「濡れてきたら挿れる」

杭の先が孔に触れるたび、お腹の奥がひくひくと蠢く。マリカの身体は間違いなく『気持ちいい』と言っていた。

マリカはそっと唇を噛んだ。

次から次に蜜が溢れてくる場所に、アデルがひたと杭の先端を当てる。そして、マリカの右脚を持ち上げ、身体に添うように屈曲させた。

脚を曲げられたことで、秘裂が一層開かれたのが分かる。きっとアデルの目には蜜にまみれて赤く充血した粘膜が映っているのだろう。

――こんなふうに恥ずかしくなるのは久しぶり……かも……。

マリカの呼吸が速くなった。

強い抵抗感と共に、長大な肉杭が、粘着質な音を立てて身体の中に沈み込んでいく。

男性器の生々しい質感を己の襞で感じる。怪しげな軟膏を塗っていない今宵は、ひときわアデルの形をはっきりと感じた。

狭い路《みち》を強引に開かれるのはきつくて痛い。苦しさで声が漏れそうになる。

――アデルのが……中に……。

そう思った刹那、身もだえするほどの悦びがマリカの腹の奥に走った。

「……っ……あぁ……」

禁忌だと分かっているのに腰が揺れ、甘い声が唇からこぼれた。

――だ……駄目……声なんて出しては駄目……。

己の身体の反応に驚き、ますます息が乱れる。

一番奥まで杭の先が届いた。下生え同士が擦れ合った瞬間、マリカは我慢できずに身をよじり、寝間着の襟元を摑んでしまった。

「ああ……奥まで入ったな」

アデルの声にも、普段の彼らしくない肉欲が滲んでいる。

――私、アデルのこんな声……初めて聞いた……嫌じゃない……。

そう思うと、ますますアデルを咥え込んだ場所が疼く。

いけないと思いながら、マリカはそっと下方に視線を向けた。

アデルは上半身を起こし、マリカの脚に手を掛け、曲げさせて、己自身をマリカの中に深々と突き立てている。薄い唇は僅かに開き、厚い胸がかすかに上下していた。

目が合ったときに分かった。

アデルも自分と同じくらい気持ちよくて興奮しているのだ。目を離せないまま見つめ合ううち、マリカの胸にどす黒い靄が湧いてきた。

——私……こうやってアデルに抱かれるはずだったんだわ……妻として、何の憂いもなく貴方に抱かれるはずだった……。

そう思った刹那、心のどこかがねじれるように痛んだ。

どうしようもなく惨めだ。別の男から贈られた豪奢な結婚指輪を嵌め、アデルに脚を開いているなんて。

全てを失い、手駒として救われ、かつて愛した男に孕ませてもらう。マリカはどこまでも道具だ。覚悟を決めても、改めて道具なのだと突きつけられた気がする。

兄がボアルド軍を手引きしようなどと考えなければ、父母は生きていて、アデルは最愛の夫として自分の側にいてくれたはずだった。レオーゾのせいで全てを失ったと、領民たちから憎まれることもなかった。

己の落魄《らくはく》ぶりが悔しい。その悔しさがマリカの身体に熱を灯す。

——私、こんなに悔しかったのね。本当に久しぶり、こんなに気持ちが昂るの……。

マリカは震える手で、脱げかけた寝間着の帯を解いた。

薄い絹が肌を滑り、胸も腹部も全てを露わにする。

「ねえアデル」

そう呼びかけると、マリカの中に収まっていた肉杭がびくりと脈打った。

マリカの乳房を見つめたまま、アデルが喉仏を上下させる。アデルが自分の裸身に見入っていることに、雌としての自尊心が満たされた。

アデルが仮父の役を引き受けたのは、お金のためか、それとも騎士団の最上位にいるロレンシオに逆らえなかったからなのか。

理由はどちらでもいい。惨めな自分を抱きに来たアデルに仕返ししてやろう。

――どうして私の種馬役なんて引き受けたのよ……！　もうアデルなんて知らない。もっと気持ちよくなって、悶々と神の教えを破ったことを後悔すればいいわ。

『種付け』の場で快楽に溺れた仮父と人妻は、神の罰を受けるとされる。アデルもこの前の夜のマリカのように禁忌の快楽に溺れ、後ろ暗さを抱いて悩み続ければいいのだ。

――だってアデルには結婚とか、仕事とか、出世とか、明るい未来があるんでしょう。私には、もう何もないんだもの……せめて貴方も私と一緒に快楽に乱れて。そして私みたいに、神様の許しを乞うてたくさん悩んでちょうだい。

マリカは込み上げる怒りを巧みに押し隠し、甘い声でアデルに尋ねた。

「私の身体、見たくなかった？」

「い……いや……」

アデルが首を横に振る。視線はマリカの身体に注がれたままだ。執拗な視線に歪んだ満足感を覚える。

マリカは震え続ける手で、ロレンシオから贈られた指輪を外し、枕の下に押し込める。

「仮父の決まりなんて全部破って、好きなように私を抱いていいわ。悪いのは誘ったほうよ、手引き書にもそう書いてあるでしょう?」

だんだん悪戯を持ちかけるような気分になってきた。マリカは片方の乳房に手を掛け、誘うようにアデルに告げた。

「服を脱いでから、もう一度私の中に来て」

言い終えると同時に、ずるりと音を立ててアデルのものが身体から抜けた。

アデルが荒々しい仕草で服を脱ぎ捨てる。

屹立した性器は黒々と鬱血し、蜜に濡れてぬらりと光っていた。一糸まとわぬ姿になったアデルがマリカの上半身を抱き起こし、身体に引っかかっていた寝間着を剝ぎ取る。

「わ、私のは全部脱がさなくても……あ……っ……」

アデルは返事をせず、開いたマリカの脚の間に裸身をねじ込み、ゆっくりと覆い被さってきた。

際立って端正な顔が近づき、形の良い唇がマリカの唇を塞ぐ。

——あ……!

生まれて初めて、異性と口づけした。味のない口づけだった。

アデルの身体からは、ほとんど匂いがしなかったことを思い出す。

小さい頃は彼から匂いがしないことが不思議だったけれど、この味のない口づけこそがアデルだと思えて、胸に懐かしさが満ちてきた。

——アデル、私と一緒に神様に怒られてくれるのね。

こんなふうにしか喜べなくなった自分は、もう昔の自分ではない。

アデルが紅玉の指輪を嵌めてくれた、素直で明るい『マリカ』ではないのだ。

己の身勝手さを嗤《わら》いながら、そっとアデルの腕に指を掛ける。アデルの腕は雄々しい筋肉に覆われ、想像していたより遙かに力強い。

穏やかで物静かなアデルが、こんなに逞しい腕をしているとは知らなかった。

——そうよね……騎士様なんだもの……鍛えているわよね……。

アデルの膝が強引にマリカの脚を開かせた。濡れそぼつ秘裂に、勢いが衰えないままの怒張が宛てがわれる。

マリカは自分から更に脚を開き、アデルの分身を受け入れた。物欲しげに蜜を垂らす場所がじゅぷじゅぷと音を立てて、剛直を付け根まで呑み込んでいく。

「あ……あぁ……」

媚びるような細い声が漏れる。

雄を受け入れた悦びに目がくらんだ。腹の奥深くまでアデルの質量を感じ、接合した場所から歓喜の証が糸を引いて垂れ落ちる。

アデルが身体を近づけ、マリカの頭に遠慮がちに頬ずりした。

引き締まった胸と乳房が触れあい、マリカのお腹の奥が切なく蠢く。

今、アデルに抱きしめられているのだ。そう思ったら胸が苦しくなった。

――身体を重ねると、嬉しく感じるものなのね……錯覚に決まっているのに……。

マリカは、心が何かを訴えかけようとしているのを努めて無視する。一瞬だけ目の前がぼやけたが、涙の理由は考えないことにした。

触れあうアデルの肌には汗が滲み始めていた。

鼓動も少しずつ速くなっているようだ。アデルの抑えがたい欲情が伝わってきて、マリカの息も弾んだ。

「ら、乱暴にしてもいいわ、貴方の好きなように……」

アデルの背を抱く腕に力を込めたとき、ゆっくりと杭が抜かれた。

「あぁっ」

甘美な刺激に、身体中に鳥肌が立つ。再び焦らすように突き入れられて、マリカは思わず敷布を蹴った。一度抜き差しされただけで、身体中がぞわぞわしてどうにかなりそうだ。

「ゆっくり動かないで……」

半泣きで正直に言うと、再び緩慢な速度で肉杭が抜き差しされた。

「ひ……ゆっくりしないでって……あぁ……」

悶えるほどの快感にマリカは身体を強ばらせた。

「痛くないか？」

穏やかな声で尋ねられた刹那、マリカの秘部が切なげに潤《うる》んだ。

「い、痛くない……けど……」

マリカの胸の谷間にもいつしか汗の玉が浮いていた。身をよじっても、意識を逸らそうとしても、身体は官能の階段をゆっくりと上がっていく。

「女を悦ばせる手管など知らないんだ。手荒にしたくないだけなんだが、駄目か？」

「だ……駄目じゃない……でも、本当に、んっ……」

息を弾ませるマリカに、アデルが笑いかける。昔と変わらない、ほのかな優しさを宿す笑顔だった。

——アデル……。

懐かしさに顔が歪む。荒んでねじくれていたマリカの心が揺れた。

同時に、訳の分からない苛立《いらだ》ちに任せてアデルを『悪いこと』に巻き込もうと考えたことが怖くなってくる。

一緒に神様に怒られてほしいなんて、子供みたいなことを考えて、馬鹿だった。

それに、これ以上快楽に乱れてしまったら怒られるどころでは済まない。本物の罪人になってしまう。

もしも死後、天国の門をくぐれなかったら……考えた刹那、鳥肌が立った。

「やっぱり、やめる……私、ちゃんと寝間着を着て……あ……っ……」

肉杭が前後するたびに、マリカの腰が揺れる。硬くなった乳嘴が胸板に触れ、身体中に淫靡《いんび》な刺激が走った。

「や……やめて……アデル……」

いやらしい蜜音を立てながらマリカは懇願した。マリカの耳元に口元を寄せて、アデルがからかうような口調で尋ねてくる。

「やめる？　なぜ今更？」

「ごめんなさい、私、ちょっと悪いことをしようと思っただけなの、貴方も、一緒に、怒られて……くれればって……あ……あぁ……っ……」

アデルを受け入れた器がもどかしげに収斂《しゅうれん》した。感じては駄目だと思えば思うほど、身体がマリカを裏切ってだらしなく濡れる。

「可愛い……君は昔と変わらないな……」

囁かれた声は静かで優しかった。悪戯をして『怒られる』と泣いていたマリカを慰めてくれたときと同じ温かな声だ。

「だ、だから……もうやめて、お願い。正教会の決まりどおりに交わりましょう」

「嫌だ」

アデルの答えに、マリカの身体がぶるりと震えた。身体が勝手に『私も嫌よ』と答えたかのようだ。彼を咥え込んだ場所から淫蜜がにじみ出す。

「ど、どうして……ん……っ……」

「君が、仮父を受け入れる作法を破って、服を脱いで俺を誘ったんだぞ」

囁かれる意地悪な言葉に、どうしようもなく身体が火照る。

アデルの言うとおりだ。帯を解き、乳房を晒してみせたのは自分の意思だ。

何かに取り憑かれたように自分から脚を開き、アデルに縋り付いて、もっと激しく犯してほしいとねだっているのはマリカ自身なのだ。

「……っ、そう……だって……だって……」

ぐちゅぐちゅという蜜音がますます大きくなった。

耳元で、乱れ始めたアデルの呼吸が聞こえる。

「だって、一緒に怒られてほしかったの……私ばっかり感じて、ずるい……っ」

言葉にしたらますます腹の奥が熱くなった。

『私は多分、昔みたいに、貴方に甘やかされたかっただけなの。駄目だよって窘めて笑ってほしかった……だって、ずっと、辛いことしかなかったから』

なんて惨めで悲しい本音だろう。

幸せだった頃に戻りたい……なんて……。

ますます募る惨めさを呑み込み、マリカは身体を揺すった。アデルの息づかいや汗の匂いを感じるたびに、身体が勝手に動いてしまう。

下の淫らな唇は、貪欲にアデルのものにしゃぶりついたままだ。

「この前の夜は、そんなに感じていたのか？」

アデルが言葉と共に、マリカの奥をぐりぐりと突き上げる。

蜜窟を形作る粘膜が、アデルの身体が全部愛しいとばかりに蠢き、肉杭に絡みつくのが分かった。

耐えがたい快感に、マリカはアデルに縋り付く腕に力を込め、息を弾ませて答えた。

「そう、変なの、私っ……」

答え終えると同時に、寝台と背中の間に手が差し込まれる。マリカの身体を抱きしめて、アデルが苦しげに言った。

「……この前君に塗った軟膏は、男に抱かれる快楽を生娘に教え込む薬なんだ。あれを使われた娘は、またあれを塗って抱いてくれと、素直に脚を開くようになるらしい」

それだけ言うにも息が乱れている。

アデルはマリカを抱きしめたまま優しく続けた。

「だからこの前気持ちよかったのは君のせいじゃない、変なものを塗って悪かった」

「まだ効いているの……？」

「いや、とうに消えているはずだ」

アデルの言葉に、マリカは戸惑いながら正直に告白した。

「で、でも、私、今……すごく気持ちいい……」

正直に口にしたら、ますます蜜が溢れ出した。

「この前より、今のほうがいい。悪いことって、やっぱり気持ちがいいのかしら」

「マリカ……」

呑み込んでいるものが、より硬く反り返るのが分かった。裸でまぐわってこんなにも感じ合っているなんて恐ろしいことだ。マリカの背徳感が深まっていく。

「本当の夫婦みたいだわ。こんなの絶対に駄目、やめましょう……」

己の言葉の罪深さに震えながら、マリカもアデルに抱きつく腕に力を込めた。

「夫婦？」

アデルがマリカの言葉を復唱する。あまり感情を露わにしない彼には珍しく、寂しげな声だった。身体は性交の快楽に震えているのに、心の奥がずきんと痛む。

——私、アデルを傷つけてしまった？

先ほどまでアデルの気持ちなど考えていなかったのに、急に強い不安に襲われた。

性交の興奮とは別に、鼓動が速まる。

——どうしてそんな声を出すの、どうして……。

再び剛直が粘着質な音を立てて動き始める。

「ん、あ……っ……やだ……ぁ……」

身体を揺さぶられ、マリカは思わず淫らな声を上げた。

「こうやって君を抱きたかったから嬉しい」

「え……？　あ……」

アデルの言葉の意味を考えようとしても、身体だぐちゃぐちゃにかき乱されて、まったく思考が纏まらない。

硬い肉杭が蜜路を行き来するたびに、裂け目が物欲しげに開閉し、熱い雫を垂らした。

「やぁん……っ……あ、っ……」

重たい乳房がアデルの胸板で潰されて、柔らかな肉が二人の間で弾んだ。

先ほどまでの焦らすような緩慢さはどこへやら、いつしかマリカの身体は、揺さぶられるほどに激しく突き上げられていた。それでもどこも痛くないし、苦しくもない。

絶対にマリカを傷つけないように彼が堪えているのが伝わってくる。

「……っあ……駄目、アデル、あぁっ……」

マリカは自らも不器用に身体を揺すり、アデルの身体に己の身体を擦りつける。あまりに気持ちよくて、自分を抑えられなかったからだ。

身体を穿つ杭がますます硬度を増す。

「やはり俺は、まだ君が好きだ」

アデルが呟くように言った。

「……そう」

ありがとう、と続けかけたときに、喉の奥がぎゅっと締まった。

——え……何……？

驚くマリカの目に涙が盛り上がる。

『泣く』ときの感触を久しぶりに思い出した。ロレンシオの手駒になってから、一度もこんなふうに涙が出たことなどなかったのに。

——嫌、泣きたくない、私……もう辛いことなんて感じたくないのに……。

歯を食いしばるマリカの目尻から涙が伝い落ちた。

胸の痛みが、身体中に広がっていく。ずっと心の奥底に押し込めていた想いを吐き出すのは、こんなにも痛いのだ。

「わ……私も……」

「私も……好き……」

言い終えたとき、心が見えない血を噴いた。

父母が死んだとき、アデルとはもう結ばれないと知ったとき、兄のせいで故郷が滅茶苦茶になったと罵られたとき、マリカの心は三度息の根を止められた。

なのに、アデルに抱きしめられて、自分の気持ちを思い出してしまった。

昔は幸せだったこと、昔アデルを愛していたこと、昔に返って人生をやり直したいと今も願っていること。何もかも叶わないから、心を閉じて道具になりきっていたことを……。

――私、貴方を今もまだ好き……。

マリカの身体を柔らかに貪りながら、アデルがこめかみに口づけてくる。

本当はもっと手荒に激しく、欲を吐き尽くすように抱きたいのだろうに。

――乱暴でいいと言ったのに……アデル……。

昔と変わらないアデルの優しさに、ますます心が血を流す。

互いの汗にまみれ、番《つが》いあいながら、マリカは次々にこぼれ落ちる涙と共に言った。

「今更どうしようもないことだけど……貴方を愛してるわ。アデルの本物のお嫁さんになりたかったな」

言葉にしたら、ますます涙がこぼれた。快楽に歪んでいく意識の中、はっきりと悲しみを感じる。

——私……泣いてる……。

何も感じたくない。もう心を揺り動かされたくない。

そう願い、固く閉ざしていた心が崩れ始めているのが分かる。

二年掛けて削ったはずの心が、アデルと触れあうだけで蘇っていく。

「……そうだな」

何かを振り切るように、アデルがぐりぐりと接合部を擦りつけてくる。急に強くなった刺激に気が遠くなりかけた。

「あぁあっ」

アデルのものを淫らに舐めしゃぶっている場所がびくびくと震える。

「や、やだ……やぁ……あぁ……っ」

アデルが僅かに身体を離し、汗に濡れた唇をマリカの唇に押しつけてくる。マリカは下腹部を波打たせ、アデルのものを強く絞り上げながら無我夢中で口づけに答えた。

耐えがたいほどの快楽が身体を内側から炙る。

マリカの中でアデルの鋼杭がのたうつように動き、最奥で熱い精をまき散らす。

嫌悪感はなかった。蜜洞の奥に注がれた体液を好ましくすら感じる。麻袋を被ってやり過ごしたあの夜は、こんなふうには思えなかったのに。

——アデル……。

心が痛くて涙が止まらないのに、身体は欲望に忠実だった。蜜窟が『もっと精が欲しい』とばかりにうねり、アデルのものを締め付け、白濁を啜りとる。

執拗に熱欲を吐き出したあと、アデルが身体を離さないまま言った。

「泣かないでくれ」

「ご、ごめんね、こ、こんなこと……させ……っ……」

マリカはしゃくり上げながら、汗だくのアデルの身体に己の肌を押しつける。

出口のない愛しさは苦しみと変わらない。忘れようと決めた二年前の自分は賢かった。もう一度この気持ちを忘れられるよう、心を削っていかなければ。

そう考えるだけでますます涙が止まらなくなった。

バーネベルゲ公爵夫人として生きるなら、好きなものも大事なものもないほうがいい。ただひたすら心を殺してロレンシオに仕え、いつか翠海の氏族領を取り戻してもらうための駒になりきらなければ。

今夜のアデルの優しさも全部忘れる。だがその前に、過ちを正さねばならない。

——さっきの愛の言葉は取り消さなくては。アデルは不倫の罪など犯す人ではないわ。アデルだけは神様に許してもらえるようにしなくては。

そう決意し、マリカは嗚咽をこらえて小さな声で言った。

「私だけが悪いんだって、神様に、正直に告白するわ」

アデルは何も答えない。

「貴方は仮父の仕事をしただけ。だから今夜のことは忘れてね」

言い終えたとき、アデルの答えが聞こえた。

「断る」

「え……どうして……？」

身じろぎしたマリカの耳に、信じられない言葉が聞こえる。

「俺自身が、人妻を自分の快楽のために犯したいと思っているからだ。仮父の仕事などどうでもいい。抱きたいから君を抱いた」

アデルに抱きすくめられたままマリカは首を横に振る。

「駄目！　そんなの神様の教えに背く言葉よ、取り消して」

「何が駄目なんだ？　俺はもう一度君を抱き、快楽を味わい尽くそうと思っているのに」

そう言って、アデルは手を突いて上半身を起こした。

「俺は神様の罰とやらを受け入れる。また君と気持ちよくなりたい」

衰えを知らぬアデルの杭が、マリカの中で再び力と勢いを取り戻す。吐き出されたおびただしい精と蜜でぬるついた場所を、逞しい肉塊が緩やかに行き来し始めた。

快楽の極みを見たはずのマリカの身体に、再びどろりと濁った熱が灯る。

――アデルに、今の間違った発言を取り消させなければ。

仮父の仕事を否定し、人妻を自分のために抱くだなんて、冗談でも口にしてはならない言葉だった。

アデルが天国の門にたどり着けなかったらどうしよう。すぐに撤回させて、それで……。そこで、マリカの思考が途切れる。

身体が熱い。頭も熱くて、どろどろに溶けていきそうだ。

「あ……だめ……！」

接合部からぬめりのある液体が垂れ落ちてきた。幾筋も尻を伝い、敷布に吸われていく。

「んぁっ、だめぇ……アデル、あ……！」

ぐぷぐぷとあられもない音を立て、アデルの太い肉杭がマリカの身体を穿つ。マリカは身体をくねらせ、口の端から涎《よだれ》を垂らし、終わらない執拗な愉悦を貪った。

「い……いや……ああ……ん……」

「君が好きなんだ。だからこの関係は間違っている。俺は仮父などではなくただの間男だ。一緒に地獄に堕ちよう」

アデルが優しく言った。唇ははっきりと笑みを刻み、形の良い顎に汗の滴が光っている。息を乱し、よがり泣くマリカの膣奥をかき回しながら、アデルは続けた。

「どこもかしこも柔らかくて、いやらしくて、君は最高だな」

「ひぅ……もうだめ、奥……だめ……あぁ……」

あまりの快感に意識が飛びそうだ。マリカは無我夢中で腰を揺すり、アデルの腕をぎゅっと掴んだ。

「嫌、アデル……取り消して……そんな恐ろしい言葉……ん、んっ……」

腹の奥が燃え上がる。いやいやと首を振っても、アデルは性交をやめてくれなかった。

マリカの唇から意味をなさない嬌声が漏れる。

「取り消さない。それに教会に行って告白するだと？　まさか司祭様に言うのか？　『裸になって、仮父に縋り付いて何度も腰を振りました。全身ぐしょぐしょになるまで二人で乱れました』と。信じられない。男の俺でも到底言えない台詞だな」

アデルの口調は少し意地悪だった。息を弾ませながら、言われた言葉の意味を考えた刹那、カッと身体が熱くなった。

そんな淫らなことを、司祭に告白できるはずがない。

「いや……」

マリカは真っ赤な顔で首を横に振る。アデルが動きを止め、マリカの顔を見据えて厳しい声で言う。

「不貞の罪は細かく定められている。嫌になるほど具体的に聞かれるぞ。どんな言葉で誘ったのか、先に脱いだのはどちらか、自分から股を開いたのか、精を腹の上と中、どちらに出されたのか、性交中に愛していると言ったかどうか……もっと細かくだ。それを全部自分の口で言わされるんだからな」

アデルの言葉に、身体中鳥肌が立つ。

「やだぁあっ！」

「そんなの常識だ。分かっていて司祭様に告白するつもりだったんだろう？」

「あ、あぁ……違う……私、知らな……っ……」

羞恥と、迫り来る再びの絶頂感にマリカは啜り泣く。

「してくればいい、もしかしたら神様も淫らな俺たちをお許しくださるかもしれない」

「できない……いや……あぁ……」

激しく息を弾ませながらマリカは訴えた。

「じゃあ、正教会で告白するなどと考えずに、黙っているんだ」

抗えずにマリカは頷いた。

アデルが顔を寄せ、マリカの汗と涙でびしょびしょの唇に口づける。

マリカは素直に口づけを受け入れ、しゃくり上げながらアデルの塩味の唇を舐めた。

口づけは、淫らな罪を共有するための儀式のようだった。

「この部屋でのことは二人の秘密にする、いいな？」

「え……ええ……分かったわ……」

「……また君の中に出していいか？」

淫靡な問いに、マリカはもう一度素直に頷いた。アデルの背中に縋り付きながら、再び震える脚を腰に絡める。

もう何も考えられない。昂る杭を咥え込みながらマリカはぎゅっと唇を噛んだ。

「ん……！」

どろどろに蕩けた器官が再び激しく蠢き、ひくつくアデルのものを強く絞り上げた。再び奥に熱いほとばしりを感じて、手足の力が抜ける。お腹の中だけが別の生き物のようにびくびくと蠕動《ぜんどう》し、マリカの身体を中から炙った。

アデルはマリカを貫いたまま、濡れた身体を抱き寄せる。肌と肌がぴたりと重なり合い、甘いため息が漏れた。身体中アデルの汗にまみれていても、自分の匂いしか感じない。こんな体質の人は他に知らない。本当にアデルに全てを許してしまったのだと実感した。

『仮父との交わりに愛や快楽があってはならない。それらは夫婦のものである』

手引書に書かれていた言葉が脳裏をよぎった。

彼とはこれきりにしなければ。過ちを重ねてはならない。ようやく理性が戻った頭に、倫理的に正しい言葉が次々に浮かぶ。どの言葉も矢が突き刺さるように痛かった。

やがてアデルの身体が無造作に離れた。

肉杭が抜けると同時に、おびただしい液が脚の間から溢れ出した。

「また来る」

汗に濡れた身体に手早く服をまといながら、アデルが立ち上がる。

マリカは重い身体を引きずり起こし、アデルの背中に向けて言った。

「もう来ないで」

身を引き裂かれる思いで告げたが、答えは返ってこなかった。

地味な色の服を着終えたアデルが、ため息をついて寝台の脇の燭台を手にした。

――お願い、もう来ないで……。

マリカの目から新たな涙がこぼれ落ちる。

「アデル……もう来てはだめ……今度からは、別の仮父を……」

別の仮父を呼ぶから。過ちを重ねないようにしましょう。

そう言おうとした瞬間、喉が引きつった。

「あ……、……」

喉を押さえるマリカの様子に気付いたのか、アデルが振り返る。

「どうした」

声が出ない。否、言葉が出ないのだ。身体中がわなわなと震える。今、自分は何と言おうとしたのだろう。目から大粒の涙が落ちてくる。

心をいくつもの光景がよぎった。

母の別れ際の涙。ロレンシオから煤けた両親の指輪を受け取ったこと。何が両親の身に起きたのかと泣き続けたこと。アデルとは永遠に会えないのだと心に刻みつけたこと。全ての悲劇は愚かな兄が起こしたこと……。

全部苦しくて怖かった。

これから起きることも全部怖い。妊娠も出産も怖い。それにアデルの子を産めたとしても、彼には二度と会えない。我が子の顔を彼に見せることすら叶わない。

――嫌だ……アデル……。

どんなに強がっても、一番欲しいのはアデルと過ごす人生だった。

それを認めるのが苦しい。こんなふうに心が動くと痛い。あまりの痛みに狂いそうになる。だからずっと、死んだように凪《な》いだ心でいたかったのに。

――私……私を……。

惨めで弱々しい本音を、マリカは小さな声で口にした。

「助けて」

言い終えると同時に、とてつもない悲しみが込み上げてきた。

「翠海に帰りたい。帰って、アデルのお嫁さんに……なりたい……」

言いかけたとき『叶わない夢は捨てなさい』と頭の中で声が聞こえた。ぎりぎりと喉を絞り上げられたような気がして、最後まで口にできなくなる。

マリカは歯を食いしばった。

口にしたのはアデルにもどうにもできないことだと、痛いくらいに分かる。

マリカは慌てて首を横に振り、己の言葉を訂正した。

「なんでもない、聞かなかったことにして」

アデルがじっと自分を見下ろしている。

あまり表情が動かないのは相変わらずだ。

今の言葉をどう思ったのだろうか。困らせてしまっただろうか。そう思ったら、裸で泣きながら馬鹿なことを言った自分が惨めでたまらなくなる。

「聞こえた。もう遅い」

ぐしゃぐしゃの顔で泣いているマリカに、アデルが優しい声で言った。

――私がこんなにボロボロだから、慰めてくれるのね……。ありがとう、アデル。

マリカが目を伏せたとき、アデルが静かに歩み寄ってきた。

そのまま身を屈め、マリカの汚れた唇に自分の唇を押しつける。マリカは無防備に裸身を晒したまま、ゆっくりと瞬きした。

――アデル……？

「分かった。助ける。待っていてくれ」

もう一度唇が奪われた。訳も分からず震えるマリカに、アデルが笑いかけた。

「泣かなくて大丈夫だ」

「ごめんなさい、私……私、すごく愚かなことを言ったわ、本当に忘れて」

余計なことを口にした後悔がひたすら募る。アデルの優しさが苦しかった。もう、この笑顔なしで生きていく自信がない。

いっそのこと、ここから連れ出してほしい。殺されてもいいから一緒にいたい。

そう言いたかった。だがアデルを困らせるわけにはいかない。

大きな手が俯くマリカの頭に触れる。

「また来る」

『本当に？』とは聞けなかった。たとえ口約束でも、そう言ってくれる優しさがアデルら

しいと思い、胸が切なさでいっぱいになる。

「じゃあ、またな、マリカ」

言い置いて、アデルは足早に部屋を出て行った。

室内が暗闇で満たされる。マリカは唇を指先で押さえ、再び嗚咽した。

——私の馬鹿……なんてことを言ってしまったの……。

マリカは全裸のままふらりと立ち上がり、よろめく脚で真っ暗な浴室に駆け込んだ。木桶の湯はとうに冷め、冷え切っている。

だがマリカは構わずに石の床に膝を突き、脚を開いて木桶の湯をすくった。その手で脚の間を洗う。繰り返し注がれた精で和毛は粘つき、湿っていた。

——まだ身籠もりたくない……もう一度だけでいいからアデルに会いたい……。

涙を流しながら、マリカは濡れた手で己の秘裂に指を差し込み、熱くどろどろした濁りを掻き出す。

「……っ、う……っ……う……」

泣き声を堪えて、火照った秘部の奥を必死に洗った。

愚かな行為だ。何のために仮父を迎えたのか。

己を責める言葉が心を上滑りしていく。乳房に落ちる涙だけが温かい。

マリカは何度も水をすくっては、必死に情交の名残をすすいだ。

訳が分からなくなる。なぜ自分はあの美しく厳しい海の街を離れて、こんなところで惨めに泣いているのだろう。愛しい男との性交の痕跡を洗い流し、どうか子供を授かりませんようにと祈っているのだろう……。

今夜マリカは『仮父との性交で快楽を得てはならない』という大切な教えを無視した。誘ったのはマリカだから、マリカしか罪に問われないはずだ。そうであってほしい。

アデルは優しいから、我が儘なマリカに付き合ってくれただけだ。

『この部屋でのことは二人の秘密にする、いいな？』

閨での言葉を思い出した途端、罪悪感が抑えきれなくなった。

――違う。いけないのは私だけなの。天国の門をくぐれないのは私だけ。

正教会の正しい信徒であれば、天国に行けないのは一番恐ろしいことだ。

神の教えは赤子の頃から心に刻み込まれ、過ちを犯すことがないように厳しく躾けられて育つ。マリカもそうやって育てられたはずなのに……。

マリカは冷たい石の床に尻を付けて座り込んだ。

半年ほど仮父を迎えて孕まなかったら、仮父を替えるか、妻が『子を為せない女』として離縁されるのが普通だという。

――私は閣下の手駒だから、離縁はされないだろうけれど……。

それに同じ仮父とは一人しか子を作れない。仮父と妻の関係を深めすぎないようそう決まっているのだ。

何があろうとも、アデルに会えるのは半年の間だけ。

彼の子を授かって無事に産み落としても、次に待つのは別の仮父との性交である。貴族の妻は皆、たくさんの子を産む。無事に大人になれる赤子は多くはないからだ。マリカの母も、マリカの兄と弟を生まれてすぐに亡くしている。だが母は『身分ある家に嫁いだ女は皆、同じように苦しい思いをしている』と言っていた。出産は貴族の妻の義務であり、何より大事な仕事なのだ。

諦めの涙が流れ出す。悲しくて涙を流すのは二年ぶりだ。

心が生き返ってしまった。死んだままのほうが良かっただろうか。楽だっただろうか。

そう己に問うて、マリカは心の中で首を横に振った。

いや、昔のマリカに戻れて良かったのだ。

アデルが大好きだったことを、しっかりと思い出せたから。

——私、アデルに会えて嬉しい。貴方が昔と変わらず私を大事にしてくれて、とても嬉しい。どうしよう、助けて。私、貴方にまた会えなくなるのが怖い……。

寒々とした暗い浴室に、かすかな水音と、マリカのしゃくり上げる声だけが響いた。

◆

マリカのもとで夢のようなひとときを過ごしたあと、アデルは真っ暗な自室で夢を見ていた。

周りは白っぽい砂礫《されき》と、ひょろひょろの草が生えている不毛の地だ。空は抜けるように青く、風が強い。すぐ側から潮騒の音が届く。

目の前に広がるのは青緑色の美しい海だ。この辺りの海だけ色が違う理由は分かっていない。海の神が愛した場所なのだと古い逸話には残されていた。

「わあああああ！」

幼い女の子の泣き声が聞こえる。

はっとして振り返ると、マリカが本の表紙を手にわんわん泣いていた。

他の部分は地面に落ちている。古い本だ。表紙から剝離《はくり》して、本体が落ちてしまったのだろう。

「どうしたんだ、その本」

慌てて本を拾い、絶望的な顔で泣いているマリカの手から表紙を取り上げる。

落ちた本体と表紙を合わせてみる。確かに何枚か紙が破れてしまったが、バラバラにはなっていないから修理できそうだ。

「お父様の本よ……だまって持ち出したの……」

マリカが小さな拳で目元を拭いながらしゃくり上げた。

「もうだめ、お尻を叩かれるだけじゃ済まない！」

思い出した。これは七つの頃のマリカだ。

初めてメルヴィル家を訪れたとき、マリカが勝手に領主の本を持ち出してきて、壊してしまったのだ。

二日前に夜の海に出掛けて大騒動を起こし、皆の前でお尻を叩かれたというのに活発すぎる。でも、アデルは彼女を可愛いと思うし、まったく憎めない。

マリカは『珍しい本をアデルに見せるつもりだった』と言い、涙と鼻水と涎《よだれ》を同時に出して号泣している。せっかくの美少女が台無しだ。

——そんな生きるか死ぬかの形相で泣かなくていいのに……。

アデルは笑いを堪えて、真剣に嘆いているマリカに言った。

「一緒に君の父上に謝りに行こう」

「私、悪戯ばかりでいつも怒られているの。今度こそ許してもらえないわ！」

「悪戯ばかりなのは知ってる。大丈夫だよ、俺も一緒に行くから」

小さな頭を撫でると、マリカがぐしょぐしょの顔を上げてアデルに言った。

「ううん、一人で謝るわ。勇気を出して、私がやりましたって言ってくる」

真剣なマリカの表情に愛おしさが募った。マリカは真面目なのだ。だから領主夫妻も悪戯娘の彼女を毎日叱りつつ、愛してやまないのだろう。

アデルは肩を怒らせてのしのしと歩いて行くマリカの後を追った。領主の書斎に入ったマリカが、父親に壊した本を差し出す。

領主は『勝手に持ち出してはいけない。貴重な本もあるから触る前に必ず聞くように』とマリカに言い聞かせたあと、壊れた本を前に嘆息する。

「ああ、これは本綴じ職人のところに修理に出さなければ駄目だ」

マリカは小さな手でスカートの上から尻を押さえ、ぶるぶると震えている。

「お尻を叩く……？」

領主は首を横に振り、マリカに答えた。

「父様と母様がお前の尻を叩くのは、お前が向こうみずな危ない真似をしたときだけだ。屋敷の裏の崖を登ったり、一人で家を出てよそ者だらけの港に船を見に行ったり、行商の人間に付いていって街の関所を見ようとしたり……分かるか？」

――夜のヒトデ獲りだけではないのか……。

今までよく無事だったな、とアデルは思った。

ロカリア王国には、幼い女の子が安全でいられるような場所は親元以外にない。

人身売買を生業とする人間が常にうろついているし、子供だって平気で襲い、殺して小銭や身につけている品物を奪おうとする傭兵崩れもいる。

子供を攫《さら》って下働きの無給奴隷にしようと考えている人間も多い。

変質者だってもちろんいる。神の教義に厳しく抑制されている分、弱者に欲望を吐き出すような汚い大人もいるのだ。

アデルは騎士の卵だから、旅の途中で『悪い大人』に出くわしたときは、殺すか、相応の仕返しができる。物心つく前から、戦うように叩き込まれて育ったからだ。

だが領主の令嬢として育った幼いマリカには抗うことすらできないだろう。

「分かりました、お父様」

「本の修理代がかかるから、しばらくはお前のおやつは抜きにさせてもらうよ」

「わ……っ……分かりました……」

「行ってよろしい」

マリカがしおしおと戻ってくる。おやつ抜きと言われて絶望しているのだろう。

「おやつは俺がいただいた分をマリカにあげるよ」

「いいの……これは私への罰なのよ……ちゃんと受けるわ……」

マリカが落ち込んだ顔で言い、意を決したようにくるりと領主を振り返った。

「お父様、とても綺麗な本だったのに破ってごめんなさい！」

言うなり、ちょこちょこ走って部屋を飛び出して行く。残された領主が優しい笑みを浮かべてアデルに言った。

「本当に世話が焼けて、親としては胃が痛む娘なんだが、気立ては悪くないんだ。君さえ良かったら、これからもあの子と仲良くしてやってくれ、アデル君」

「はい」

――俺は可愛いと思う。うちの姉上や妹と違ってじゃじゃ馬だけど……。

口が重いアデルの分も、一人で喋り続けてくれるところが可愛い。くるくると表情が変わり、困っているときも喜んでいるときも、はっきり分かるところも面白い。

だから大人になってもマリカとなら二人で楽しく過ごせる気がする。マリカが好奇心に駆られて家を飛び出して行っても、追いかけて守れるようにもっと強くなろう……。

そう思ったとき、マリカの実家の光景がすうっと失せていった。

代わりに、まだ夜明け前の、薄暗い空が現れる。

――ここは……俺の家の庭？

父に蹴り飛ばされ、土の上に叩きつけられて転がっているらしい。だから明け方の空が目に飛び込んできたのだ。この夢は、アデルが過ごしてきた『日常』だ。

痛みに歯を食いしばるアデルの耳に、父の声が聞こえた。

「選抜騎士になるには、ただ剣が使えるだけではだめだ」

アデルは父の前でよろよろと身体を起こした。

選抜騎士というのは、優秀な騎士にロカリア王家が与える特別な称号だ。

その称号は千人に一人も持っていない。

家柄が良いだけでは授かることができず、数回の実技試験を受けて合格した上で、実際の戦いにおいて戦功を立てねば授与されないのだ。

「ダルヴィレンチ家の当主は、代々皆、選抜騎士の称号を賜っている。お前一人が選抜騎士の栄誉に浴せないなど、あってはならん」

父の期待がアデルの肩にのし掛かる。

――俺は誰よりも強い騎士にならなければ許されないんだ。そのためにわざわざ『髪と目が黒い貴族の血を引く子供』と指定までして、養子縁組されたんだから。

何とか立ち上がった瞬間、父に襟首を摑まれ、引きずり寄せられる。

「身体が軽いと、こうやって簡単に動きを封じられる。私が相手でなければこのまま首を絞められて死ぬが、どうやって切り抜ける?」

アデルは歯を食いしばったまま身体を倒し、勢いよく片脚を上げて、膝で父の腰を蹴りつけた。襟首を摑まれているからこそできる体勢だ。

訓練中の父は胴回りに分厚い革を巻いている。だがアデルの蹴りが正確に入ったことを認め、アデルの襟首から手を放してくれた。

「首に体重を預けすぎると痛めるし、下手すれば一生治癒しない。気をつけるように」

「はい」

頷くなり父の拳が横っ面めがけて飛んできた。

喰らえば意識が飛ぶ。アデルはすかさず後方に退き、腰に吊るした短剣を手にして、腰だめの姿勢で父に飛びかかった。

——子供の利点は素早さ……。

父の教えどおり、殴りかかってきたために体勢を崩した一瞬を狙い、短剣を振り下ろす。もちろん父はアデルの訓練のため、わざと小さな隙を作ってくれたのだ。『普通の相手ならこうなる』と。

刃を潰した切れない短剣が、父の脇腹の分厚い革を抉った。

「よし、いい剣筋だ。そこを深く斬れば確実に失血死させられる。ただし鎧を着た相手の場合は、短剣で狙うこと自体が間違いだからな」

「はい、父上」

「その場合はどうする？」

「重装備の相手からは走って逃げます」

汗が何滴も目に入ったが、その程度の痛みはもう慣れた。アデルは全身全霊で父の様子を窺いながら、次の攻撃を待つ。

……そのとき、不意に父の声が別の場所から聞こえた。

「おい、アデル、起きろ」

一気に目の前が明るくなり、アデルは自宅の寝台で目を覚ます。

戦争が本格的になり、騎士団の寮が埋まった。実家が勤務先に近い者には寮の部屋が割り当てられなくなったため、アデルは今、自宅で暮らしているのだ。

「今日は非番か？」

「……おはようございます、父上。俺は今日は非番です」

変な夢を久しぶりに見たと思いながら身を起こすと、父が夢の中とは別人のような笑顔でアデルの部屋を覗き込んでいた。腕には溺愛している孫娘を抱いている。

アデルの長姉夫婦のところに生まれた、二歳になる可愛い女の子だ。

――本当に可愛くて仕方ないんだな……血が繋がっているから……なのかな。

自分が養子であることは、父母の口から直接聞いたことはない。

だが父とアデルの間には常にぎくしゃくした空気が流れていた。

温厚な性格の母は『もらった息子』にも分け隔てなく優しかったが、父がアデルに微笑みかけることなど滅多になかった。だがこの二年、父は別人のようである。理由は初めての孫娘が生まれ、人柄が変わったかのようによく笑うようになったからだ。

アデルの二人の姉は、これまで男の子にばかり恵まれてきた。

まるで父がアデルに掛けた『まじない』が、ようやく作用し始めたとでも言わんばかりに、五人続けて男孫しか生まれなかったのだ。

だから父は、初めて授かった孫娘が愛おしくてならないらしい。

二年前、生まれたばかりの孫娘に、父が赤ちゃん言葉で話しかけたときは、家族全員が言葉を失ったほどだ。

起き上がったアデルを指さし、姪が『おじたん』と言った。何を喋っても可愛い、とばかりに父が笑み崩れる。

今の父には、王立騎士団の副団長を務め、『王の剛剣』と呼ばれる騎士の面影は見当たらない。孫の一挙一動が愛おしくて仕方がないただの祖父だ。

アデルへの仕打ちを忘れたかのような振る舞いに、思うところがないでもなかったが、水に流すことにした。父に強さを叩き込まれたおかげで、アデルは生き延びられた。強い大人の男にしてもらったことは感謝しているからだ。

「アデルも食堂に来い。ちびたちや姉さんと一緒に飯を食え。この子はさっきからおじさん、おじさんとお前を呼んでいるんだぞ」

「じいじ、おじたん、おきた」

「そうそう。アデルおじさんがやっと起きたんだよ。一緒にご飯を食べような」

父は優しい声で孫娘をあやしながら部屋から出て行った。

扉が閉まるのを確認し、アデルは己の身体を見下ろす。

かすかに女の汗の匂いがする。自分の匂いは相変わらず感じなかった。

――マリカ……。

昨夜の『仮父の仕事』を思い出す。身体は満ち足りていても、心は愕然としたままだ。

仮父を迎えた『バーネベルゲ公爵夫人』は、アデルの知る、明るく輝いていたマリカではなかった。

マリカはこの二年、あんなに光のない、死んだような目で生きてきたのだろうか。

アデルを拒み、嫌い抜いてくれたほうがましだった。

愛しいマリカが魂の抜け殻のような姿で二年も過ごしていたのかと思うと、哀れで髪をかきむしりたくなる。あんなに明るく無邪気で誰よりも愛らしかったのに。

腕の中で泣き乱れていたマリカが、ようやく目が覚めたとばかりに口走った言葉が胸に烙印のように残ったままだ。

『アデルの本物のお嫁さんになりたかったな』

苦しい。

幸せな過去に戻りたいのは、アデルだけではなかったのだ。

この二年間、アデルはマリカの気持ちを想像しないようにしていた。

バーネベルゲ公爵夫人になり、地位と名誉に恵まれて、それなりに納得しているのだと思いたかった。

兄の愚行を止め、翠海の氏族領を奪還するために、ロレンシオに前向きに協力しているのだろうと自分に言い聞かせていた。

だが、そうではなかったのだ。

閨でマリカに告げられた言葉の全てがアデルの心を滅茶苦茶にかき乱す。

マリカの光のない目や張りのない声が、アデルの心に不安を掻き立てる。

どれだけ傷つけばあんなに虚ろな姿に変わるのだろう。

——俺だけじゃなかった。心を潰されたのは俺だけじゃなかったんだ。

マリカが過ごした二年間も、アデルに負けず劣らずの地獄だったのだ。

そうでなければ、いつも愛らしく笑っていた、光の塊のようだったマリカがあんなふうに変わるはずがない。

普通の貴族の娘ならば、何が何でも公爵夫人の地位にしがみついて、仮父を受け入れることに耐えるだろう。

後見がいない女の人生は、男のそれよりも遥かに厳しく辛い。

正教会の教えでは、女性は男性の従属物とされるからだ。

女は実家に守られ、嫁いだあとは夫に守られて生きる。

もしも夫が先立った場合は、残された財産を相続して生計を立てる。嫁げなかった娘は何が何でも実家に居残り、家から追い出されないようにするしかない。

それができない場合は、家族が大枚をはたいて修道院に入れることがほとんどだ。

貴族の娘が所属する家を失えば、大抵はろくな人生が待っていないのだ。

だが、世情を知っていても、マリカにとって今の暮らしは辛すぎるのだろう。

『翠海に帰りたい。帰って、アデルのお嫁さんに……なりたい……』

真っ暗な帰り道、マリカの涙を思い出すたびに心の中で繰り返した。

――俺もだ、俺も君と一緒に、あの幸せだった時間に戻りたい。

だが、マリカをロレンシオの屋敷から連れ出すことはできない。

自分一人ならばともかく、バーネベルゲ公爵家を敵に回して、か弱いマリカを連れて逃げ延びられるとは思わないからだ。

自分が誘拐犯として殺されるだけならいい。だが二人で逃避行などしようものなら、マリカも『男を誘った』『男に貞操を汚された』と責められるに決まっている。どんなにアデルが無理やり攫ったのだと言い張っても、おそらく信じる人間はいない。

一度転落した貴婦人に、この世界がどれほど冷たいかは想像しなくても分かる。

夫の体面を汚したマリカはおそらく離縁され、僻地の修道院に入れられる。湿った石牢のような建物から一生出られないまま、尼僧として過ごすことになるだろう。

マリカを助ける手段が何も思い浮かばない。

――駄目だ、父上の言うとおり飯でも食って考えるか。

アデルは部屋を出て、家の外に置かれた水甕《みずがめ》の水をひしゃくですくい、顔を洗った。

ひんやりした水の感触が心地よい。なのに、頭の中は煮えたぎったままだ。マリカの声が耳を離れない。

『今更どうしようもないことだけど、貴方を愛してるわ』

――俺も愛している。君を抱けて幸せだった。

きっと戦の神に勝利を捧げ続けたから、祈りが叶ったのだ。多くの勝利を捧げた褒美に、戦の神がマリカとの幸せな時間をくれたのだ。

一度で終わりにしたくない。また会いたい。どうしても会いたい。

――神よ、ありがとうございます。俺はこれからも、戦って勝利を収めます。その手柄を自分のものにせず、戦の神である――――に捧げます。

ロカリアの言葉ではない発音で古き名を呼び、アデルは戦の神に感謝を捧げた。

アデルは、未だに父があれほどに願った『選抜騎士』の称号を未だに得ていない。

戦の神に捧げる勝利を己のものにしなかったからだ。

特別な褒賞も選抜騎士の称号も受け取らず、手柄は上官や同僚のものにしてきた。

その振る舞いが、周囲の目にどれほど不気味に映っているかは知っている。

脳裏に先日の、戦場での光景が浮かんだ。

敵が退却し、皆で転がった死体の処理をしていたときのことだ。

その戦いでも、アデルは戦の神に勝利を捧げるため、無我夢中で敵を屠った。周囲の人間は、戦うことに必死で、アデルの戦いぶりなど見ていないだろうと高をくっていたのだ。

だがアデルの殺戮ぶりは『味方』から見てさえ容赦なかったらしい。

青い顔で立ちすくむ同僚が、アデルの槍で顔面を砕かれた死体を凝視していた。面頬《めんぼお》の部分の金属が完全にめり込み、地面には血を吸ったあとがある。

アデルは、その同僚に明るい笑顔で声を掛けた。

『こうたくさんの敵が死んでいくと、誰が誰を殺したか分からないな』

アデルの言葉に、同僚が震えながら言った。

『あ、ああ……そうだな……こんな……こんな馬鹿力で、鎧ごと頭を潰しちまうなんて、すごいヤツが味方にいるんだなと……思って……』

馬鹿力なのではない。すれ違いざまに馬の走りを緩めなかっただけだ。速度を乗せて一気に頭を狙えばいい。アデルは心の中でそう呟く。

『これは騎士隊長のお手柄だ。強い騎士のもとで戦えて、俺たちは幸運だな？』

――余計なことは言わずに黙っていろ。

半ば脅すようなアデルの言葉に、同僚は青ざめたまま頷いた。

『あ、ああそうだ。これは騎士隊長のお手柄だ……騎士隊長がやったんだとも……』

おもねるような口調だった。

けれど、戦の神が『返してくれた』マリカにも、半年後には会えなくなる。仮父の任を解かれたあとに、マリカはまだ別の男に抱かれるのだ。

彼女は他の男の身体の下でも、あの甘い声で啼《な》いてみせるのだろうか……。

ぐらりと目眩がする。考えるな、そこに踏み込むなと言う声が聞こえたが、止められなかった。

――マリカが俺以外の。

身体中が嘘のように冷えていく。視界が一点に集中し、一つのことしか考えられなくなっていく。戦場で慣れたはずの感覚だ。

――俺以外の。

アデルの目は、そこにいない、姿もまだ決まっていない男の幻影を見据えていた。

敵兵を観察しているときと同じように、瞬きもせずにその男を見据える。

マリカを汚す男はアデルにとって敵だ。

彼女が納得して抱かれるならいい。正当な妻として遇されているなら、相手の男を憎んだりはしない。ロレンシオとマリカの間に何の醜聞もなかったから、『マリカは今の境遇に満足しているのだろう』と信じられた。

だがマリカに無理やり仮父をあてがうというのなら話は変わる。

カラマン伯爵の口の軽さを知ったとき、反射的に手に掛けそうになった。あの男がマリカを抱き、その話を面白おかしく人に語りでもしたら決して許さなかっただろう。

可愛くて純粋だったマリカを汚されたくない。

——君以上に愛しい人はいない。これからも楽しく幸せに生きてほしかった。

アデルの脳裏に、マリカの閨の様子が生々しく浮かんだ。

マリカは名前も知らぬ男に犯され、唇だけで『助けて、アデル』と呟いている。だがじきに、諦めたように男の腰に脚を絡めて、小さな声で喘ぎ出す。

犯されているマリカが消えて、傍らに身重のマリカが現れた。マリカは大きな腹を撫でながら乾いた声音で独り言つ。

『この子は閣下のお世継ぎよ。私にできることはこれしかないの』

マリカの白い頬に、ぴしりと罅《ひび》が入った。

——え……？

みるみるうちに亀裂が全身に広がる。真っ白な肌が剥落《はくらく》していく。マリカは大きな腹を庇いながら『ああ』と呟き目を閉じる。同時にマリカの身体が四散した。

それを新しく現れた男が拾い集める。再び罅だらけのマリカが現れた。腹は平らで、赤子はいないようだ。男はマリカの部屋で彼女を組み敷き腰を振り始める。

罅だらけのマリカが身体を突き上げられながら、涙をこぼして男の背を抱いた。

甘い声で喘ぐマリカがやがて、亀裂だらけのまま産み月を迎えた姿になる。

『この子は閣下のお世継ぎよ。私にできることはこれしかないの』

顔を覆ったマリカの身体が、先ほどよりも勢いよく、粉々に砕け散った。

再び別の男が現れ、マリカの破片をかき集めて組み合わせる。ぼろぼろに罅割れたマリカは男に犯され、孕んで、産み月を迎えると悲痛な音を立てて砕け散る。

『助けて、苦しい、助けて……アデル……アデル……アデル……もう嫌ぁ……！』

砂礫のようになったマリカが呻くようにアデルを呼ぶのが聞こえる。新たに現れた男がマリカを組み立て直そうとしても、彼女は粉々になったまままもう元には戻らなかった。

強く拳を握りしめた刹那、アデルは幼子の声で我に返った。

「おじたぁん」

見ればよちよちと出てきたのは笑顔の姪だった。父が、従者のようにうやうやしく小さな孫娘のあとを付いてきている。

「遅い。お前も一緒に飯を食おうと誘いに来てくれたんだぞ。な？」

「分かりました、父上」

アデルはそう答え、かがみ込んで姪の頭を撫でた。姪が嬉しそうに笑う。この子はなぜかアデルによく懐いているのだ。

——閣下が、うちの父上のようにマリカの子を可愛がることはないだろう。当然だ、他人の赤子だからな。

仮父に孕まされ、命がけで産んだ子がロレンシオの道具になるのだ。

——きついな……。

『男の子』の自分だけがひたすら寒空の下を走らされている間、姉や妹は両親と一緒に暖かな家の中で笑っていた。あのとき感じた孤独が鮮やかに思い出される。

おそらく仮父の血を引いて生まれるマリカの子供も、昔のアデルと同じ気持ちを味わうのだろう。

何気ない日々の中で、ふとした拍子に『もらわれた子』の証を見つけてしまう。たとえ見たくなくとも、それは見えてしまうのだ。

マリカや子供が道具のまま生きていくなんて悲しすぎる。

どこでこの連鎖を断ち切れるのだろう。

「さ、皆で食事だ」

父がいそいそと孫娘を抱き上げ家に入っていく。

歩き出そうとした拍子にとある薬のことを思い出した。アデルは名前しか知らないその薬を、同僚は娼婦を抱きに行くたびに買っていた。

『これを渡せば相手の機嫌が良くなる』と言って得意げに笑っていたのだ。

――新月丸《しんげつがん》と言ったか。灰色の森の民が伝えてきた避妊薬は。

正教会の手前、堂々と売られることはないが、需要は高く、古くからの処方を扱う薬屋で買えるらしい。

――あれをマリカに呑ませれば……。

アデルは己の思いつきに立ち尽くす。

マリカに『子供が産めない女のふり』をさせれば、そのうち仮父を迎えなくていいという判断が下るだろう。マリカの悲しみが一つ減る。負の連鎖を一つ断てる。次に会ったとき、新月丸を彼女に渡し、呑むように言い聞かせれば……。

そう思ったとき、異変が起きた。

『もう〝俺〟とマリカの道は交わらないんだ。余計なお節介はやめろ』

自分の声が耳元ではっきりと聞こえた。

――え……？

『マリカに子供を産ませずに済んでも、満足するのは〝俺〟だけだ』

こんな経験は初めてだ。不気味だと思いながらも、アデルはその声に反論した。

――それでもいい。マリカは俺の大事な恋人なんだ。他の男に触らせたくない。子供なんてもってのほかだ。嫌だ、絶対に……。

『閣下が亡くなったあと、子供なしではマリカが肩身の狭い思いをする。そんなことも分からないのか？』

――俺は、約束どおりマリカを助けたい。

『約束？　その場の雰囲気で出た戯言《ざれごと》だろう。女を知らない〝俺〟は危なっかしいな。マリカはきっと、〝俺〟に愛を誓ったその口で、閣下にもねだっているはずだ。必ず跡継を産むから、将来の地位と財産を保証してくれと』

――そうかもしれない、俺が助けたいだけなんだ……でも……。

『ただの〝俺〟の勝手だ。奇跡が起きて、半年だけでも彼女を抱けることに感謝しろ』

――嫌だ、マリカを返してくれ……彼女と翠海に帰りたい。あの時間に戻って何もかもをやり直したい……俺とマリカが得るはずだった未来を返してくれ。

『ならば戦え。侵略者どもの魂を我に捧げよ。灰色の森は我らの聖地なれば』

不意に、囁きかける声が変わる。

若いのか老いているのか分からない、低く異様な声だった。

――誰だ。

大きな鳥の羽ばたきが聞こえ、アデルは我に返って辺りを見回す。

誰もいない、見慣れた実家の裏庭だった。

今の声の主は、心の中のもう一人の自分ではなかったのか。

寒い朝だというのにアデルの背を一滴の汗が流れ落ちていった。

第四章　愛する覚悟

冬が深まるにつれ、マリカの身体は氷のように冷え切っていく。

窓の外は真っ暗だった。何の音も聞こえない。

手にした燭台を窓に近づけると、歪んだ硝子越しに雪がちらついているのが見えた。同じ国なのに、深い森に抱かれたこの王都と、翠海の氏族領ではまるで気候が違う。

もしもアデルの妻になり、ここに引っ越してきていたとしたら、マリカは雪を見て大はしゃぎしていただろう。翠海に雪が降ることなど滅多にないからだ。

――私たちに子供がいたら、一緒に雪で遊んでいたかしら……。

マリカはもの悲しさを押し殺して微笑んだ。

ずっと雪を見ていると、吸い込まれていくような気がする。

吸い込まれた先には別の世界があって、アデルがいて、父母がいて、マリカは悪い夢を見ていたのだと笑って慰めてくれるのだ。

マリカは吐息で曇る窓を指で拭った。指には今、ロレンシオから贈られた豪奢な指輪が嵌められている。仮父がアデルだと分かったあの夜のあと、アデルが贈ってくれた紅玉の指輪を人目を忍んで何度も嵌めてみた。懐かしくて嬉しかった。けれど赤い煌めきを目にするたびに背徳感に襲われて、ここ数日は宝石箱から取り出していない。

——私が生きる世界はここだもの。翠海の人たちを守るのは私……。

己の責務を思い出しながら、マリカは唇を嚙みしめる。

アデルがくれた『助ける。待っていてくれ』という言葉。何度思い出してもありがたくて涙が出る。口約束でも心が救われた。彼の変わらぬ優しさも、今も自分を想っていてくれたことも、何もかもが嬉しかった。

『現在』を拒絶し、心を閉ざしていたマリカは、アデルの愛情で救われたのだ。

たとえ不可能でも、アデルは『ここから連れ出したい』と思ってくれている。

マリカにとって、アデルが見せてくれた愛情は希望だった。

その希望は小さくほのかな光になって、真っ暗だったマリカの心を照らしている。

『君を助けたい』

今でもそう思ってもらえる自分は幸せ者だと思うことができた。

——私は、今もアデルを愛しているわ。だからアデルを地獄に堕としたくないし、罪人にもしたくない。

あの夜別れてから、ひたすらアデルのことを考えていた。

——仮父のアデルと『ただの生殖』を超えた関係を持つことはやめなければ。

思い出すだけで甘く疼きだす身体を無視し、マリカは自分に言い聞かせた。

この前の夜、いっぱい愛してもらった。もうそれだけで満足する。

二度繰り返したら、より罪は深くなる。分かっていて不貞の罪を犯せば、魂が地獄に堕ちるだろう。絶対に駄目だ。

この前の夜にアデルと別れてから『駆け落ちできたらいいな』と何度も思った。

二人で一緒に、どこか遠くで暮らせたらと。

——たとえば、私を死んだことにして、代わりに自由にしてくださいと頼んだら、閣下は何とお答えになるかしら。

マリカが『死んだ』ら、『新生メルヴィル王国』の継承権は、夫のロレンシオに継がれる。

そしてマリカは、名前も地位も財産も失い『幽霊』として野に放たれるのだ。

『幽霊』とは、本来はこの世をうろつく死者の魂のことを指す。

だが、正教会の信徒たちの間では、悪意ある俗語として用いられることもある。

貴族でありながら、不貞を犯して全てを失った女。

それも『幽霊』と呼ぶのだ。

『幽霊』は名前や身分を剝奪され、死者と同じ扱いをされる。男に逆らった女に与えられる罰は重い。命は取られなくとも死ぬよりひどい目に遭わされる。

たとえ不貞の相手が愛してくれたとしても、幽霊の人生に未来はない。『幽霊』に関わったと知られたら世間から排除される。ゆえに相手の男の心も離れていくことがほとんどだ。

——周囲から責められても、アデルはどうにかして私を庇ってくれるでしょうね。たとえ自分が何を失ったとしても……アデルにそんなことはさせられないわ。

マリカはため息をつく。全てを捨ててこの家を出たとしても、アデルと一緒になれないことが、痛いくらいに分かるからだ。

——ああ、それにしても本当に魂が吸い込まれそうな雪。

大きく冷気を吸い込んだとき、扉が叩かれ、開いた。

入ってきたのはロレンシオだった。

「マリカ、元気にしているか。今年の初雪だな」

ロレンシオが夜にマリカの部屋を訪れることなど滅多にない。

——どうなさったのかしら。私が手掛けた管財部の作業に何か間違いがあった？

窓辺に立っていたマリカは慌ててロレンシオに長椅子を勧めた。

「閣下、このような夜更けにいかがなさいました？」

「少し外に出て、雪でも見ないかと誘いに来た」

ロレンシオは、厚手の毛織りの外套《がいとう》をまとっていた。彼からは雪と毛糸の匂いがするだけだ。ロレンシオはいつも身ぎれいで、体臭を誤魔化す香水すら付けていない。

さすがに王都暮らしの公爵閣下は翠海の男たちとはずいぶん違う。故郷の男たちは汗臭く、誰も彼もが潮風や魚や酒の臭いをまとっていたものなのに。

――アデルと同じね……初めて会ったときも、やはり都会の男の人はちっとも臭くないんだって思ったわ。あの人と似た空気をまとっているから、私はこれまで一度も閣下に嫌悪感を抱かなかったのかもしれない。

そう思いながら、マリカはドレスの裾を摘まみ、深々とロレンシオに頭を下げた。

「お誘いありがとうございます、ご一緒いたします」

マリカは急いで衣装棚を開け、ロレンシオから贈られた毛織りの外套を取り出した。

ロレンシオのものと同じ、羊の毛を分厚く織った品である。滅多に外出しないのに、ずいぶんと贅沢な品を誂《あつら》えてもらったものだ。

「行こう」

ロレンシオが立ち上がって部屋を出て行く。マリカはそのあとを追った。そのとき、ロレンシオの毛織りの外套の背に、細かな水滴が付いていることに気付いた。

「閣下は先ほどまで外にいらしたのですか？」

「ああ、そうだが」

「お客様かどなたかと、雪見をなさっておいででしたの？」

ロレンシオは答えずに廊下を歩いて行く。等間隔に火が灯されていても暗く、表情はよく見えなかった。

――聞いてはいけなかったのかしら？

不思議に思いながら、マリカは冷え切った石の廊下を歩いた。衛兵たちがロレンシオに深々と頭を下げる。ロレンシオはそれに鷹揚《おうよう》に頷きかけ、歩き続けて庭に出た。

「こちらにおいで、屋根に庇《ひさし》がある」

こんな夜更けに庭に出たのは、嫁いできてから初めてだ。

庭にも衛兵たちの姿があった。あちこちで大きな焚火《たきび》が燃えている。

——夜もああやって、番をしていらっしゃるのね。

焚火の勢いは強く、降りしきる雪にも負けてはいない。

「皆様、寒いのにお外で……」

「ああ。火は焚いているが長時間の見張りはさせられない。冬の間は四交代制だ」

ロレンシオは庭に面した庇の下に立ち、マリカに言った。

「厳重な警戒なのですね」

言いながら、こんなところから逃げ出すのは無理だ、アデルと駆け落ちするなんて夢物語だと改めて思う。

「これは平和な王都だから許される最低限の警備だ。私が生まれ育った霧山の氏族の屋敷はもっと厳戒態勢だった。なにしろ長い間だらだらお隣さんと戦争中で、いつ敵が攻めてくるか分からなかったからだ」

マリカは頷く。ロレンシオの過去は『武勇伝』として人づてに何度も聞いた。赤土の部族との戦争で息子たちを失ったのだとも。

「常に警戒し続けると消耗《しょうもう》する。お前もそう思うだろう」

「はい……そう思います……」

「お前の恋人も同じ目に遭ってきたのだ」

——私の恋人……？

アデルのことだ、と直感し、マリカは身体を固くした。

「騎士は頻繁に戦場に派遣され、吹雪の中であっても、ボアルド軍が攻めてこないか警戒を続けている。小競り合いになれば、早朝だろうが夜更けだろうが武器を取って戦い、休息も食事も摂《と》れずに数日過ごすこともある。私が戦線に加わっていた頃もそうだった」

——アデルはこんなに寒い中、食事も摂れずに戦ってきた……。

マリカは戦いを見たことがない。戦場の様子を具体的に聞いたのは初めてだ。

「矢の一本で死ぬ者もいる。隣で戦っていた幼なじみが一瞬で骸《むくろ》になったこともある。何より、戦いが一度始まれば終わりは見えない。それが何より辛い」

ロレンシオはマリカを顧みず、話を続けた。

「息子たちの骸を確認したのは私だ。上の息子は馬に顔を踏みつけられ、私でなければ見分けが付かなかった。下の息子は身体中の血がなくなって真っ白だった。二人とも愛の薄い父親だった私をよく慕ってくれた。何年も経つが、もっと愛してやれば良かったと思う。この後悔は消えぬ」

——閣下の過去に……そんなことが……。

目に涙が滲む。だがロレンシオは同情を欲してこの話をしたのではないだろう。マリカは慌てて真っ黒な夜空を見上げて誤魔化した。

「私は死ぬまで息子たちの最後の姿を忘れないだろう。戦いは、なくならねばならぬ」

「……不勉強でございました。私は、戦いの場がどのようなものか、正確に想像できておりませんでした」

小さな声で言うと、ロレンシオは首を横に振った。

「若い娘が戦場を知るのは、他国の侵入を許し多くの民が犠牲になる局面だ。だから一生知らなくていい。将来は皆が戦など知らぬ世界になれば、なお良いな」

マリカは、港にボアルド軍の船が入ってきたときの恐怖を思い浮かべた。

だが、戦場はもっと怖いはずだ。武器を持った敵の騎士や兵隊が、こちらを殺そうと一斉に押し寄せてくるのだから。そんな地獄があるだろうか。

――私……自分のことばかりで……アデルがいつもそんなに辛い恐ろしい思いをしているなんて想像していなかったわ……なんて愚かなの。

これまでの人生において、アデルは何度も翠海に住むマリカのもとを訪れてくれた。

彼に会うたびに『戦いに出ても、どうか無事でいて』と言葉にして願った。だが、戦争を知らないマリカの言葉は、アデルの耳にどれだけ薄っぺらく響いていただろう。

アデルはいつも『大丈夫』『何とかやり過ごす』『それほど危ない場所には配属されないから』と言ってくれた。だから安心できていたのだ。

全部、アデルの優しさだったのだと今更気付いた。アデルはいつも優しい。優しすぎて、愚かなマリカはいつもその場では彼の優しさに気付けないのだ。

この間の夜のこともそう。仮父としてやってきたアデルに八つ当たりをして、神の禁じる快楽に踏み込もうとしてしまった。

あんな振る舞いに及んだのも、マリカが我が儘で甘ったれで幼いからだ。

まるで成長できていない自分が情けない。

——い……いけない……閣下の御前なのに……涙が止まらないわ……。

慌てて手の甲で涙を拭うと、ロレンシオが降る雪を見上げながら言った。

「……最初、お前の仮父は別の男だったのだ。女慣れした四十男でな。人当たりも良く容姿もいい。お前に嫌悪感も罪悪感も抱かせず、すぐに子を与えてくれる人間だと思った。正教会からもその男がよいと薦められた」

正教会は誰にどの仮父を割り当てたのか、全て機密として記録している。

万が一、同じ仮父の子同士が婚姻を望んだときに制止するためだ。

もちろん、仮父の人品、振る舞い、子を産ませたかどうかの結果も全て記録しているのだろう。多額の献金をしてくれる大貴族に『優良株』を紹介するためだ。

「ではどうして、今の仮父の方に変更されたのですか」

「あの男が私のところに怒鳴り込んで来たからだ」

意外な言葉に驚き、マリカは雪の寒さも忘れて立ちすくむ。

——アデルが……？

「怒鳴り込んで来た方法にも驚かされた。あの男は私が開いた剣技大会で優勝し、賞金を断る代わりに、願いを聞いてくれと言ってきたのだよ」

「……アデル殿は、剣技大会に出るような性格ではありませんでした」

「そう、大人しく、目立つことが嫌いだそうだな。だがあれは数十年に一度の逸材だ。手練れ揃いの参加者を軒並《の》み伸して、観客が啞然《あぜん》としたまま試合を終わらせた」

マリカは首を振った。優しいアデルが荒々しく戦う姿など想像できない。

「ある者はアデル・ダルヴィレンチに剣を折られて失格となり、またある者は潰した剣先で急所を刺されて同じく失格となった。失神させられた者も何人もいたぞ」

信じられない。多分別の人の話だ。無意識に首を横に振りながらマリカは言った。

「アデル殿は歩兵ではありません。剣は得意ではなかったはずです。馬に乗るから、戦いのときは馬上槍を使っていると昔聞きました」

困惑するマリカに、ロレンシオは頷いてみせた。

「なるほど……やはり騎士団での評判どおり、どんな武器で戦わせても敵を斃す、恐ろしいほどの手練れのようだな」

——アデルが？　私の知っている彼とまるで違う話ばかりだけど……。

マリカには、荒々しく戦うアデルがどうしても想像できなかった。

「それはさておき、あの男はお前の名誉を守りたいと言ってきたのだ。どうやら仮父を頼んだ男が、お前を抱くことを酒の席で匂わせたらしくてな」

ロレンシオの言葉に、マリカは目を見開く。

「もちろん名前を出したわけではないだろう。そんな馬鹿は正教会から推薦されない。だがアデル君は、お前のことだと気付いた。そして剣技大会で優勝し、私のところに怒鳴り込んで来て言ったのだ。『口の軽い男にマリカを抱かせるな』とな」

目を丸くしたまま、マリカはロレンシオを見上げた。離れた場所の薪《まき》の炎が、ロレンシオの威厳ある顔をほのかに照らし出す。

「あの男は金貨の山や私が授ける名誉より、お前が醜聞に晒されないことのほうが大事らしい。だからそれほどまでに惚れているなら、お前が仮父になって、私の妻を抱けと言ってやったのだ」

マリカは言葉を失う。なぜ仮父の仕事を引き受けたのかと聞いたとき、アデルは『閣下に頼まれたから』としか言わなかったのに。

アデルがロレンシオと話をするためだけに、危険な思いをして剣技大会に出てくれたなんて想像もしなかった。きっと、強い選手が大勢いる中で必死に戦ってくれたのだ。

——ああ……アデルが私のためにそんな危ないことを……。

耐えられずにマリカは口元を覆う。いつしか雪夜の寒さも忘れていた。

「恋が円満に成就する貴族など、ほとんどいない」

ロレンシオが何かを思い出すような眼差しで言った。

「成人した二人の息子は私の血を継いでいなかった。私は妻が誰と寝ようと放っておけと家の者たちに命じ、戦場で日々を過ごしていた」

――え……閣下……？

マリカの心臓が早鐘を打つ。バーネベルゲ家が治めていた『霧山の氏族』は、ロカリア王国でも王家に次ぐ規模の大氏族だった。

翠海とは比べものにならない財力と規模を誇っていたと聞く。その領主夫妻が正教会の教えから外れた関係だったなんて、俄《にわか》には信じられなかった。

「妻は、私が戦に出ている間に四回孕んだ。全て同じ男との子供だ。一人は流れ、二人は育った。そして妻は最後の出産で赤子と共に亡くなった」

――ずっと、同じ男性と関係していたの……？　まるでその男性こそが夫のようだわ。

到底信じられない話に、マリカは息をするのも忘れて聞き入った。

「私は妻が死んだという知らせを聞いて戦場から戻り、妻の恋人に、彼女と赤子の遺髪を贈った。お互い様だからな」

――何が……お互い様なのかしら……？

強い疑問が湧き上がる。だがマリカには問い質す勇気は無かった。

「妻は『ロカリアを王家の名のもとに統一したい』と言い張る私を憎んでいたのだ。何度『身の丈に合わない大望を抱くな』と罵られたことか。だが私と決裂し、恋した男に愛され、二人の子供に恵まれて、妻の人生はそれなりに幸せだったのではないかと思う」

凍り付くマリカに、ロレンシオは揺るがぬ口調で言った。

「私を愛さない人間、私が愛せない人間にも幸せになる権利はある。もちろん、私に人生を利用されたお前にも。そうではないか？」

ロレンシオの問いに、マリカは何と返していいものか迷いつつ口を開いた

「閣下は私に、奥様に許したのと同じような『幸せ』をくださろうと思われたのですか？」

ロレンシオは何も答えない。不意に、別れ際の母の言葉が蘇る。

『アデル殿と幸せにね』

母はマリカと同じく、戦争など知らない女性だった。

辺境に生まれ育ち、裕福とは言いがたい領主に嫁いで、息子のことで苦労をし尽くして、王都の貴族のような贅沢を知らずに生涯を終えた。

だが『平凡』な母は、目の前で故郷が蹂躙《じゅうりん》されているときでさえ取り乱さなかった。ボアルドに故郷を売った兄と刺し違えると言い切り、別れ際にマリカの幸せを祈って送り出してくれたのだ。母の本当の強さと気高さをそのとき初めて知った。

——自分だって途方もなく怖かったはずなのに……お母様……。

あんなにも母に愛されていたなんて、一緒にいたときは気付けなかった。

——お母様がくれたものが愛だとしたら、私はアデルに愛なんてあげたことがない。この前の夜も、彼に未練と我が儘をぶつけて泣いただけだったわ。

マリカは唇を噛んだ。自分の幼い精神が呪わしかったからだ。

——私は……家に帰ってこないお兄様のことだって、ただの不良だと思っていた。お父

様とお母様を悩ませるひどい人だって考えていただけ。故郷を裏切ってボアルド軍を手引きするなんて考えてもいなかった。本当に、何も知らないで守られていただけの、甘ったれだったのよ……。

アデルを愛しく思えば思うほど、どんどん自分の本当の輪郭が見えてくる。傷ついて心を閉ざした子供。守られるだけだった子供。それがマリカの正体だ。

何も言わないマリカに、ロレンシオが言い聞かせる。

「上流階級に生まれて、何もかもが満たされる人間はいない。我々は家と信仰のために生きる義務を負っている。恋しい相手と共に過ごせるだけでも僥倖《ぎょうこう》だ」

ひどく実感のこもった声だった。

ロレンシオの心にも、かつて誰か大事な人がいたのだろうか。

その人と過ごせるだけでも幸せだと思ったのだろうか……。

そう思ってロレンシオの横顔を見上げたが、彼の表情からは何も読み取れなかった。

「なんなら、正教会に特例を交渉してもいい。仮父は交代させず、ずっとアデル・ダルヴィレンチに頼む。そうすれば君は、幸せの欠片を握って生きられるはずだ」

意外な言葉だった。

この広大な石の屋敷に閉じ込められる代わりに、自分のもとに通ってくる男はアデルだけ。マリカは夫公認の愛人を抱えた妻になる。周囲の人間も見て見ぬふりをしてくれる。

――でも、その暮らしは、幸せなのかしら……。

マリカはぎゅっと手を握った。

「アデル殿は結婚する必要があります。彼はダルヴィレンチ家の唯一の男子です。家を継げるのは彼しかいないのに」

「どんな未来を選ぶかはアデル君次第だ」

ロレンシオの言葉を反芻《はんすう》し、マリカはゆっくりとため息をついた。

――私は、アデルにそんな歪んだ人生を歩ませたくない。それに、アデルに去られる痛みも味わいたくないわ……。

改めて、痛いくらいに理解できた。自分とアデルの縁は永遠に交わらないのだと。

夫の強大な権力で歪めてもらっても、彼とマリカの人生は重ならない。

「アデル殿に、そんな関係を強いることはできません」

マリカは首を横に振ってみせた。

ここに吹く冷たく湿った風は、愛する故郷の風となんと違うことだろう。

不意に目に映る焚火が歪んだ。

――アデル、私は貴方を愛しているわ。もう、愛されるだけで済ませたりしない。

マリカの凍える頬に涙が流れた。すぐに凍り付きそうだ。そう思いながらマリカはロレンシオに言った。

「私は、故郷と家族を失い、兄は大罪を犯してこの国を裏切った人間です。自分にはもう何もないと思い込み、兄の罪を償うつもりで心を押し殺して過ごしてきました。けれどそれは、幼さゆえの甘えだったと思います。これほどの厚遇を受けながら、ただ道具になりきって人生をやり過ごそうだなんて、傲慢《ごうまん》……でした……」

ロレンシオの灰色の目が、笑ってマリカを見下ろしていた。幼い頃に亡くなった祖父が向けてくれたような優しい笑顔だった。彼のこんな顔を見るのは初めてだ。

「なるほど、だから今日はよく喋る上に、私の前で泣くわけだ」

「し、失礼いたしました」

己の思いを言葉にするのに没頭していて、涙を流していたことさえ忘れていた。マリカは慌てて分厚い外套の袖で涙を拭う。

「今のように中途半端な関係を続けていては、アデル殿が幸せになれません。仮父は別の方にしていただけないでしょうか」

ロレンシオは無言で首を横に振る。

「なぜですか、私はアデル殿にまっとうな人生を送っていただきたいのです」

「第一に、バーネベルゲ家の仮父になるのは、私が剣技大会の優勝者であるアデル君に与えた権利だ。第二に、仮父をアデル君に任せるにあたり、正教会側に様々な便宜を図ってもらっている。私の一存で何度も仮父を替えることはできない」

彼の言うとおりだ。マリカの気持ちだけで多くの人を巻き込み、仮父を替えてもらうのは我が儘な話なのだろう。

——私が……ちゃんと正教会の教えを守ればいいだけの話なんだわ……。

アデルと過ごした夜のことを思い出すだけで、身体が怪しげな熱を帯びる。それは雪夜の寒さをも凌駕《りょうが》する、得体の知れない熱だった。

「分かりました。ではこれからは、常識どおりにアデル殿を仮父として迎え、授かれば『閣下』の御子を産みます。次に新しい仮父の方を紹介されても同じことをします。正教会の決まりどおりに振る舞い、アデル殿の人生を損なわない生き方を選びます」

他の仮父のことを思うと嫌悪感を覚えたが、マリカは強く自分に言い聞かせた。

仮父とて性欲に任せてマリカを穢すのではない。頼まれて抱きに来るのだ。

この前、仮父は立候補では選ばれないとエレオノールに聞いた。

女を抱きたいだけの男は仮父に選ばれないし、依頼を受けるか否かも男性次第らしい。

——仮父のほうも、喜び勇んで私のもとに来るわけじゃない。お金のためとか、夫の子を授かれない妻への憐れみの気持ちとか、色々な理由があるんだわ。私を抱くと匂わせていた人だって、本当は乗り気でないのをお酒の勢いで誤魔化していただけなのかも。

雪で頭が冷やされたからか、それともロレンシオのやるせない『幸せ』の話を聞いたからか、今夜はずいぶん頭が冴えているようだ。

曇った窓を拭うように、色々な物事が別の角度から見えてくる。

「なるほど、神に抗わぬ生き方か。口ではたやすく誓えるが難しいぞ」

「皆、そうしています。私にもできるはずです」

震え声で答えると、ロレンシオが肩をすくめた。

「さあ、それはどうかな。お前は善良なお嬢様育ちの娘だ。恋に狂った人間の、まことの執着の恐ろしさを知らぬ」

「どういう意味ですか？」

「まあいい。ずいぶん冷えた。もう行こうか」

マリカはきびすを返したロレンシオの背中を見上げた。

——奥様の恋人に遺髪を贈ることが『お互い様』と仰ったのはなぜ？　恋人と一緒に過ごせる時間があるだけでも幸せだと仰ったわ。それは、ご自分もそうだったから？

しかしそれを聞いたところで、マリカの好奇心が満たされるだけだ。誰の心にも触れてはならない秘密がある。そう思いながら、マリカはロレンシオの後を追う。

「近いうちにまたアデル君を呼ぶ。二人で私の提案を検討するといい。本当に彼と会えなくなる人生で良いのかどうか。模範解答ではない自分の気持ちと向き合いたまえ」

心が揺れるのを感じながら、マリカは答えた。

「かしこまりました、閣下」

マリカはやまない雪の中を歩きながら思った。

——私はアデルに幸せになってほしい。愛とは、人の幸せを願うことのはずよ。

三日後の夜、エレオノールからアデルが来ると告げられ、マリカは慌てて以前に縫い上げた『正しい寝間着』を取り出した。

色気のない、前釦を開ける形の分厚い綿の寝間着だ。

エレオノールには『今夜はちゃんと、仮父殿に楽しんでいただけるよう、装いには気をつけます』と嘘をついた。

『それでよろしいのですよ。あまりに妙な装いをしても仮父殿が困りますから』

神妙に振る舞うマリカに納得したのか、エレオノールは部屋の確認には来なかった。

マリカはこの三日間繰り返したことをもう一度自分に言い聞かせる。

——アデルを地獄に堕としては駄目。私は今後心を入れ替えて、アデルのためにも神に従順な生き方を選ぶの。

もし今夜抱かれて次の月のものが止まったら、もうアデルとは会えなくなる。それでもいいと自分で決めたのだ。

ロレンシオの提案には乗らない。アデルには幸せになってもらう。仮父と愛を交わした罪は全部己のものとして引き受けると。

——……泣いてどうするの？　いつまで我が儘な子供でいるつもり？

マリカは分厚い寝間着の袖で涙を拭った。寝台に腰掛け、ひたすらアデルを待っていたとき、扉の把手《とって》が回る音がした。

——アデル！

何かを考える前に反射的に身体が動いた。マリカが扉に駆け寄るのと、燭台を手にしたアデルが入ってくるのは同時だった。

「こんばんは、マリカ」

昔のアデルと変わらない、優しい声だった。黒い目は澄んだ夜空のように穏やかで、形の良い唇には笑みを浮かべている。

「あ……！」

マリカは昔のようにアデルに手を伸ばしかけ、慌てて引っ込めた。

嬉しいとき、興味があるとき、何より先に身体が動いてしまう癖を改めなければ。マリカは姿勢を正し、身体の前で手を組んで挨拶を返した。

「こんばんは、アデル」

アデルはこの前と同じ騎士の服を着ていた。黒中心の飾り気のない衣装だ。ロレンシオと違って勲章がない。アデルはまだ若く、大きな手柄を立てていないからだろう。

剣は身につけていなかった。他人の屋敷の中には武器を持ち込めないので、番兵に預けたに違いない。

「今日は灯りを消していないんだな」

そう言われ、マリカははっとした。仮父を迎えるときに灯りを点けているのは手引書の内容に反する。夫以外に肌を見せてはならないからだ。そもそも、こんなふうに駆け寄る時点で間違っている。己の振る舞いに心中で頭を抱えつつ、マリカは言った。

「あ、貴方が来たらすぐ消すつもりだったの」

「俺は消させるつもりはないけどな。この燭台からすぐに火を移してやる」

アデルの言葉に、マリカの身体の奥が甘く疼く。

「そ、そんなことをするなら、貴方の燭台の火も消しちゃうわよ」

そう言い返したとき、ふと気付いた。回廊には夜も衛兵がおり、等間隔に灯が点っているはずだ。なぜアデルはいつも燭台を持ってやってくるのだろう。

「ねえ、どうしていつも灯りを持ってくるの？　回廊は明るいでしょう？」

「俺は裏手の通用口から、物置やら調理場の脇やらを通されてここまで上がってくるんだ。行き帰りは真っ暗だから、通用口に迎えに来たエレオノール様が貸してくれる」

アデルの言葉を聞いた刹那、ぎゅっと胸が痛んだ。

正門から上層階へ続く回廊を『仮父』のアデルは使用できないのだ。

招いたことを知られたくない客だから。

――そうよ……私……貴方にそんな惨めな思いをさせたくないんだったわ……。

僅かに俯くと、アデルは明るい声で言った。

「夜目は利くほうだけど、窓もない石の廊下はさすがに厳しいな。あれは真の暗闇だ」

「ええ……そうね……あの辺りは、夜は誰も使わないもの……」

マリカは力なく返事をすると、とぼとぼと寝台に向かった。腰を下ろし、隣に座ったアデルの顔を見上げる。

今の話を聞いて改めて決意した。愛しいアデルを『公爵夫人の愛人』などという不名誉な立場に置いては駄目だ。

アデルには名門ダルヴィレンチ家を継いで、堂々と生きてもらわなければ。彼はこの屋敷の正門から招かれ、主のロレンシオに迎えられるのにふさわしい人なのだから。

マリカはぎゅっと拳を握り、意を決してアデルに告げた。

「あのね、アデル。大事な話があるの」

「その前に君に口づけしたい」

アデルが黒い目でじっとマリカを見据えて言った。

『淫らに抱き合うことはしない。この前の夜は私の過ちだった』

そう言うつもりだったのに、言葉が出てこない。

アデルに口づけされたいという思いが心の中にあるからだ。

『ちょっとだけ、最後に一回だけ』

子供の頃のような言い訳がよぎった。

ちょっと外に出るだけ、ちょっと崖を登ってみるだけ、ちょっと馬車を追いかけてみるだけ、ちょっと港に来た船を見に行くだけ。

そのたびに父や母に何度お尻を叩かれたことだろう。

——過ちを繰り返すのは子供よ。アデルの幸せを祈れる大人に……。

母との別れがよぎり、鼻の奥がつんと痛くなる。マリカは潤んだ目でアデルに告げた。

「駄目よ、仮父の貴方とは口づけはできな……んっ……」

拒絶の言葉はアデルの唇で塞がれてしまった。あっさりと顎を摘まれ、唇を奪われた。いつの間にこんな体勢になったのかまるで分からなかった。

夜露だろうか、少し水の味がした。相変わらずアデルからは身体の匂いがしない。けれど服に付いた香の匂いや、彼を包んだ霧の匂い、砂埃の匂いを感じて、胸がいっぱいになる。間違いなくアデルが側にいると思えるからだ。

「ん……」

マリカは滑らかな唇の感触に思わず目を閉じる。

――な、何を素直に身を任せているの。だめよ……！

押しのけようとしたが、腕に力が入らなかった。愛しい気持ちがマリカの腕から力を奪うのだ。

そう思ったとき、口の中にアデルの舌が入ってきた。素直に口を開くと同時に、とても苦い丸薬が押し込まれる。舌がビリビリするような味だ。唇を離して吐き出したかったが、身体をねじり、仰け反るような姿勢を取らされていて、うまく動けなかった。

――な、何これ、何のお薬？

アデルの舌が丸薬を喉の奥のほうに押し込む。マリカは思わず、それをごくりと呑み下してしまった。

「大丈夫、毒ではない。新月丸だ」

唇を離したアデルが耳元で言う。聞いたことのない名前の薬だった。

「驚いた。いきなり呑ませないで。何に効く薬なの？」

「その薬を呑めば、男に抱かれても数日は身籠もらないんだ」

言葉の意味を理解した瞬間、マリカは驚いてアデルに言い返した。

「そんな薬があるの？」

目を皿のようにしていることに気付き、慌てて咳払いする。

「そ、そうなの。そんな薬を呑んでしまったのなら、今日は性交できないわ」

男女の交合が許されるのは『子孫繁栄』のためだけだ。

『新月丸』なるものが本当に効くのであれば、アデルに抱かれても子孫繁栄の目的が果たせないではないか。

「できるよ、この前のように」

「駄目。子供ができない期間の性交は禁止なの」

「俺は、そんな決まりは守らない」

優しくて静かないつもどおりのアデルの声だ。だが耳にした刹那、マリカの下腹部に怪しい疼きが走った。身体にじっとりと汗が滲む。

「だ……駄目よ……そんな不信心な……」

「愛する相手と快楽だけを分かち合いたい。そう望むことの何が悪い？」

アデルと身体を重ねたことが克明に蘇った。身体に汗が滲む。思い出すだけで火照り始めた身体を誤魔化すように。マリカは口走った。

「じ、地獄に堕ちるから取り消して」

唯一、夫婦だけが性交時に快楽を覚えても咎められない。

だがそれを目的として交わってはならないとされている。

当然、未婚の男女も、娼婦とそれを買う男も、不倫関係の二人も、仮父とそれを宛てがわれた女も、快楽のために抱き合えば地獄に堕ちる。

──快楽は道徳を殺す毒なのよ……。

事実、マリカはアデルに抱かれ、夫ではない男への愛を思い出してしまった。

神の御前でバーネベルゲ公爵家に嫁ぐことを誓ったのに、そんなものを全部捨ててアデルのものにしてほしいと願ってしまったのだ。

「俺を誘っているのは君だろう？」

「なっ……」

マリカは一瞬絶句した。真っ白になった頭に『そうだ』という言葉が浮かぶ。

アデルの言うとおりだ。この前の夜も、自ら寝間着をはだけ、もっと淫らに抱いてくれと誘った。

黒い目がじっとマリカを見ている。いつもどおり静かで穏やかな目だ。星のない夜空のような目から逃れようと、マリカは俯いた。

「そうだけど、もう二度としないわ。だって二人で快感を分かち合うなんて、本来ならば絶対に許されない、間違った行いだもの……」

そこでマリカは意を決して大きく息を吸い、アデルに告げた。

「貴方を呼ぶのはやめたいと頼んだのだけれど、閣下に聞き入れていただけなかったの。だから、あと半年、正教会が決めた期間に、私はアデルの子供を授かるように努力する。そのあとは……また指示どおりに別の仮父を迎える。信徒として真面目に生きるつもり」

——そして、アデルだけはお許しくださいと神様にお祈りするつもりよ……。

涙が滲んだが、己を鼓舞して言葉を続けた。

「だから貴方はちゃんとダルヴィレンチ家を継いで、跡継を作ってね」

胸元に涙が落ちた。もうすぐ、一生会えなくなると思うと苦しかった。お互いに、今でも愛し合っていることを確かめたあとだから尚更だ。

でも『愛している』から、アデルの幸せを願いたい。

歯を食いしばったとき、ロレンシオの忠告が蘇った。

『神に抗わぬ生き方か。口ではたやすく誓えるが難しいぞ』

ロレンシオの言うとおりだ。これから先、アデルと抱き合えない人生を選んだことを死ぬほど後悔するだろう。でも、それ以外は選べない。

「私は閣下のもとで、自分がなすべきことを頑張るわ。この間は私を助けてほしいなんて頼んでしまってごめんなさい。動揺していただけなの。まだまだ幼いわね、私」

「……俺は、君を助けたい」

黒い目に見据えられたまま、マリカはぎこちなく唇を動かした。

「私は、貴方がそう思ってくれただけで救われた。愛されていると思えて幸せになれたわ。ありがとう。アデルは自分自身の幸せと、ダルヴィレンチ家の繁栄だけを考えて」

マリカの言葉にアデルが穏やかに微笑んだ。

「俺の幸せ？」

「そうよ、貴方は自分自身の幸せな家庭を持って」

「俺の幸せは君を独占することだ」

――アデル……？

大きな手がマリカの身体をぎゅっと抱き寄せる。

「君が無理やり俺以外の男に抱かれて子供を産むなんて、考えるだけで頭がどうにかなりそうだ。そんなことさえ分からないのか？」

いつも穏やかな彼らしくない、怒りの滲む声だった。

「ご……ごめんなさい。でも仮父の方を迎えたら……いずれそうなるのよ」

「嫌だ」

嗚咽が込み上げそうになって、慌てて堪えた。

――私だって、アデルが新しいお嫁さんをもらうと想像するだけで胸が痛いのに……。

全てを失うまで、アデルに愛される幸せは自分だけのものだと無邪気に思っていた。

だから今は全てが苦しい。

自分のものになるはずだった幸せを全部他の女性に取られるなんて、妬《ねた》ましくて身体が

と思わずにいられない。

燃え上がりそうだ。

身も心も結ばれているのにどうして離れなければならないの、と思わずにいられない。

信心を失い、己を憐れむだけの馬鹿な女が考えそうなことだ。そう自嘲《じちょう》する。

「愚かな想像はやめましょう。自分を憐れむのは駄目。この二年間で実感したのよ」

アデルと自分自身に向けてマリカは言った。だがアデルは『そうだな』と肯定してはくれなかった。

「俺の知らない世界で、君が幸せに、己の立場に納得して暮らしていると想像していた頃のほうが、何百倍も楽だった。今の俺には、君を独占することしか考えられない」

「気持ちはいつか変わるわ。不変のものは人の世にないもの」

昔、故郷の教会で何度も聞いた話だ。司教は『だから唯一変わることのない神の教えを信じるように』と翠海の氏族領の皆に説いていた。

「だからアデルの気持ちもきっと変わって……私を忘れて楽になるわ……」

『他の女性を愛するかもしれないわ』とは言えなかった。妬《や》けてたまらないからだ。

だがマリカの言葉にアデルが静かに笑う。

「それは絶対にない、俺は変わらないよ」

「いいえ、変わらないのは神様だけなの」

マリカは唇を噛みしめる。

「無理だよ。もちろん最初は俺も君を忘れようとした。でも、どうしても気持ちを変えられなかったんだ、だから俺は君を返してほしいと、――――に願掛けをした」

「え？　何、聞き取れなかったわ」

身じろぎするマリカに構わずにアデルは続けた。

「戦の神にマリカを返してくれと祈ったんだよ。誰が聞いても『アデルは気が触れたんだ』と笑うような話だろう？　戦の神は敵の魂と勝利の誉れを喜ぶ。いくら敵を殺すために育てられた俺でも苦しかった。あんなにたくさんの勝利と魂を捧げるのは」

――誰に願掛けをしたのか聞き取れなかった。あれはどこの言葉？　そ、それに、戦の神って誰？　勝利と魂を捧げるって、どういう意味なの、まるで生贄のような……。

マリカはじっとしたまま、アデルの言葉に耳を傾け続けた。

「俺の祈りは戦の神に聞き届けられ、君の心と身体が返ってきたんだ」

「私の……心と身体が返ってきた……？」

不安が胸に満ちてくる。闇がひたひたと足元に迫ってくるようだ。

アデルが一緒にいて、今だけの幸せを嚙みしめているはずなのに、どうしてこんなにも『部屋が暗い』と感じるのだろう。

――私、怖いわ……どうして怖いの……？

マリカが音を立てないように唾を飲み込んだとき、アデルが優しく言った。

「俺との期間が終わっても、別の仮父を迎えるたびに新月丸を飲んでくれ。数年間仮父を呼んでも身籠もらなければ、以降は出産を免除されるだろう」

――正教会に禁じられている薬を使って、子を産めない女のふりをしろと……？

アデルの提案の罪深さに、マリカはうっすらと感じていた恐怖も忘れ、驚いて首を横に振った。

「だ、だめ、そんなこと勝手にできない……だって私の義務なのに……」

「黙っていれば分からない。薬は隠しておくんだ。その間に俺はもっと勝利を捧げて、より多くの君を『返してもらえる』ようにする……必ず君をここから助け出して、他の仮父に奪われた身体も全部俺が取り戻す」

「何を……何を言っているの……」

力いっぱい抱きすくめられてアデルの顔が見えない。彼がどんな顔で恐ろしい言葉を口にしているのか確かめられなかった。

「本当は君のもとに通ってくる仮父を排除したい。君に触れる男など存在してほしくないんだ。そうできればどんなに嬉しいか。君は俺の子だけを産むはずだったのに」

「な……」

身体が震え始めた。アデルが語っている言葉はおかしい。だが彼の声は血を滲ませているかのように苦しげだった。

「今夜は避妊薬を呑ませた君を犯して、快楽だけを貪る。そうすれば俺も間違いなく君と同じ地獄とやらに行ける。『神様』に許されるはずがない」

気付けばマリカはそっと抱き上げられ、寝台の上にうつ伏せにされていた。

身体が震える。アデルの様子がおかしいことが分かるからだ。

「い……いや……そんなことを言わないで……」

前回、自分がアデルを『淫らなことをしよう』なんて誘ったから、彼は間違った考えを抱いてしまったのだ。

あのときは、自分が不幸に思えて自棄になっていた。口から出た言葉を取り消すことはできない。けれど、どうしても考え直してほしい。

「私が悪かったの、この前いやらしいことをしたから……ごめんなさい、許して」

「そうだね、君は昔から悪戯っ子だった」

確かに幼い頃は、アデルが来てくれるたびに羽目を外し、侍女や両親に叱られた。

それでも今犯している罪は、子供の悪戯とは違う。

性の快楽には底がない。そこに相手への愛情が加われば尚更だ。

きっとアデルを引きずり込みながら、マリカも果てしなく沈んでしまう。神様の声など聞こえなくなって、浅ましくアデルだけを求め続けるだろう。

部屋の闇が濃度を増した気がした。愚かな自分はまた快楽に負けるに違いない。今夜はどんな罪を犯してしまうのか。

——こんなの、駄目……。

マリカはうつ伏せにされた姿勢から起き上がろうとした。だができない。アデルが腰を摑んで、持ち上げてしまったからだ。

「いやあ……！」

お尻を突き出す姿勢になり、マリカは悲鳴を上げた。

「一緒に地獄に堕ちようと言ったはずだ」

優しい声。大好きなアデルの声だ。つい素直に頷きそうになってしまう。だがすぐに我に返った。こんな破廉恥な姿勢で性交しようというのか。

寝間着の裾をまくられ、片手で腰を摑まれたまま、マリカは何とか逃れようともがいた。

「何してる、俺のほうにおいで」

「だ、駄目、駄目……！」

アデルから距離を取ろうと懸命に寝台を這ったが、容赦の無い力で引き戻される。

「丸見えだ」

「な……なにがよ……」

精一杯の反抗心を込めて、生意気できつい声で問い返した。

「君のここがひくひくしてる」

うつ伏せの不自然な姿勢で、マリカはごくりと唾を飲み込んだ。逆らおうとする動きが止まる。アデルの視線を『その場所』で感じた気がした。

――わ……私のあそこ……見られて……！

鼓動が大きく聞こえる。身体中が脈打っているかのようだ。

アデルの片手が離れ、指先が和毛をかき分けた。だが敏感な部分には触れようとしない。

ただひたすらに視線だけを注いでいるのがわかる。

「開いたり閉じたりしているんだ。それにもう濡れている」

「イヤ！　そんなところ見ないで！」

「こっちの口は俺に『早く来い』と言っているようだが」

マリカは力のこもらない声で答えた。

「違う……見ないでって言ってるのに……」

「欲しくて自分から口を開けたんだな」

――もうやめて……もう……。

陰唇が緩み、熱く火照っているのが自分でも分かった。恥ずかしい格好をさせられ、身体が反応しているのだ。

「わ、私は仰向けになるから、決まりどおり無言で抱いて」

「嫌だ。俺は君のここを見ながら奥に入りたい」

アデルは片手でズボンと下着をずり下げたようだ。

――ま、まだ外套も脱いでいないのに……アデル……。

どれほど気が逸り、一秒でも早くマリカの中に入りたいというのだろう。アデルの情欲の激しさに、マリカの身体まで反応して溶けていく。

伸びをしている猫のような格好で、マリカはそっと敷布を摑む。

今すぐ止めなければ、と必死に自分に言い聞かせたが、肉欲はマリカのいい子ぶった声などあっさりと握りつぶしてしまった。

――分かっているわ。私、アデルとするのが好きなの……どんなに良き信徒でいようとしても、ああ……。

絶望的な気持ちでマリカは力を抜いた。自分が情けなくてたまらない。

マリカは秘部をさらけ出したまま抗うのをやめた。

――馬鹿……。

犯されるのを待っている自分は、どんな顔をしているのだろう。おそらく、肉欲に蕩けたさぞ見苦しい顔に違いない。マリカの視界に涙の膜が張る。

――私……いっぱいしたいわ……お別れするまでたくさんアデルとしたい……。

子を孕まない快楽のためだけの性交。より深い快楽を得るための体位。

どちらの果実も甘美だ。

ロレンシオの言うとおり『神の教えを守り続けるのは難しい』。

この身体は、アデルと犯す過ちに飢えている。一度抱かれただけで、もうアデルに愛されずにはいられない身体になっていた。

早くこの身体を貪ってほしい。

自分の身体がどれだけアデルに反応し、淫らによがるのかもう一度教えてほしい。

――私には神の教えを守る力なんてなかったわ……。

自嘲した刹那、熱い肉の棒がぴたりと『入り口』に当たった。

「あ……」

マリカの身体がかすかに揺れた。

アデルが見ているのに、秘裂から蜜が垂れてしまった。ぬるいものが内股を伝っていく。

羞恥のあまりマリカはぎゅっと拳を握る。

「君もこの格好でしてみたかったのか?」

「ち、違う」

欲深さをさらけ出していても、それをアデルの前で口にするのは恥ずかしかった。

「へえ……」

アデルの意味ありげな声に頬が赤らむのを感じた。

とっくに自分が欲しがっていることに気付かれているのだ。

これからアデルが入ってくるから、嬉しくて、欲しくて、マリカの堕落した身体は我慢できずに涎を垂らしている。

「少しだけ挿れてみよう」

濡れた入り口に、硬い杭がずぶずぶと押し込まれる。マリカの身体は素直にそれを受け入れる。もっと奥まで……とねだるように腰が揺れた。

「だ……だめ……大きい……この姿勢じゃ……んっ……」

肘を突いて上体を起こしながら必死でアデルを振り返ろうとする。

「そんなに身体をねじったら苦しいだろう、枕を抱いて頭を預けると楽だ。顔面全体を押しつけないで、息ができるように……」

まだ狭いマリカの路に硬い杭が押し入ってくる。中はもうぬるぬるになっていて、アデルを食べたくてずっと我慢していたかのようだ。

マリカは言われるがままに枕を引き寄せた。確かに少し楽だ。それにあられもない声を少し殺せる。

「あん、っ……ん……っ……」

更に深く肉杭が押し込まれる。

マリカは腰を振って、もっと深くまで彼を呑み込もうとした。奥に欲しいのだ。深い場所でしゃぶりたい。はしたない『涎』が、繋がった場所から滴る。

「ああ……君がむしゃぶりついてくるみたいだ」

「嫌、変なこと言わないで……」

甘い悦びが下肢に広がり、ますます蜜が滴った。逞しい肉杭の突起が力強く襞を擦り、思わず嬌声が漏れる。

「ひぅ……んっ……」

なんて力強い『男』なのだろう。

自分の中が猛々しい雄の熱杭で充溢している、そう実感したときマリカの頭をいくつもの淫らな願いが横切った。

『アデルに夜となく昼となく犯されたい。何も考えず欲望のままに絡まり合いたい』

『私を獣にしてほしい。動物の雌に過ぎないことを教えてほしい』

『恥ずかしい格好を……もっと見て……』

息がひどく乱れる。ずっ、ずっ、と擦れ合いながら、アデルの杭がマリカの淫洞を行き来する。これからこの肉塊に啼かされ、溢れるまで欲望を注がれるのかと思うと、身体の奥がどろりと溶ける気がした。

——ああ、いい、奥当たる……っ……。

マリカは必死に快楽の声を殺した。

恥ずべき交わりが、どうしてこんなに嬉しくて幸せで気持ちいいのだろう。アデルのいつもと違う息づかいを感じるたび、喜びが胸に溢れてくる。

自分たちが大人になり、互いを男と女として新たな関係を築けたと思うからだ。

彼の妻になって生涯寄り添いたかった。たとえ貧しくなっても彼が病になっても、側にいるのは自分でありたかった。

涙が溢れ出し、マリカは歯を食いしばる。自分たちの関係が歪んでいることを今だけは全部忘れたい。

「麻袋を被って声も出さず、身体も動かさずにいるのと、泣いて腰を振りながらおねだりするのとはどちらが好きだ？」

「も、もちろん、教えに背かず……ぁ……っ」

ぐ……と奥まで押し込まれて、答えようとした声がうわずる。

「教えに背かずに、性交、あぁ……」

硬くなった肉杭を雌の口でしゃぶりながら、マリカは薄っぺらい信仰を口走る。

「こんなに締め付けてくるくせに、優等生のふりはしなくていい」

ゆっくりと身体を満たすものが抜けていく。

「や……やだ……」

焦らされて、身体が燃え上がりそうだった。

ぬちぬちと嫌らしい音を立てて、アデルが浅い場所で杭を行き来させた。もどかしさに身体を揺すっても彼はその場所でマリカを焦らすだけだ。

――アデル、欲しい……挿れて……もっと奥に来て……。

気を抜けば、淫らな言葉を並べ立ててしまいそうになる。

アデルが愛しい。この時間に溺れたい。少しでも悔い改めなければ。もっと私を乱してほしい。あらゆる思いがぐちゃぐちゃになって、何が正しいのか分からない。

「……そういえば君は、悪戯してお尻を叩かれていたな」

アデルの声が笑いを含んだ。圧倒的な雄の欲望に喘がされていたマリカは、反射的に枕から額を浮かす。

「い、いつの話？　子供の頃でしょう」

「嘘つきはお仕置きを受けるんだ……こうやって……」

不意にアデルの動きが速くなる。

「あ……！」

ぐちゅぐちゅと聞くも耐えがたい淫らな音を立てて、雄杭が勢いよく抜き差しされる。

ぱん、ぱんと打擲音を立てて、マリカの柔らかな尻にアデルの腰が打ち付けられた。

「本当は、恥ずかしい格好で思いきり快楽を味わいたいんだろう？」

抜き差しのたびにちゅぷちゅぷと音を立てて蜜が溢れ出す。

「ち……違う……」

マリカは枕を摑む手に力を込めた。

「俺は、君が淫らに乱れるほど嬉しい。可愛い君をもっと味わいたい」

抽送はますます激しくなり、蜜が局部からはみ出してこぼれる音が、耳を覆いたくなるような大きさになる。

「喜ばないで……悪いことなの……あぁ……」

力が入らず、内股が震え出した。下腹はひくひくと波打っている。

「こんなに……いいのにか？」

「ええ……そう……悪いことよ」

吐く息の熱さに涙が滲んだ。たらたらとはしたないものが腿を伝っていくのが自分でも分かる。

後ろから突かれるたびに、枕に乳房が擦られて、アデルを咥え込む場所が疼いた。

「俺は悪いことだとは思わない。さっきからずっと幸せなんだ。俺と交わって、清らかな君がこんな反応をするなんて……」

「ア……アデ……んぁ……！」

揺さぶられる身体を支えながら、マリカは懸命に嬌声を押し殺す。もし離れた場所の番兵にこんな声が聞こえてしまったら……そう思うとますます身体が疼いた。背徳感は悪行の炎を燃え立たせる油なのだろう。

「すごくいいな」

「……ぁっ、はぁ……っ……よくない……あぁっ」

喘ぎを止められなかった。

マリカは我慢できなくなり、不自然な姿勢で己の指を噛む。

つい力が入りすぎてしまうが、指の痛みなど感じない。たちまち涎まみれになった指を噛みしめながら、マリカは夢中で腰を揺すった。

「ん……っ……う……ふぅ……っ……」

どうやって肉体が堕落していくのか、お手本を辿っているかのようだ。

——本当は、お別れする前にいっぱい覚えておきたいの。アデルがどんなふうに私に触れたのか、私を抱いて、なんて言ってくれたのか……。

そう思った刹那、どっと涙が溢れた。

——ああ、貴方に幸せになってほしいのに……私……。

身体を支えていられなくなってもなお、マリカの腰は強引に持ち上げられ、がつがつと突かれ、獣の餌のように食い尽くされていく。

「はぁ……ん……」

唇から指が外れた。

媚に満ちた甘い声と共にくらくらするような絶頂感がマリカを呑み込む。

「あ……あ……」

蜜窟がビクビクと収斂し、そこにアデルのおびただしい劣情が放たれた。

マリカはアデルを咥え込んだまま局部を未練がましく蠢かせる。彼の身体がゆっくりと離れた。

肉杭が抜け、どろどろになった蜜口から熱いものがどっと溢れ出してくる。

涙が出るほど幸せな、罪深い交わりだった。これ以上いい子ぶったところで神様は誤魔化せないだろう。

——神様、私が二人分罪を負います。誘ったのは私です。これからも私がアデルを誤った快楽に誘い、過ちを犯させます。ですからどうか、私だけを罰してください……。

マリカは力なく伏せたまま祈る。

「これからはもっと頻繁に俺を呼びたいと言ってくれ。月に一度会う程度では孕めそうにないからと」

マリカは枕に頭を預けたまま、弱々しく首を振った。

「可愛い顔して、何を拗ねてる」

「拗ねていないわ。貴方に不道徳な真似をさせたくないだけ」

「俺の幸せを願ってくれているのではないのか？」

「ええ……願っているわ……」

大きくため息をついたあと、アデルがきっぱりと言った。

「ならば問題ない。今の俺はとても幸せだ。愛している、マリカ」

「……アデル……」

マリカは改めて決意した。アデルが仮父でいてくれるこの半年で、一生分アデルを愛そう。そして、自分がどれだけ愚かで堕落した女だったかを神様に告白しよう。

神が罰するのは誘った側のマリカだけのはず。

アデルは賢い人だから、マリカと離れればきっと悔い改めてくれるはずだ。

服装を整えたアデルが、まくれたマリカの寝間着の裾を直して抱き起こすと、腕の中に閉じ込めた。

「……少し俺の話をしていいか」

マリカはごわごわする外套に頬を押しつけたまま頷いた。

「俺の人生は恵まれている。家はそれなりの名家で、父母も真面目に生きる人間で……だが明るいことや楽しいことに縁がなかったんだ」

「そんな話初めて聞いたわ。どうしてそう思うの？」

アデルの胸にもたれたまま、マリカは尋ねた。

「たくさんの敵を殺せるようにと育てられたからだよ。理想の騎士になるとはそういう意味だ。たくさんの勲章をもらえる騎士は、それだけ殺した騎士だからね」

アデルの答えにマリカの身体が強ばった。燻《くすぶ》っていた官能の火が鎮まっていく。

「俺の一族は古い戦士の家柄で、親戚も知人も皆似たような境遇ばかりだ。男の子を授かることを望み、生まれれば喜ぶと同時に『将来はこの子を戦地へ送るのだ』と嘆く。だから鍛え上げる……それが俺の知っている世界で、常識だったんだ。そんな中でも、俺はひときわ厳格に育てられたと思う。家で唯一の男児だったから当たり前だな」

マリカはその言葉と同時に、ロレンシオが語ってくれた悲惨な『戦場』の話を思い出した。彼の血の繋がらない息子たちの死に様がどんなに恐ろしかったかも……。

改めて、アデルの生まれた世界の厳しさを実感する。

「十数年前からボアルドとの関係が悪化して争いが増えたんだ。父が戦いに赴くたびに家族で祈った。無事に帰ってきてほしいと。子供の頃は、蹄《ひづめ》の音や嘶《いなな》きが聞こえるたびに、父が帰ってきたのかと思い、姉たちと門に駆け付けた。母は常に憂鬱な顔をしていたな。幼子を抱え、家を女手一つで守らねばならなかったからだ。俺の日常はそんな毎日だった」

アデルが、自分の暮らしを『薄暗い』と称した理由がなんとなく分かる気がした。

日常を不安と緊張に支配されていたのだ。

翠海の氏族領は平和だった。

悩みといえば食糧難と貧しさだ。正教会の強大な物流網に支えられ、食べ物や薬を分けてもらって生きていた。

人々は正教会の子供たちで、自分こそが一番の理想の信徒であろうとしていた。

だから、一部の柄の悪い人のせいで治安は悪かったけれど、街や港の空気はさっぱりと清らかだったのだ。『神様』という頼る先があったおかげで、皆心静かでいられた。いつか神様がどうにかしてくださると思っていたから……けれど兄の愚行に蹂躙《じゅうりん》された故郷は、今どのように変わっているのだろう。それすらも分からない。

マリカは幼い頃から今まで、何も分からないままなのだ。

「ごめんなさい、私、アデルがそんな思いをしていたなんて気付かなかった」

「それはそうだ。俺自身、その暮らしが当たり前だと思っていたんだ。だから愚痴も何もなかった。ただ俺の生まれた世界は薄暗いなと思っていただけで」

そこで不意にアデルがマリカの身体を放し、笑顔で目を覗き込んできた。

「だから新鮮だった。出会ったときからのびのびと遊び回って、俺のあとを追いかけてくる君が。あまりに元気で明るいから、海の神に愛された妖精なのかと思った」

意外な言葉に、マリカの頬が赤らんだ。急に照れくさくなり、マリカは言い訳する。

「とてつもない田舎だから、馬で来たお客様が珍しかったのよ」

「馬の尻尾が来て嬉しかったんだろう？」

からかうような口調に、全身から汗がどっと噴き出した。

――覚えているわよね……初めて会ったお客様にあんなこと頼む子いないもの。

恥ずかしい。淫らなことをしているときとは別の恥ずかしさだ。

「あ……あの紐はずっと大事にしていたわ……持ち出せなかったけれど、実家が無事ならまだ私の部屋にあると思うの……ねえアデル、私がいい子だったところも思い出して。あるか分からないけど」

「そうだな、俺のために夜の海にヒトデとかいう生物を獲りに行ってくれた」

「あのね……今思えば呆れて言葉も出ないけれど、あげたかったのよ。当時の私にとっては最高のものだったから。形が綺麗だし」

恥ずかしすぎて汗だくだ。人並みに『昔から可愛い女だった』と思われたいのに。

「ア、アデルを追いかけ回していたのも、好きだったからなのよ」

「日の出と同時に俺を起こしに来て『遊ぼう』と誘うほどに？」

「う……そんなことをする迷惑な子は私だけよね、ごめんなさい。だけど私、兄と全然違う、優しくて公平な貴方が大好きだったの。いっぱい遊んでほしかったから」

まだ侍女すら寝ている早朝、マリカは年上の優しい男の子と遊びたくて、非常識な時間にたたき起こしに行ったのだ。

だがアデルはすぐに起きてきて、薄暗い庭で野良猫探しだの、司教様の真似ごっこだのに付き合ってくれた。

――私の可愛い思い出なんて、アデルの頭の中には一つもないかも。

自業自得だが、情けなくなってきた。

「君は元気の塊みたいな子だった。いつ会っても何かしら俺を驚かせてくれて」

「いくつになっても騒がしいって意味でしょう、それ」

マリカのぼやきにアデルが真面目な顔で言った。

「俺にとっては、君のやんちゃなところがたまらなく愛おしいという意味だ」

マリカはますます赤くなり、小さな声でお礼を言った。

「そう……それはありがとう……」

「君と過ごせるだけで、俺は幸せだ。俺にとって君は、世界の誰よりも可愛い女の子だった。そして今はとても美しい淑女だ」

だんだん恥ずかしくなってきた。

——こ、こんなに格好良くなったアデルに……そんなこと言われると……。

マリカは乱れた髪を手ぐしで整え、アデルから少し離れて寝台に座り直す。距離を取ったのはいたたまれないからだ。

肌を合わせていたときと同じくらい心臓がどくどくと高鳴る。

父母にも侍女にも怒られてばかりだったので、褒められ慣れていないのだ。ここに来てからは心を閉ざしてしまい、何を言われても心に響かなかった。

だからこんなに素敵な、誰もが見惚れるような精悍な男性になったアデルに「美しい」と言われて、どうしていいのか分からない。

——は、恥ずかしい……どうしよう……恥ずかしい……。

「綺麗な目だ。翠海の一番綺麗な場所を切り取ったみたいで素晴らしい」

「アデル……どうしちゃったの……急に褒めないで……」

「急に褒め出したわけじゃない。昔からそう思っていたんだ。結婚したら毎日言おうと思っていた。常に思っていることだからな、俺にとっては」

——な……な……に……？　何？

何と答えていいのか分からず、マリカは思いつくがままに口にした。

「あっ……あの……でもね、きっと、翠海で私と一緒に暮らしていたら、さすがの貴方も少しは音を上げていたと思うの！」

「君は人妻になっても悪戯三昧の予定だったのか？　俺の心臓を止めかねないほどに？」

「違う、違うわ！　そういう意味じゃなく！」

大慌てで否定すると、アデルが噴き出した。からかわれていただけらしい。ますます頭が真っ白になって、マリカは声を張り上げた。

「春呼びの風が吹くときよ！　覚えている？　私が庭ですごい風に飛ばされちゃって、あ、駄目だ！　って思った瞬間、それまでの短い人生がばーっと頭の中を流れた話」

「人生が云々《うんぬん》というのは初耳だ」

マリカは赤い顔をして頬を掻く。

「あ、あれ？　そうだった？　人生が頭の中を流れたのは、絶対に登るなと言われた崖から落ちかけたときだったかも？　あ、お友だちと皆で蟹獲りをしていたら、波に攫われて溺れかけたときかしら」

「君は日頃、どんな冒険をしていたんだ？」

若干呆れた様子のアデルに、マリカは慌てて首を横に振ってみせた。

「と、とにかく、さすがの貴方も翠海の自然の脅威には参ってしまったと思うの。嵐のときもすごいけど、とにかく春呼びの風。あれは本当に恐ろしいのよ」

マリカは拳を握り、当時の恐怖を思い出す。

「うちは南の国からたまに交易船が来るの。ボアルド以外では一番近いのがそこだから。だけどごくたまに、南の国を経由して物見に来る遠い国の船もいるの」

マリカの脳裏にばらばらになった木片が浮かんだ。

——春の翠海には決して来てはいけなかったのに……。

身体が飛ばされそうな強い風の中、必死で合図を送る父や船乗りたち。

どんなに張り上げても船まで届かなかった皆の声。

目の前で吸い込まれるように岩塊に叩きつけられ、沈んでいく船。

船から投げ出された人々。悲痛な顔で神に祈る大人たち。

思い出すだけで胸が痛い。港の人から『この時季に船が来てしまった！』と聞き、父は暴風をものともせずに飛び出して行った。マリカもそのあとを追い、父の傍らで『そっちに行かないで』と船に向かって叫び続けた。

表情が曇ったマリカの様子に気付いたのか、アデルが尋ねてきた。

「何か悲しいことでも思い出したのか？」

「ええ、その遠い国の船が、どうやっても港に入れなくて……強すぎる風に飛ばされて、岩にぶつかってばらばらになってしまったの……皆で精一杯、そっちじゃない、そっちに行くなと叫んで助けようとしたわ。でも、あの風と距離では声なんて届かなくて、翠海で使われている手旗信号もまるで通じなくって……」

目に涙が滲んだので、慌てて拭う。あれはマリカが見た一番大きな船の事故だった。目の前で船の右舷がばらばらになり、すごい勢いで沈んでいった。

「交流がある南の国の船なら、絶対にその時季は翠海に来ないの。とても危険だと伝えているから。春呼びの風の中で船を操れるのは慣れている漁師さんたちだけなのよ」

アデルが信じられないというように首を横に振る。

「そんな危険な暴風の中で漁に出る漁師を尊敬するよ……」

「だって私たち、お魚が獲れなかったらみんな飢えちゃうもの！　だから凄腕の漁師さんは本当に船を巧みに操るし、翠海のことにも詳しいの。とにかく、あそこはそのくらい厳しい自然に支配されている場所なのよ」

「そうなのか。岩礁も多くて難所だと聞いたが、ボアルド軍の船はどうやって軽々と港に入ってこられたのだろう？」

アデルの言葉に、マリカの胸に冷たい怒りが湧き起こる。

「……兄が凪の時季を教えて、手引きしたに決まっているわ。いえ、もう一生『兄』なんて呼ぶものですか。あの男も一応、座礁の危険がある場所や、潮の流れが特殊な場所は知っていたんだと思う。だけど、春呼びの風の中で船を出せるようなまともな漁師はあの男なんか相手にしない。あいつは今だって裸の王様に決まってる！」

アデルは複雑な顔をして黙り込んでしまった。

マリカももの悲しい気持ちになって口を噤む。

こうしている今も、翠海はボアルド軍の占領下に置かれ、兄が傀儡の王を名乗って君臨しているのだ。顔見知りの皆はどんな状態で暮らしているのだろう。

「なあ、マリカ。腕のいい船乗りはどうやってその暴風の中で船を出すんだ？」

追憶に沈んでいたマリカは、気を取り直して答えた。

「どんなに船が流されても帆を畳んでは駄目なの。基本はそれだけ。あとは翠海に詳しい人にしか分からないのだけれど、何とか頑張って岩礁ぎりぎりまで船を寄せて、そのまま風の流れに任せるのよ。そうすれば港の入り口近くまで流れ着くことができるの。風の流れが港に吹き込むように変わるのよ」

そこまで説明して、恐ろしい話を思い出し、ぶるりと身が震えた。

「あのね、あと、春呼びの風の時季には白い潮の流れが見えるの……沖から港に向かって真っ直ぐに伸びる流れ。それに乗ればいかにも港へ入れそうに見えるのだけれど、漁師さんたちは皆、それを『悪魔の手招き』って呼んでいたわ……だって、その海流に乗って陸が近づいたらもう抜けられない。岸壁に叩きつけられておしまいなんだもの……」

言い終えたマリカに、アデルが感心したように言った。

「本当に君は翠海のことをよく知っているんだな」

マリカは頷き、小さな声で言い添えた。

「貴方が仮父でいてくれる期間が過ぎても……閣下を通してなんでも聞いてね。私、お父様やお母様や、それから翠海の皆に聞いたことを死ぬ気で思い出して伝えるから」

「マリカ……」

「本当に、どんなことでも聞いて。くだらなく思えることでも。たとえば馬具ってあるでしょう？　あれ、翠海では手に入らないのよ。ロバと小さな農耕馬しかいないから。たまに王都から来る人が『買えない』って頭を抱えていたわ」

必死に説明するマリカに、アデルが優しく微笑みかける。マリカは勇気づけられ、更に口を開いた。

「あとはね、翠海で正教会の悪口を言っては駄目。どんな悪たれでも正教会だけは信じているの。逆に、このひねくれ者をどう懐柔《かいじゅう》しようかと悩んだら、自分は正教会の熱心な信徒だって示せばいいわ。きっと仲間だと思ってくれるから。それとね……」

「本当に詳しいんだな、助かるよ」

アデルの言葉に、マリカは頷き、アデルの外套の襟をぎゅっと握りしめた。

「私は、翠海で暮らすことになる貴方を絶対に支えるつもりだったわ。だからなんでも聞いて。私は……アデルの役に……」

言い終える前に、目から涙が落ちた。感情が昂って抑えられない。笑ったり泣いたり大忙しの夜だ。

けれどこれだけは間違いなく言える。

アデルと過ごした時間は、マリカにとって全て愛おしい宝物だ。

彼の役に立ちたいと努力し、妻になる日を夢見ていた自分を否定したくない。

これからだって、会えなくなっても愛し続ける。

——幸せになったあとも『私』がいたことだけは覚えていてほしい……馬鹿ね、馬鹿。でも、私を忘れないで、アデル……。

マリカが泣いていることに気付いたのか、アデルが優しい声で尋ねてきた。

「どうした?」

慌てて首を横に振り、泣き顔を見せないよう俯いたまま答える。

「……なんでもないわ。とにかく、私はアデルの役に立ちたいだけなの。愛しているわ。小さい頃の悪戯だって、貴方に好かれたくてやったことばかりだった」

「そんなことを言われると……もっともっとたくさん、君を取り返したくなる」

——え……どうしたの、アデル……?

突然声色が変わったのが分かった。アデルの逞しい腕がマリカを力いっぱい抱きしめる。捻るようにして身体を抱かれ、マリカは広い背中に縋り付いた。

「もっと戦って、もっと戦の神に勝利と魂を捧げる。そうすればたった半年の心と身体だけではなく、より多くの君を取り返せるはずだ」

「よ、より多くの……私……？」

「そう。本当は俺の妻になるはずだった君、俺だけに愛される君だ」

温かな広い胸に包まれているのに、急に身体が冷え始めた。

楽しかったはずの会話が途切れ、言葉が出てこなくなる。

――確かアデルは、私を取り返すとさっきも言っていたわ……何かに勝利と魂を捧げたって……何なの……怖いことを言わないで……。

『生贄』という言葉が再び脳裏をよぎる。

先ほど感じた足元を這いずる闇が、再び姿を現したように思えた。

「アデルは何を……何を誰に捧げているの……？」

「勝利の全てを、戦の神に」

部屋に這い寄る闇が、冷気が増しいていく。だがアデルは気付いた様子もなく続けた。

「だから俺は名誉も特別報酬も受け取らない。これは灰色の森の民、昔ながらのロカリア人にとってはなじみ深い『願掛け』なんだ」

アデルの言葉の異様さにマリカは絶句した。

名誉も特別報酬も受け取らないとは。王家から戦功を立てた騎士に与えられる褒賞は、時に莫大な額に及ぶと聞く。出世すれば尊敬も集まるし、騎士団内での位も上がるはずだ。

アデルはそれらを一切放棄しているというのか。

騎士になるために生きてきた努力、戦場で重ねた苦しみをすべて水の泡にしてまで『マリカを取り返すための願掛け』を続けているのか。

「で……でも……正教会はそんな神様の存在を認めていないわ。それに、騎士団には何も言われないの？　手柄を一度も立ててないなんて、一緒に戦っていた周囲の騎士や歩兵だっておかしいと思うんじゃない……？」

「何か言われたら、『俺の手柄は全部君に譲る』と答えている」

アデルの声は相変わらず静かだった。

けれど何かがおかしい。彼が『マリカをもっと取り返す』と言うたびに感じる、このじっとりとした闇は何なのだろう……。

マリカの脳裏に、ばらばらになったマリカを一つずつ拾い上げるアデルの姿が浮かんだ。貴方を愛していると呟く唇、アデルを抱きしめる腕。

けれどそれらはアデルの掌で砂になって消えていく。

当然だ。マリカはバーネベルゲ公爵の妻だから、アデルのものにはなれないのだ。翠海で紅玉の指輪を嵌めてもらった、あの幸せな日には戻れない。

それでも『もっと取り返したい』なんて、何という虚《むな》しさだろう。

アデルの尊い人生を、そんなことで浪費させたくない。

「明日の朝は騎士団の仕事で日の出前に出掛けるんだ。今日はもう帰るけれど、またすぐ

に呼んでくれ、いいね」

「アデル、待って……あの……私を取り返すためのお祈りなんてやめて。馬鹿げているわ、貴方が失うものが多すぎる。私は会える限り貴方を呼ぶ。身籠もらないように薬を呑んで、できるだけ多く会えるようにするわ。だから考え直して」

マリカの言葉にアデルは抱擁を解き、微笑んで立ち上がった。

「ありがとう、でもあの日の君を取り返すには、まだ『勝利』が足りないんだ」

その笑顔は優しく、昔どおりのアデルだ。けれど何かが違う。怖い。なぜ怖いのだろう、こんなに愛しいはずの彼のことが……。

「嫌よ。貴方が戦に出るだけでも心配なのに、願掛けのために無理して戦うなんて！　それに、命がけで得た褒賞は受け取るべきだわ！」

「無理はしていない。もっとたくさんの君を取り返せると思えば、俺は喜んで戦える。これから先も、地獄とやらに堕ちるとしても、俺は君と一緒にいたいんだ」

アデルの言葉に、鼻の奥がツンとした。

だが泣いてはいけないと思い、必死に堪える。

――アデル……地獄に行くのは私だけよ。私は、半年経ったらもう貴方とは会わない。そのあとも永遠に会えないの。貴方には正しい幸せな道を歩んでほしいから。

胸が塞がって、何も言えなくなった。

アデルは身を屈め、涙を堪えるマリカの額に口づける。

「君の幸福のために全てを懸けるよ。愛してる、マリカ」

そう言って、アデルは燭台を手に、部屋から静かに出て行った。その背中を見送って、マリカは寝台に横たわり、丸くなった。不安を感じたからだ。

――どうしたのかしら……私、なんだか怖い。私を取り返すための願掛けって、貴方は一体、戦場で何をしているの……？

マリカは温もりの消え始めた寝台で目を瞑り、心の中で強く思った。

――私はアデルに幸せになってほしいのよ。貴方が一番大事。小さい頃から大好きなの。だからお願い、どうか幸せに生きて……。

◆

アデルは回廊脇の扉を開け、奥へと続く真っ暗な廊下を歩き出した。この道は上階の人々に食事やリネン類、着替えなどを運ぶための道らしい。使用人しか使わないため、今は灯りが消されている。一応明かり採《と》りの窓はあるが、あいにく今夜は曇りだ。この廊下を照らす月明かりも届かない。

――ああ、抱いたらますます苦しくなった。マリカを俺以外の人間に触れさせたくない。

マリカの身体を思い出し、アデルはかすかに身を震わせる。獣が縄張りを主張するかのように、彼女は俺のものだと暴れて回りたかった。

『俺はマリカをずっと愛していた、マリカは政略の道具などではない、俺の一番の宝なんだ』と喚き、どこかに連れ出してしまいたい。

互いが獣であれば、今すぐにでもこの夢は叶っただろうに。

焼けた石のような嫉妬を持て余したまま、自分はどうやって生きていくのだろう。マリカに『バーネベルゲ公爵家の跡継を産むな』などと滅茶苦茶な願い事をして、一体どうなれば満足なのだろう……。

マリカが仮父を迎えると知ったことがきっかけで、アデルはマリカを抱けた。願いは叶ったが、強烈な嫉妬と引き換えだったのだ。

彼女と愛を確かめ合ったおかげで、アデルの心を食い荒らす〝希望〟は、更なる猛毒へと変わってしまった。

――もっと戦う、もっと捧げる……だから戦の神よ、どうか奇跡を起こしてくれ。あの日のマリカを、俺だけの妻になるはずだったマリカを返してくれ。

物思いに沈みながら階段を降り、雑多な暗い廊下を歩く。呆れるほどに広い屋敷だ。

この国では国王に次ぐ財力を持つと言われる公爵は、何を思って『ロカリア王国の統一』を図っているのだろうか。

ロレンシオは莫大な献金を行い、教皇猊下に『メルヴィル王国の継承権はマリカにある』と声明を出させた。それだけではなく、王立騎士団の相談役として毎年多額の出資をし、王国への併合を迷う各氏族の長に手紙を書き、時には直接足を運んでまで『国家の統

――』をかき口説いている。

彼が求める『報酬』は何なのだろう。

この地位まで上り詰めてなお何を欲しているのだろう。

考えながら廊下を歩くうち、僅かに先のほうが明るくなった。通用口が近いのだ。外のかがり火が硝子窓をぼんやり明るく照らしている。

歩いて行くと、そこにはエレオノールが待っていた。

ロレンシオの異母妹にあたる女性だ。

長年、早世した前公爵夫人の代理を務め、この家の裏方を仕切ってきたと聞いた。

通ってくるアデルを出迎え、燭台を渡してくるのはいつも彼女だ。毎夜『この蝋燭が尽きるまでにお帰りくださいませ』と告げられる。長居はするなという意味だろう。

夜更けに帰るときも、彼女は必ずアデルを待っていた。仮父がこの家に通ってくることは皆にも通告済みのはず。見送りなど信用できる侍女に任せればいいのに。

――今夜も俺をお待ちになっていたのか。閣下の妹君であれば、俺より遥かに身分の高い女性だというのに。わざわざ侍女のような真似をなさるとは変わったお方だ。

足音でアデルに気付いたのか、通用口の傍らに佇むエレオノールが振り返った。

「アデル様、今宵もお寒い中、ありがとうございました」

エレオノールはいつ会っても穏やかな笑顔だ。愛想がいい性格なのだろうか、それとも仮父が通ってくることが嬉しいのか。どちらにせよ仮父相手に笑える神経が理解しがたい。

アデルは曖昧に「ええ」と返事をして頭を下げる。

「それで……あの……アデル様、マリカ様にお子様が生まれたあと、あるいは半年を過ぎたあとも、当家の仮父をお務めいただけますか？」

——何の話だ……？

僅かに首をかしげたアデルに、エレオノールが言った。

「今後もアデル様に仮父を続けていただきたいとのお願い、先ほどマリカ様からお聞きになられませんでした？」

聞いていない。やや驚きながらアデルは問い返した。

「半年を越えた先も、奥方様を抱けということですか」

「はい。無事に嫡子をご出産されましたら、その次の御子もぜひお授けくださいませ」

「なぜ、そんな特別扱いを……また正教会に金を払うのですよね、どうして」

訳が分からずアデルは尋ねた。

先ほど会ったときは、マリカはアデルに一言もそんな話をしなかった。

「お二人はご両親がお決めになった婚約者同士で、恋仲でいらしたと伺いました。ボアルド海軍の侵攻さえなければ、今頃お幸せに暮らしておられたはず。アデル様のお幸せを、多少歪んだ形であっても叶えて差し上げたいと閣下は申されておいでなのです」

——俺の幸せ……？

夜の冷気が身体に染みこんでくる。それはアデルが望んだものだった……のだろうか。

一生種馬として彼女を抱ける、子供だけは作れる人生。

夜だけ彼女の夫の気分を味わえる人生だ。

彼女を他の男に抱かせずに済む。アデル以外の誰の子も孕ませずに済む。願いどおりではないか。喜んで今すぐに『はい』と言うべきだ。

しかしアデルは躊躇した。戦の神に祈り、命がけで敵を屠り続けたのは、こんな未来のためだったのだろうか。

自分は心から愛した『マリカ』を返してほしかったのだ。心と身体だけではなく、マリカ・メルヴィルという少女を全部返してほしかった。

己が動揺していることを自覚しつつ、アデルは考える。

――マリカは、どうしてこの話を俺に伝えなかったんだ……こんな話、今の俺とマリカにとって都合が良すぎる。閣下は何を考えている。俺の幸せなぞ気にして世話を焼いてくれるのはなぜだ……。

警戒心がむくむくと湧き起こる。ロレンシオの思惑が分からないまま、軽々しく返事はできない。マリカがこの話を伝えてくれなかったことも気になる。

「何か……問題が？」

黙りこくるアデルの様子に、エレオノールが不思議そうに首をかしげた。

「いえ、少し考えさせてください」

「遠慮などなさらずに甘えていただければ、私どもも嬉しゅうございますわ」

——甘える……？　嬉しい……？　なぜ俺を懐柔しようとする？

ますます不信感が募る。眉根を寄せたアデルに気付かない様子で、エレオノールは足元に置いた革袋からアデルの剣を取り出した。

「それでは、お預かりした武器をお返しいたします」

アデルは手を伸ばして、上着の裏に吊るす短剣と、愛用の剣を受け取った。マリカがくれた紫まじりの石はまだ無事に鞘にぶら下がっている。

そのときふと、エレオノールの指輪が目に留《と》まった。

昔アデルが旧霧山の氏族領の宝石商で買い求めた、マリカの紅玉の指輪と形が同じだ。それに、蝋燭の光をギラリと白く反射する宝石にも見覚えがあった。

宝石の王と呼ばれる金剛石だ。霧山の氏族では、代々領主の妻に贈られてきたとされる高価な品である。

エレオノールは公爵の実妹だから、夫人同様に金剛石を身につけているのだろうか。

少し気になったが、すぐに『深い意味はないだろう』と思い直す。

「これからもこまめにいらしてくださいましね。私と閣下は歓迎いたしますわ」

——仮父を歓迎してどうするんだ。よく分からないお方だな。

ロレンシオもエレオノールも、腹の中がまるで読めない。警戒しておこう。そう決めてアデルは挨拶をした。

「剣をお預かりいただき、ありがとうございました」

「また近いうちに顔をお見せくださいませ」

――どういう意味だ。なぜそんなに仮父の俺を……。

苛立ち混じりにエレオノールを見つめ返したアデルは動きを止めた。彼女の顔に、アデルを戦場に送り出す母そっくりの表情が浮かんでいたからだ。

「我が家の仮父を務めていただく間は、戦も免除していただけるよう閣下にお願いいたしました。危険な戦などに赴かず、どうかマリカ様にお子様をお授けくださいませ」

必死の懇願に違和感を覚え、アデルは一歩後ずさる。

幼い頃のアデルが一人旅に赴かされるときも、長じた今戦争に赴くときも、母は言いたいことを山ほど呑み込んだ、辛く悲しそうな顔でアデルを見ていたものだ。

その母の顔と、エレオノールの表情が似ていて、何と言っていいのか分からなくなる。

アデルの困惑した表情に気付いたのか、エレオノールがはっとしたように、言い訳めいた言葉を口にした。

「わ、私は、あの、夫や息子が戦地に発つのを何度も見送りましたので、どうしてもお若い貴方が心配で……失礼いたしました。余計なお節介でございました」

エレオノールの声があまりに悲しげで、アデルはそれ以上何も聞けなかった。

――そんなに心配される謂《いわ》れはないのに……だけど、あんな顔をされたら『余計なお世話だ』なんて言えなくなるな。

そう思いつつ、通用門へと向かった。

剣の鞘にぶら下げた『マリカのお守り』がぷらぷらと揺れる。

素朴なお守りを見ていたら、懐かしさに笑みがこぼれた。

小さな手でこの紫まじりの石を取り出し、アデルにくれた得意げな顔が浮かぶ。同時に、マリカとの思い出が次々に蘇った。

早朝にアデルの客室に忍び込んできて『遊ぼう』と声を掛けてきたやんちゃな姿。

『珍しくてあまり見かけない花が咲いたの、見に行きましょう』と、侍女が止めるのも聞かず、アデルを手招きして防風林めがけて走っていくしなやかな背中。

領主の許可を得て自分の馬に乗せたとき、白く美しい手でしきりにたてがみを撫でて、『貴方は綺麗ね、子供の頃に貴方の尻尾の毛をもらったの、覚えているかしら。どうもありがとう』と馬に話しかけていた様子。

マリカが楽しく幸せに過ごしている姿を見守りたい。それがアデルの願いだった。

打ち寄せる翠色の海を背に、日の光を燦々《さんさん》と浴びて笑っていたマリカに会いたい。彼女をあそこに帰らせてやりたい。

そう思ったら、何かに駆り立てられるような気持ちになった。

――あの美しい海だって取り返せていない。俺とマリカの思い出が詰まった場所なのに。ボアルドの支配下に置かれたままだ……。

脳裏に懐かしい翠海の光景が広がった。

翠海の港は広大な崖の下にある。街道を歩いて行くと突然道が途切れ、眼下に翠海の港町と青緑色の美しい海が広がるのだ。

人々が長い時間を掛けて崖を切り開いた道が、唯一の小さな浜に続いている。そこが翠海の氏族領唯一の港だった。

――あの海は今も変わっていないのだろうな。まさに奇跡のような美しさだった。

通用門をくぐると同時に、強い風が吹き付けた。

思わず足取りが緩むほどの寒さだ。これからもっと寒くなる。風が強いと特に堪えると思ったとき、マリカの言葉が蘇った。

『春呼びの風の時期には白い潮の流れが見えるの』

何かを閃《ひらめ》きかけていることに気付き、アデルは無意識に息を止めた。寒さも忘れてマリカの言葉を反芻する。

『漁師さんたちは皆、それを『悪魔の手招き』って呼んでいたわ』

――海難事故が必ず起きる時季……。

天啓のように一つの案が浮かんだ。

アデルがしくじればそこで計画は潰《つい》える儚い発想だ。だが、試してみる価値はある。

――成功すれば、更なる勝利と賞賛を、戦の神に捧げられる……。

自分が狂っているのか正気なのか、もう分からなかった。だが突き進むしかない。ここで留まっていても『あの日のマリカ』の手を永遠に取れないのは確かだ。

『新たな地に赴き、多くの勝利を我に捧げよ』

耳に絡みつくような声が聞こえ、アデルは早足で歩き出す。

この声の主は誰なのか。雪が降り出しそうな寒さだったが、アデルは己の思いつきに、身体が凍えていることすら忘れていた。

第五章　春呼びの風

『翠海の状況を改善できそうな案がある』と騎士団の上司に報告してから半月後。

アデルはロレンシオに呼び出されていた。

「王立騎士団の総帥《そうすい》から報告があったが、単身翠海に向かいたいとか」

「はい、失敗しても死ぬのは俺一人なので」

「成功の際の手柄を独占する気か。貪欲な男だな。出世に前のめりなのは悪くない」

アデルは無言で首を振る。ロレンシオの視線がいぶかしげに曇ったが、アデルは気にせずに続けた。

「俺はボアルド軍への寝返り希望者として『とっておきの情報』を持って翠海に向かいます。ロカリア王立騎士団が、北西部の国境線に軍の大半を移動させている、王都が手薄になったと。今、翠海側からロカリア王国に攻め込めば、王都を落とせると嘘を吹き込みます。そして『春呼びの風』の時季に合わせて、ボアルド海軍の出動を促します」

ボアルドが侵攻してきたのは翠海が穏やかな真冬の頃だった。レオーゾは当然、春呼びの嵐のこともボアルド軍に警告しているだろう。

だからそこでアデルが嘘をつく。『春呼びの風の中で港に入るには、白い海流に乗れ』と、裏切り者のふりをして囁き、油断させて騙《だま》しきればいい。春呼びの風の時季に現れたボアルド軍が、翠海に上陸することは永遠にないだろう。

「春呼びの風を利用すればボアルド海軍に大打撃を与えられるはずです。俺が乗り込んだ半月後に、翠海の制圧を開始していただきたい」

ロレンシオは少し考え、アデルに言った。

「かつて翠海の駐屯員から報告を受けたことがある。春先の強風で他国の商船が大破したと。だが軍用船を操舵《そうだ》するのは熟練の船乗りだ。それに君の嘘を、ボアルド軍が信じるかどうかも未知数だ。果たして、君の想定したとおりの事態になるだろうか？」

「はい」

アデルは頷いた。自信に満ちたアデルにいぶかしげな視線を向けたまま、ロレンシオは淀みのない口調で告げた。

「……制圧は不可能だと判断した場合、ロカリア王立騎士団は翠海には攻め込まない。国境の兵を長期間手薄にする危険は冒せないのだ。その場合、君は単身で翠海から脱出せねばならないが、それでもいいか」

いざとなれば見捨てるという宣言だ。しかしアデルとて、戦の神に勝利を祈るからには、常に己の死くらい覚悟している。アデルはもう一度頷いてロレンシオに言った。

「構いません。その代わり俺が大きな戦果を残せたら、マリカをください」

唐突なアデルの言葉に、ロレンシオが眉根を寄せる。

「マリカを返してください、翠海を取り戻せば、もうマリカを手駒にする必要はないはずです。彼女と別れて、俺に返してほしい」

ロレンシオが険しい顔になる。しばらくの後、彼は首を横に振った。

「離婚はできぬ。私は自分亡き後、マリカに子供の有無にかかわらず財産を譲る。公爵夫人の肩書きも生涯にわたって使用を許すつもりだ。一方マリカが私と別れてお前と一緒になれば、周囲の人間は『夫への貞節を捨てて自分勝手な愛に走った女』とマリカを責めるだろう。事実がどうであれ、責められるのは弱い立場の女なのだ、分かるか？」

アデルは答えずに頷いた。

「ずいぶん素直ではないか」

「……分かっていて、それでもお願いせずにはいられなかったのです」

そう答えて、アデルは拳を握りしめた。

ロレンシオの妻の座を捨てて俺のところに来てくれとは、やはり言えない。それはマリカからメルヴィル家の令嬢としての名前や地位、社会的な信頼を奪う行為だからだ。

はっきりと拒絶されて、改めて現実を思い知ることができた。やはり、戦の神の声に応えて戦い続ける以外に、あの日のマリカを取り返す道はないのだ。アデルの未来には、戦い続けて斃れるか、奇跡を起こしてマリカをとり返すか、二つの道しかない。

「何より正教会は離婚を認めない。私は徹底して正教会を利用してきたし、今後もそうするつもりだ。ゆえに良き信徒として『哀れな妻』を捨てるような真似はしない」

『哀れな妻』……そのとおりだ。マリカは実の兄が許されざる愚行を働き、父も母も失った。ロレンシオのもとを離れて幸福になる道はないだろう。

アデルの妻になっても『売国奴の妹』という汚名は消えない。翠海の奪還に力を注ぐロレンシオの妻でいてこそ、彼女の立場は正当化されるのだ。

——本当に俺たちの道は重ならないな、マリカ……。

頷かないアデルに、ロレンシオがもどかしげに問うた。

「君はなぜ、わざわざ愚かなことを口にする？　私は君たちの関係を許している。夜でなくてもいい、昼間でも来い。皆には見て見ぬふりをするよう言いつける。老いた私が世を去れば、あとは富裕な未亡人になったマリカと好きなように生きられるのだぞ」

アデルはロレンシオの険しい顔を見つめて、首を横に振った。

馬の尻尾の毛をぶら下げ、ぴょんぴょんと飛び跳ねていたマリカの姿が浮かぶ。マリカの性格はよく知っている。罪悪感を抱えたまま幸せになれる娘ではない。アデルは咎められることを覚悟の上で、ロレンシオに尋ねた。

「自分の妻に嬉々として『昔の男』を宛てがうのは『本当の奥様』のご指示でしょうか」

意外なことを問われたとばかりに、ロレンシオが目を瞠り、黙り込む。だがアデルは構わずにロレンシオに告げた。

「霧山の氏族では、領主の妻には金剛石の指輪を贈る習わしがあると聞きました。だからマリカも『本当の奥様』も、金剛石の指輪を嵌めているのですね」

ロレンシオは答えずにじっとアデルの様子を窺っている。

「このお歳になって突然細君を迎えられたのは『本当の奥様』に、妻を絶対に抱かないという約束を、ようやく信じてもらえたからですか？」

アデルの言葉にロレンシオが顔を強ばらせる。

「君は何の話をしているのだ」

「貴方の側には常に嫉妬深い『妻』がいる、とある筋からそう聞いただけです」

昨夜ふと、二年前に母が語った噂話を思い出したのだ。

バーネベルゲ公爵に『息子の嫁』を奪われ、母はとても不満そうだった。

『なぜ今更？　公爵様はずっと結婚なさらなかったのに』と……。

母はアデルとマリカの結婚を楽しみにしていた。平凡な騎士の妻の人生において、息子に嫁を迎えることは人生でも一、二を争う慶事だったのだ。

その楽しみを奪われた悔しさのあまり、母は奥方仲間たちからロレンシオに関する噂をかき集めてきた。

『これまでバーネベルゲ公爵家には何度も縁談があったのよ。国王陛下が取り持とうと懸命であられたの。けれど閣下には〝想う方〟がいて、その方の悋気《りんき》が激しくて、形だけの結婚すら難しいそうなのに……』

母はそうぼやいていた。

その話を思い出した刹那、アデルの頭に先日目にした『指輪』のことが浮かんだのだ。異母兄のもとで暮らし、公爵夫人が不在の屋敷で采配を振るっている才女の指に輝いていた、領主の妻の証である『金剛石の指輪』が……。

アデルの言葉にロレンシオは一つため息をついた。

「まあ、知れ渡っておるだろうな。人は皆敏い。周囲を欺いたつもりでいても、周りが口を噤んでいるだけだった例は、往々にしてある」

ロレンシオの顔には疲れが滲んでいた。アデルの無礼も責める気配はない。

「俺はエレオノール様の指に、霧山の氏族に伝わる、独特の形をした金剛石の結婚指輪が嵌まっているのを見ました。金剛石には特別な意味があったのですよね？」

アデルの問いにロレンシオは頷き、視線を逸らして言った。

「私の母は私を産んで死んだ。エレオノールは父の後妻と、灰色の森の民である仮父の間にできた子だ。私と血は繋がっていない。私は正教会に『腹を刺されて子供を作れなくなった』と嘘をついて仮父の紹介を頼んだが、それは実際は、父の身に起きたことだ」

アデルは無言で頷く。

「私は妻と、結婚前から死別までずっと不和のままだった。理由は、昔から私がエレオノールと情を通じていたからだ。その恋心を許されたいがため、私は神に許しを請い、贖罪のためにロカリアの統一を図ろうとし続けていた。妻はそんな私を愚か者と罵ったものだ」

男の逞しい腕が、美しい黒髪の少女を寝台に引きずり込む様子がアデルの脳裏に浮かんだ。アデルがしたように口移しに避妊薬を呑ませ、強引に身体を重ねる様子も……。

可哀想に。度を越した男の執着の前では、華奢な少女の身体など簡単に暴かれてしまったに違いない。

「だが私が戦に出ている間に、父がエレオノールを氏族内の名家に嫁がせてしまったのだ。あれの夫が戦争で早死にし、私たちはまた情を通じるようになった」

――そうか。エレオノール様はこの男から逃げ切れなかったのか。

「エレオノールが初めて私の子を孕んだとき、私は『異母妹が病になった』と嘘をつき、亡き夫との間にできた幼い子供から引き離して別荘に閉じ込めたのだ。そして生まれた子はすぐに正教会を介して、貴族の養子に出した」

まさか、子供までいたとは。アデルは悟られないように小さく息を呑む。

「あれが孕むたび同じことをした。『兄と妹で汚らわしい』と、はっきり口にする人間もいたが、私は『病気の妹の面倒を見ている』と嘘をつき通した。あれに私の子を産んでほしかったからだ。エレオノールは出産のたび、手放さねばならぬ赤子に泣いて許しを乞うていたらしい。だが一度も私を拒みはしなかった」

脳裏に、子供たちに悟られぬよう声を殺して『兄』に脚を開く女の姿が浮かぶ。

きっと彼女は、どんなに後ろ指をさされ、地獄のような苦しみを味わっても、異母兄に刻み込まれた性の喜びに身を任せてしまったのだ。

責めることはできない。愛情と肉欲の甘さはアデルも身にしみて知っているからだ。

「三人生まれたうち、大人になれた子は一人だけだった。エレオノールは養子に出した子供の訃報が正教会から届くたびに、狂ったように泣いて私を責めた。『お兄様と別れても、私の手で育てたかった。それならあの子は生きていたかもしれない』と」

――三人のうち、一人だけ生き延びた……。

必ずしも愛され、可愛がられる養子ばかりではないことをアデルは知っている。その子たちが辛い思いをして死んだのでなければいいとアデルは心の中で願った。

「あれを生き地獄に堕としたのは私だ。ゆえに妻だけは娶らないでくれと常々言われていた。この歳になってようやく、政略の駒として迎える妻ならば許すと言われた」

眉間に深い皺を寄せ、ロレンシオは認めた。

「エレオノール様の子供たちは、母親と閣下の関係に気付いていなかったのですか？」

「物心ついて以降は気付いていただろう。だがエレオノールが別荘で最後の赤子を産んだ頃、あれの長男が『弟妹が良い嫁ぎ先、良い地位を得られるよう後見してください』と私に頼みに来ただけだ」

エレオノールの長男は、母と伯父の爛れた日々を知り、見て見ぬふりを続けてきたのだ。彼の乾いた気持ちを想像して、アデルはやるせない気持ちになった。

「私と正教会はこれからも、互いに持ちつ持たれつ利用し合うだろう。そのために、私は熱心な信徒であり続けねばならない。だからマリカとの結婚はできない」

正教会はロレンシオの『罪』をもみ消す。ロレンシオは正教会に莫大な寄進を行い、周りの者にも熱心に信仰することを勧める。権力者と宗教の癒着《ゆちゃく》のお手本のようだ。

「……閣下の事情はよく分かりました。それでは俺は失礼します」

「素直にマリカに会っていけ」

ロレンシオの眼差しは真剣だった。そうすることがアデルの幸せなのだと言わんばかりの表情に強い違和感を覚える。

——なぜそんなことを勧めるんだ。一応貴方の妻だろう。堂々と不貞を認めないでくれ。マリカはそんな歪んだ関係を喜ぶような女性じゃないんだ。

幸せになってほしいと繰り返すマリカの声を思い出し、アデルは強く拳を握った。

そのときふと気付いた。

この部屋には人間の匂いがしないと。同時にエレオノールの言葉が脳裏に蘇った。

『遠慮などなさらずに甘えていただければ、私どもも嬉しゅうございますわ』

優しく悲しげなエレオノールの表情を思い出し、二の腕に鳥肌が立つ。まるで戦地に我が子を送り出す母のような、あの表情を。

——くそ……そういうことか……。

楽しくもないロレンシオの身の上話を聞かされた理由を悟ったからだ。

異母兄妹の不義の子は、男児が生まれない騎士の家に引き取られた。

だがその息子は長じたあと、驚くような理由で『父親』のもとに怒鳴り込んで来たのだ。

アデルの『両親』は、さぞ運命の悪戯を『我が子』との再会を喜んだだろう。だから『父』は、マリカをこの先も抱き続けて良いと、便宜ならばいくらでもはかってやると愚かなことを言っているのだ。

それは捨てた子への償いなのか、未だに捨てられぬ『息子』への愛着なのか。バーネベルゲ家の血が、正しく『後継者』に継がれる喜びゆえなのか。

——知らない。俺には関係ない。

アデルを薄暗い世界に捨てた男が目の前にいる。

その事実を知っても、嬉しくも悲しくも憎くもない。実の父がこの国で事実上、最高の権力者だと知っても、だから何なのだろうと他人事のように思うだけだ。

アデルはもの言いたげなロレンシオを見据え、首を横に振った。

「いいえ、俺はマリカの愛人になって、彼女を抱ければ嬉しいというわけではありません。マリカを悩ませたくない。昔のマリカを取り返したいのです」

ずっと、明るい世界に行きたかった。笑顔のマリカを抱きしめ、幸せにするからと誰に憚《はばか》ることなく約束したかった。そのためにひたすら戦ってきた。

だからこれからも戦う。戦いの先には勝利か死しかない。何と分かりやすい賭けだろう。奇跡が起きなければ、いずれ必ず自分の死で終わる賭けだ。

だが、間男になってマリカを悩ませ苦しめるよりは、風化した屍《しかばね》の骨をマリカに拾われ、そっと懐に抱きしめられるほうがいい。

アデルの魂は常世に去ることなく、マリカに寄り添い続けるだろう。それがアデルの愛だ。こんな狂った愛に付き合ってくれる戦の神の慈愛深さには感謝の念しかない。正教会の神であれば、アデルの祈りを切り捨てただろうから……。

やはりマリカを取り返すまで祈り、戦い続ける以外に道はない。

そう決めたとき、心の中にあの声が聞こえた。

ならば捧げよ、欲するものあらば、己が得たあらゆる誉れを捧げよ、と。

高揚感が湧き上がり、アデルはロレンシオの目を見つめて言った。

「俺はあらゆる勝利と栄光を――――に捧げ、あの日のマリカを取り返します。祈り続ける以外の未来は、俺にはありません」

アデルの言葉にロレンシオが眉根を寄せる。

「今、何と言った？」

威厳のあるロレンシオの顔には、かすかに怯えのようなものが走っていた。

――おかしな反応だ。俺は何も間違ったことなど言っていないのに。

アデルは、ロレンシオに微笑みかけた。

戦の神は灰色の森のあらゆる場所に偏在《へんざい》し、戦士の祈りを聞き届ける。

その祈りがどんなに歪んだ自己中心的なものであっても、戦の神は耳を貸してくれる。

願いが叶うかもしれないという『希望』は、我欲で渇ききった人間にとって劇薬だ。

それがあるから剣を振るい続けることができる。神は恐ろしい。人に一匙の甘い希望を与え、屍になるまで操り尽くす術を知っているのだから。

「灰色の森に伝わる、昔ながらのまじないのようなものですよ。戦士は己の欲望を叶えるために、あらゆる勝利と栄誉を――に捧げる。そしてその褒美に、願いを叶えてもらうのです。新たな戦いの啓示《けいじ》を得たからには、それに従わなければ」

「勝利と栄誉を……捧げる……？　正教会の神はそのようなことを求めないはずだが」

そのくらい分かっている。正教会が求める世界は人が神に支配される世界だ。そこには神と人との対話はない。

「ええ、もちろんそれは知っています。俺は正教会の真面目な信徒ですから。ただ俺は、俺が知る『神のようなもの』に全てを捧げるだけです。それでは、失礼します」

「待て、君は悪目立ちをしすぎている。気付いていないのか」

背を向けたアデルを、ロレンシオが焦ったように呼び止める。

「悪目立ち……？」

首をかしげてみせると、ロレンシオが言った。

「戦場を経験した人間は、殺戮者を匂いで嗅ぎ分けるものだ。弱い獣が捕食者の存在を感じ取って逃げ出すのと同じ理屈であろう。私は君から、得体の知れない暗い湿った匂いを感じる。騎士団の同僚から避けられている自覚が本当にないと？」

アデルは首を横に振った。自分が殺しすぎて怖がられていることくらい、とうに気付いている。

「閣下、俺は王家に仕える騎士です。味方に牙を剝くことはあり得ません。失礼いたします。全てはロカリアの勝利のために」

――そして、俺自身の祈りのために……。

敬礼してみせたアデルに、ロレンシオがますます難しい顔になる。アデルは何も言わず、深々と頭を下げ、応接室を後にした。

◆

――アデルは戦いに行ってしまったのかしら……。

冬が深まる中、マリカは毎夜冷え切った部屋の中でアデルを待ち続けていた。

もう、訪れが絶えて一ヶ月以上が経つ。夜になると涙が止まらない。

――私、私……半年後にはきっぱり会わないと決めたくせに……どうして泣いているの。こんな調子では、一生アデルを思って泣き続けることになるわ。

そう思いながらも胸が潰れそうだ。

数日前の昼間、食料を納品してくれる大店の主が納品遅れのお詫びにやってきた。

『半月ほど前、王立騎士団の大隊が、翠海に続く街道に大きな拠点を作りまして……』

その言葉に、マリカの心臓が止まりそうになった。また、大きな戦争が始まるのだと直感したからだ。

『検問が厳しくなって、お約束の日に荷をお届けできません。数日前に到着している私の荷物も足止めを喰らったままなのです』

アデルが訪れない理由は、戦争に行ったからではないのか。

不安が抑えられずにエレオノールに尋ねたが『騎士団のことは、王家から発表されたこと以外は知りようがありません』と言われてしまった。彼女の顔色はひどく冴えなかった。

——私、このままアデルに会えないままなのかしら。

そう思いながらマリカは拳を握りしめた。

アデルを幸せにする。そう決めたからには、あらゆる不安や悲しみ、苦しさを受け入れるしかない。

人の世界が始まってから今まで、どれほどの人が己を殺し、歯を食いしばって愛を差し出してきたのだろう。

心が痛い。アデルの幸福を心の底から願おうと決めるまで、苦しい愛がこの世界に溢れていて、その全てが尊くかけがえの無いものだなんて考えたことがなかった。

自分と家族とアデルとお友だち、『お嬢様』と呼んで可愛がってくれた領民たち。それだけがマリカの世界だった。昔のマリカにとって、愛は優しく温かいものだった。けれど今は胸に抱えるだけで痛くて苦しい。

——ロカリア軍は、本当に翠海に攻め込むのかしら。皆は無事に解放されるのかしら。

マリカの脳裏に顔見知りの人々の顔が浮かぶ。いつも父の補佐をしてくれた役人、幼なじみ、マリカを船に乗せてくれた網元……彼らは生きているのだろうか。

――お兄様はどうして、翠海の皆にひどいことをしたの？　どうしてお父様とお母様を手に掛けるなんて恐ろしい真似をしたの？

兄はいつも不良とつるんでいて、大口を叩くだけの人間だと思っていた。

父は兄が家に帰ってくるたび『心を入れ替えて王都に留学しろ。もう手遅れに近い年齢だ』と叱責していたが、そのうち何も言わなくなった。

『レオーゾにはこの家を継がせない、甥の誰かから次の領主を選ぶ』と言い出したのは、兄が十六を超えた頃だ。

その頃には兄はもう、金の無心に帰って来ることすらなくなっていた。人をやって探させても、まともな人間には入れない犯罪者のたまりのような場所で寝起きしていると報告が来るだけで……。

思えば、兄はその頃からボアルド軍と通じ、情報を売って金を受け取っていたのかもしれない。多分、王立騎士団の大隊が翠海に駐屯地を作るという計画も、兄がボアルド軍に流していたに違いない。だからボアルド軍は侵攻に踏み切ったのだ。

――お兄様は、自分の犯した罪の深さを分かっていらっしゃるのかしら。

マリカはため息をついて立ち上がり、宝石箱から紅玉の指輪を取り出した。

『アデル君はボアルド軍との戦いで立派な功績を残し、何度も国王陛下から表彰されているそうだ。だから紅玉のような高価な石を買えたに違いない。なんて立派な若者だろう。

マリカ、結婚したらしっかりと彼を支えるんだよ』

父の嬉しそうな声を思い出す。

──アデルは私に求婚してくれたときは、他の人と同じように褒賞を受け取って、出世しようと頑張っていたはずよ。優秀な『普通』の騎士だったはず。

けれど今の彼は違う。何かに呑み込まれたように、別のことを考えている。

『俺は勝利を────に捧げる』

アデルの口走った言葉を思い出し、マリカは思わず身を震わせた。

──それは何かの名前なの？　どこの言葉なの？

あの日から、得体の知れない闇が這い寄ってくる夢を何度も見る。闇の中には、無数の顔がある。それらは声なき声を上げてマリカに何かを訴えてくるのだ。

『こわい、こわい、こわい、あの、くろい、きしが、こわ』

『────は、希望なき者に希望を与え、森を守らせようと、うああ、あああああ』

『灰色の森は聖地……穢す……許されな……』

彼らが怖がっているものが何なのか、分かるけれど気付きたくなかった。

こんな不気味な夢を見るのは、ただアデルが心配だから、戦いに赴く彼が心配だからだ。

そう思いたいけれど、マリカの心に芽生えた疑念は消えない。

──アデルの言う勝利って……敵兵の命……よね……それをうんとたくさん捧げるということは……。

マリカは冷えていく己の身体を抱きしめた。

何度振り払っても同じ光景が浮かんでくる。

生贄を捧げるために馬上槍を振るい続ける精悍な騎士の姿だ。その姿は戦場に垂らされた黒いインクのようだった。その騎士が槍を振るうたびに、頭を飛ばされ、内臓を潰されて、ボアルドの兵が無残に天に召されていく。薄い闇が世界を包み込み、やがて騎士の姿は遠ざかっていく……。

――お願い、おかしなことを考えないで、アデル。愛しているわ……。

マリカは無意識に手を組み合わせ、祈っていた。

彼がこれ以上『黒いもの』にならないように、昔のアデルのまま自分のところに帰ってきてほしいと、指が白くなるほど力を込めて祈っていた。

◆

春呼びの風がやみ、翠海は宝石のような輝きを取り戻していた。

波打ち際の岩礁には無数の木切れが浮かんでいる。

港の桟橋に佇むアデルは、海を汚す船の残骸を無感動に見つめていた。

数十隻分の船には到底足りない量の木切れだ。ほとんどが港に打ち寄せられずに、この美しい海の底に吸い込まれていったのだ。

先日、少年の頃から漁に出ているという老人が教えてくれた。

この海は、半日ほど沖へとこぎ出すと、深い藍色に色を変える。その理由は浅い海が、突然底知れぬ深さに変わるからなのだと。

『海が深くなるところには海の魔物が棲んでいる。船から落ちたが最後、真っ暗な海底へと引きずり込まれるんだ』

海の魔物も捧げ物を欲するのだろうか。そう尋ねたアデルに、漁師は答えた。

『捧げ物……？　海の近くで不吉なことを言わないほうがいい。そうでなくとも、あんたの口車に乗せられて、大勢のボアルド兵が海に呑み込まれたんだからさ……』

老漁師の言うとおりだ。無表情のアデルを見て、老漁師は取り繕うように言った。

『だが、翠海の人間はあんたに感謝してる。あんたは恐ろしい男だが、翠海を救ってくれた。領主様ご夫妻や、たくさんの人の仇を取ってくれたんだから』

老漁師の目には、はっきりと怯えが浮かんでいた。

アデルの記憶は三ヶ月前に遡る。

ロレンシオの屋敷を後にしたアデルは、半月掛けて翠海の近くにたどり着いた。

ボアルドの歩哨《ほしょう》を殺しながら大回りの藪道を通り、崖を這い降りて翠海の街を目指した。

必死に岩を摑んでいたので指先が血にまみれていた。何とか滑落死を免れて降り立った場所は、領主の屋敷からそれほど離れていない藪《やぶ》の奥だった。

アデルは痛む手に無理やり手袋を嵌めながら思った。

――ああ、昔マリカが登ろうとしてお尻を叩かれたというのは、この崖だったのか。

幼いマリカのやんちゃぶりを思い、かすかな笑みがこぼれた。

夜明けの翠海の街は静まりかえっていた。マリカの父が以前案内してくれた造船技術研究所の辺りは焼け落ち、白い岩が真っ黒に煤けたまま放置されていた。

港近くの市場には最低限の食料が並ぶだけで、買い出しに来る女子供の姿はない。

二人組のボアルド軍の兵士とすれ違ったが、彼らは凡庸な身なりのアデルを一瞥して呼び止めもせずに歩いていった。

――見回りが少ない。

アデルはそう思いながら、並べた干し果実の脇にうずくまる店主に尋ねた。

「この辺もずいぶんと人通りが絶えたな」

店主はうさんくさげにアデルを見上げてぷいと顔を背ける。

関わり合いになるものかと疲れた顔に書いてあった。だがしばらくして、はっとしたように顔を上げてアデルの顔を凝視した。

「あんたまさか……外から入ってきたのか」

「ああ」

「どうやって？　街の入り口はボアルド軍に固められているはずだ。もう二年ロカリア側からは誰も来ないのに」

青ざめる店主に、アデルは言った。

「大回りをして藪と崖を通ってきた。歩哨がかなりいたが、何とかなった」

店主が落ち着かない表情で辺りを見回す。辺りの他の店主たちはこちらを見て見ぬふりをして様子を探っていた。ボアルド兵の姿はない。

「あんた、王都の人間か？　昔からあの辺りに住んでいる人間は、俺たちと違って黒っぽい髪と目をしている。死んだ騎士団の人たちも、お嬢様の婚約者もそうだった」

辺りを憚りながらもそう尋ねてくる。敵意はないようだ。アデルは頷いて問い返した。

「兵士が少ないが、何かあったのか？」

「ロカリア軍側に動きがあるらしいという噂を聞いて、入り口の防備を固めているようだ。今はもう見回りなど必要ない。俺たちは逆らわないからな。頭のおかしい王様もボアルド軍もどちらも翠海を滅茶苦茶にした。皆、疲れて何も考えられないんだ」

そしてため息をつくと、恐ろしげな表情で付け加えた。

「中央広場に行けば、俺たちに何が起きたのか分かる」

店主が指さす方向には一段高い場所があり、建物がぎっしりと立っていた。マリカに、あの辺りには役所や大店が集まっていると聞いた覚えがある。

アデルは足を急がせ、砂利まみれの岩道を通って中央広場に向かう。

そして、嗅ぎ慣れた異臭に足を止めた。

広場の中央には一人の人間が吊るされていた。どんな殺され方をしたのか、遺体は原形を留めていなかった。金髪だ。翠海生まれの、おそらく若い男であることしか見て取れない。誰も広場に近寄らないのはこれがあるからだろう。

傍らに看板があった。数十人以上の名前の一覧と、日付が書かれている。先頭にはマリカの両親の名前があった。

――まさか……これだけの人間がここで処刑されたと……？

何を示す看板なのかを悟り、アデルは目を瞑り、正教会の祈りを捧げる。再び看板を確かめると、一覧の最後には役人のものとは思えない拙《つたな》い文字でこう書き記されていた。

『レオーゾ・メルヴィル　街の人間をたくさん殺し、最後に身投げをした。死体をここに晒し辱める。翠海の人間は、誰も彼を悼《いた》まない』

書き慣れていないであろう文章から、書き手の強い怒りが伝わってくる。

背後に足音が聞こえ、アデルは振り返った。そこには数人の男たちが立っている。淡い金の髪は翠海の住人である証だ。

「ここに晒されているのは、レオーゾ殿か」

アデルが尋ねると、お互い顔を見合わせたのちに、一人が頷いた。

「ああ、そうだ……君は誰だ。見ない顔だが」

そして再び口を噤む。こちらを警戒しているようだ。アデルは腕を身体から離し、掌を空に向け、できるだけ穏やかに彼らに告げた。

「俺はマリカお嬢様の婚約者だった、アデル・ダルヴィレンチという者だ」

アデルの言葉に、男たちが皆、戸惑いの表情を浮かべる。

「外から入ってこられるわけがない。だがその髪の色……王都の人間なのは分かる」

「俺は街道を離れて崖を降りてきたんだ」

アデルは手袋を外し血豆だらけの手を見せた。男たちが驚いたように顔を見合わせる。

「まさか、お屋敷の裏の崖をか？　何と無茶なことを……そもそも、崖の上にはボアルドの偵察隊がいただろう？」

「確かにいたが、強引に何とかしたよ」

そう答えると、男たちが困惑混じりに沈黙する。そして一人がアデルに言った。

「俺は、お嬢様と港見学にいらっしゃったアデル様を遠目に見たことがある。確かに君のような黒髪だったな。それから君が崖を降りてきたというのも信じよう」

アデルの服に残る砂埃を見ながら男が頷いた。

「わざわざ危険な目に遭って、何をしに来た？」

「個人的な理由でボアルド軍と交渉をしに来たんだ。ところで俺からも質問させてもらっていいか？　なぜあそこにレオーゾが晒されているんだ？　一体何があった？」

再び男たちが黙り込む。かなり長い沈黙の後、代表者らしき男が口を開いた。

「領民皆の意見であああしたんだ。ボアルドの奴らも止めはしなかった。だがさすがに広場をこのままにはしておけない。だからあいつの埋葬のために来たんだよ」

「レオーゾは憎まれていたのか？　自ら国王を名乗っていたと聞いたが？」

アデルの問いに、男が頷いて眉根を寄せた。

「あいつはおかしいんだよ。狂った頭で、俺たちの翠海を滅茶苦茶にしたんだ」

吐き捨てるような口調だった。先を促すように頷くと、男は拳を強く握りしめて憎しみの滲む声で言った。

「レオーゾは突然激昂して『反乱分子がいる』と言い出すんだ。そして次々に無実の領民を殺させた。俺の幼なじみも、嫁さんの名付け親も、レオーゾに因縁を付けられて殺されたんだ……畜生っ……」

男たちの間に、重い沈黙が流れる。アデルも何も言えなかった。

「そうか、何と言っていいか分からないが……辛いことを聞いてすまなかった。この二年、レオーゾは翠海を統治できる精神状態ではなかったのだな？」

アデルの問いに男たちがめいめいに頷く。

「最初の数ヶ月はまともだったんだ。ちゃんと王様を務めると言って、的外れではあってもそれなりに政治をしようとしていた。だが亡き奥方様がこちらを見ていると訴え、暴れ出したあたりから本当に行動まで狂い始めたんだ」

傍らにいたもう一人の男が、辺りを憚るような口調で付け加えた。

「ボアルド軍も、当初は狂ったレオーゾの言うとおりに『反乱分子』の連行や処刑に手を貸していたが、半年ほど前からレオーゾを無視するようになった。あの男が重要人物を殺しすぎたせいで、俺たちから巻き上げられる金が減ったことに気付いたのだろう」

「なぜレオーゾは死んだんだ」

「ここ一ヶ月ほど、汚い格好で街に出てきては、俺が王だと叫んでいた。酩酊していたようだ。あのガキが愛されるのに、俺が尊敬されないのはおかしいとも言っていたな。多分、マリカお嬢様のことを言っていたんだ。昔からご家族の悪口を、悪童どもと一緒に大声で言いふらしていたからな」

男の一人が吐き捨てるように言う。

「最後のほうは亡き奥方様を罵りながら転がり回っていたよ。元々はそれなりに見られる男前だったのに、髭も剃らず、身体も洗わずでひどい有様だった。そして何日か前、お屋敷の庭先の崖から、海へ飛び降りたんだ」

アデルはもう一度、ぼろくずになったレオーゾに目をやった。

多分レオーゾは、己のしでかしたことの重大さに、時が経って気付き始めたのだろう。だが諌めてくれる人間も、大丈夫だと肯定してくれる仲間もいなかった。

彼は真剣に案じてくれる家族を切り捨て、まともな友とも付き合わなかった。そして誇大妄想に支配され、ボアルドの甘言に乗って故郷を裏切ってしまった。

誤った選択肢を選び続けた結果があの姿なのだ。

「話は終わったか？　じゃあ、レオーゾを町外れの無縁墓地に葬ってくる。……司教様が最低限の祈りを捧げてくださるそうだ」

男たちは慣れた手つきでレオーゾを降ろすと、大きなむしろに包んで運び去っていく。

その傍らに、妙に輪郭のはっきりしない母子の姿が見えた。

――あれは……常世の人間か……？

二人ともこちらに背を向けている。金色の髪は、翠海の人間のものだ。

若い母親が、泣いて地団駄を踏む男の子の腕を取り、叱りつけながら引きずっていく。

だが、不自然なほど声が聞こえない。男の子は尋常ではないほど暴れ続けていたが、女は決して手を放さず、こちらを振り返りもしなかった。

見覚えがある女性だと思った刹那、突然その母子はふっと姿を消した。

――まさか、奥方……様……？

アデルは言葉を失い、目を見開いた。マリカによく似た華奢な背中は、間違いなく若き日の彼女の母君だ。

マリカの母に引きずられていく男の子は、幼い自分たちに石を蹴落としてきた歳の頃のレオーゾだった。気付くと同時に、アデルの耳に悲しみに満ちた声が届いた。

『お願い、無事でいて、マリカ……』

『ああ神よ、お許しください。息子は躾《しつ》け直します、魂だけになっても必ず』

マリカの母の無念がアデルの心に突き刺さる。マリカ、マリカと娘の名を叫びながら、その声は糸を引くようにすうっと消えていった。

『常世の住人とはある程度距離を置きなさい』

祖母の教えを思い出し、アデルは慌てて悲しい母子の姿を頭から振り払った。

――俺には、やることがある。ボアルド軍に接触し、煽動《せんどう》しなければ。

アデルは気を引き締め、己の計画を思い返す。

うっかり殺してしまわないよう、何とかうまくボアルドの兵に接触し、受け入れられるまでこう繰り返すのだ。

『俺はロカリア軍での冷遇に嫌気がさし、ボアルドに情報を流しに来た』

『関門近くまで来ているロカリアの兵はボアルド軍を惑わせるための罠だ。騎士団の本体は北西部の国境線に向かっている、今こそ、海側からこの国に攻め入る機会だぞ』

嘘は白々しければ白々しいほどいい。

現実とかけ離れた言葉こそ、くたびれた心にとって強烈な毒となる。

翠海を占領しているボアルドの兵たちは、二年もの間、本国を離れて鄙びた異国に置き去りにされていることを不満に思っているらしい。

本国が挟撃作戦に移らないのは、国内でも議論が分かれているからのようだ。あと数年、ロカリアを北と南から挟み撃ちにしたまま兵糧攻めを行おうという意見、翠海を制圧したこの機会に、総力戦に及ぼうという意見。

現在は兵糧攻めを唱える勢が勝っているようだ。理由は、翠海から攻め上がるだけの軍備を整える余力が、今のボアルド王国にはないからだろう。

しかし案の定、翠海に留め置かれているボアルド兵たちは、己の境遇に大変な不満を抱くようになっていった。

たとえ交代制だとしても、本国からの船は滅多に来ない。激戦区である北部の国境地帯に少しでも多くの兵を割く必要があるからだ。それに翠海へ来たがる兵もほとんどおらず、押しつけ合いのようになっているらしい。

無理もない。貧しいこの街には美食も酒も娯楽もないのだから。

退屈と不満を溜めていた兵たちは、だんだんアデルの言葉に耳を貸すようになった。

『戦功を立てれば、こんな田舎の退屈な見張り番から外れられる。ボアルド本国に胸を張って凱旋《がいせん》できるぞ』

『正気を失ったレオーゾが出した大損害も、ロカリア王国の王都を制圧できれば簡単に穴埋めできる』

アデルの言葉は、現状に倦《う》んだボアルド軍に希望を与えた。

希望は毒だ。一度呑めば手放せなくなる猛毒だ。その毒に髪の先まで冒されたアデルにはよく分かる。

——人間の言葉ほど恐ろしい武器はないな。馬上槍など比較にならない。簡単に、こんなに殺せた。

足元に打ち寄せる船の木片を眺めながらアデルは嘆息した。

自分は人としての善性をかなぐり捨てて、死神となってボアルド軍の人々を騙したのだ。

願ったとおり、皆、海の底に消えた。

心はまるで痛まなかった。マリカの大事な翠海を踏みにじった者たちを海の藻屑にし、戦の神に全てを捧げただけだからだ。

——俺はまだ正気なんだろうか。マリカは俺のところに帰って来るのかな。

ぷかぷかと浮き沈みする木材を見つめていたとき、背後に人の気配を感じた。

「失礼いたします、アデル殿」

声を掛けてきたのは、ロカリア王立騎士団の騎士だった。

アデルは我に返り、彼と同じように敬礼を返す。

「翠海の氏族領に大隊を駐屯させる準備が整いました。我らはこれから北部の国境線に向かい、浮き足立っているボアルド軍の掃討戦に参加いたします」

「俺も荷物をまとめてすぐに合流します」

潮騒の音がアデルに語りかけてくる。多くの『勝利』を。多くの『命』を。大量の命を呑み込んでなお、戦の神は更なる勝利をアデルに要求しているのだ。

『奇跡を起こしたいのならば戦うがいい』

海のほうから声が聞こえた。希望という名の猛毒をもっと与えてやろうと誘う声だ。

アデルは振り返らずに騎士と連れ立って歩き出す。

明らかに話題に困った様子の騎士が、ぎこちない口調で切り出した。

「アデル殿は、本当にお一人でこの領地に侵入なさったのですね。同僚からも、とてもお強い方だと伺っていました」

「別に強くはありません。友人がここの出身なので、ある程度地理に詳しくて」

そう言うと、連れ立って歩く騎士が曖昧に笑った。アデルの目を見ようとしない。

アデルは敵の制圧下にある翠海に一人で乗り込み、言葉巧みに敵をだまくらかして大量の死を誘った男だ。彼の目には悪魔そのものに見えているのかもしれない。

『この同僚が怖い、何を話していいか分からない』

騎士の横顔にはそう書いてあった。

――そういえば、閣下に『悪目立ちするな』と釘を刺されたな……。

他人事のようにアデルは思う。マリカを取り返すか、死ぬか、それしかない人生だ。誰に何を思われようと気にしたことがなかった。

ロレンシオの指摘どおり、それを悪目立ちと言うのだろう。

春呼びの風の時季に到来したボアルド本国の船団は、きりもみしながら岩に叩きつけられ、大破して海の底へと引きずり込まれていった。アデルの嘘を信じ『白い海流に乗って港を目指した』結果が『全員の死』だ。怪物と呼ばれても仕方がないだろう。

「しかし、翠海とは美しい海ですね」

同僚の騎士の言葉に、アデルは微笑んだ。

「俺は昔からこの海が好きです」

◆

アデルが訪れないまま、冬が終わり、春が来た。

マリカは窓硝子越しに庭の光景を眺める。

春はいいものだ。冬の透徹《とうてつ》した青とは違い、春の空は柔らかく優しい。

木々の若葉は明るく、まだ薄くて、日の光をよく通す。窓から庭を見下ろせば、庭師が丹精した色鮮やかな花が咲いていた。

公爵夫人としての職務を終えて、時間が余ったら庭を見てみよう。そう思いながら部屋を出る。次の食事の支度に問題が無いかを確認するため厨房に向かう。

少し離れた厨房の入り口前で、エレオノールが待っていた。

もしかして今夜アデルが来てくれるのだろうか。

虚しい期待が胸をかすめる。だが、胸を弾ませて彼女の話を聞いては、落胆するのが常だ。きっとアデルは戦いに出ていてまだ戻れないに違いない。期待しないでおこう。

不安と期待を胸にエレオノールに歩み寄ると、彼女はマリカに言った。

「閣下が執務室でお待ちです。急いで向かってくださいませ」

やはりアデルが来てくれるという話ではなかった。落胆しつつも不思議に思った。多忙なロレンシオが珍しい。一体何の用だろう。

執務室を訪れるなり、執務机の椅子に座っているロレンシオが言った。

「ロカリア王国が正式に翠海の氏族領を取り戻し、自国の領土と宣言した。お前には、メルヴィル家の唯一の後継者として、私の共同統治者になってもらう」

とっさのことに言葉が出ない。二年前に鄙びた海の街にやってきたボアルド軍が駆逐され、翠海はもとの故郷に戻った……ということなのか。

何よりもまず、占領下で暮らしていた領民たちのことが心配で、マリカは尋ねた。

「翠海の皆は無事でいたのでしょうか？」

「……このような書類を受け取った」

ロレンシオが紙束を差し出す。

受け取ったマリカの膝が震え出した。そこには両親を含め、翠海の領民たちの『処刑執行日』が書かれていたからだ。執行者の名前は兄だった。

マリカが知る名前もいくつもある。目の前が涙で霞んでくる。ロレンシオの手前、必死に堪えたが、最後の行を見て紙束を取り落としそうになった。

『レオーゾ・メルヴィル　街の人間をたくさん殺し、最後に身投げをした。死体をここに晒し辱める。翠海の人間は、誰も彼を悼まない』

これはきっと、街の誰かが書き殴った文章だろう。手足が冷たくなっていく。兄が翠海で何をしたのか、その結果どうなったのか、痛いほど分かったからだ。

青ざめた顔で紙束を返すと、ロレンシオはそれを卓の脇に置き、マリカに言った。

「私は翠海の氏族領の行政機能を回復させたあと、この領地を王家にお治めいただきたいと思う。お前の父君も確か、そう望んでいらしたと聞いているが」

マリカは冷え切った身体のまま頷いた。

『領地を王家にお治めいただく』というのは、王家に翠海の氏族領を『売る』ということだ。旧領主一族は、領地と引き換えに爵位と莫大な財産を与えられる。

そのあとは、王家からの任命で引き続き領主を務める場合もあるし、別の役割を与えられる例もある。

父は前者を希望していた。一生田舎貴族のままでいいから、王家の力を借りて翠海をもっと豊かな街にしたい、と……。一方でロレンシオは後者だ。『バーネベルゲ公爵』として、王立騎士団の相談役を任されている。霧山、赤土の両氏族領は、ロレンシオの親戚が領主に任命され治めているのだそうだ。

「悪い話ではないと思うが、どう思う？　王家の強大な資本が入れば、あの街は見違えるほどに復活する」

マリカは素直に頷く。灰色の森と呼ばれる一帯は、大陸でも屈指の豊かな土壌を誇る。その広大な森を有するロカリア王家は、非常に富裕なのだと習った。

「お前が望むならば、お前の子に翠海の領主を任せるよう計らってもいい。それまでの間は、王家から監督官を派遣していただこう」

「はい、どなたが統治するのでも構いません。領民を大切にしてくださるならば」

それが父の願いだった。ついぞ兄が理解することがなかった、最後の領主リーゾ・メルヴィルの願いだったのだ。マリカの言葉に、ロレンシオがしっかりと頷いた。

「これから翠海はますます重要な拠点となるだろう。拙い船とはいえ、ボアルドは船を用いて軍を移動させたのだ。他国はかなりの勢いで造船技術の開発にいそしんでいることがよく分かった。我が国も負けてはいられぬ。二年前に頓挫《とんざ》した翠海への軍事拠点の設置を急ぎ、造船技術にもこれまで以上に予算を投下していかねば」

熱意あるロレンシオの言葉に、マリカは頷いた。それらは全部父が望んでいたことだ。父の目は、間違いなくこの偉大な公爵と同じ未来を見ていたのだと知り、マリカの目頭が熱くなる。

「お前の父君が進めていた政策は私が引き継ごう。今日から翠海を復活させるのだ」

「ありがとう……ございます……」

マリカは震え声でロレンシオに礼を言った。田舎領主と呼ばれていても、マリカの父は真に聡明な人だった。そのことが確かめられて、心の底から嬉しかった。

――お父様、閣下がお父様の遺志を叶えてくださるわ。翠海の皆が豊かに暮らせる未来が来るかもしれない。お父様は私の誇り……愛しているわ、お父様……。

目元を指先で拭うマリカに、ロレンシオが言った。

「翠海からボアルド軍を駆逐できたのは、アデル・ダルヴィレンチの『活躍』のおかげだ」

「アデルの……『活躍』……ですか？」

マリカは身を固くした。彼はたくさんの『生贄』を、彼が信じる神様のような何かに捧げているのではないか。何度も抱いた疑念がマリカの心をじわじわと闇に染めていく。悪寒を覚え、マリカは無意識に己の身体を抱いて二の腕をさすった。

「ああ。その『活躍』のせいで、彼はますます己の居場所を失いつつある。このままでは、怪物として恐れられかねない」

——怪物……アデルが……。

得体の知れない単語が脳裏に響いた。何度自分の口で繰り返そうとしても、アデルのようには紡げない単語。『——』とは何の名前なのだろう。

マリカですらアデルの様子を怖いと思うのだ。

他の人間なら、尚更彼の変貌を恐ろしいと思ったに違いない。

「……アデル君は、単身でボアルドの制圧下にある翠海の街に侵入し、ボアルド軍を騙しきり、『春呼びの風』の時季に翠海の港に船を呼ばせたのだ」

ロレンシオの言葉に、マリカは息を呑む。

衝撃は、最初は弱く、続いて信じられないほどの強さでマリカを呑み込んだ。波に攫われるときと同じだ。

あまりのことに息もできなくなりつつ、マリカは震える指をぎゅっと握り込む。

「アデルが……そんなことを……」

震えがますますひどくなる。マリカは青ざめた顔で首を横に振った。まさか、そんなはずはないと思いながらも、自分がアデルに語った話を思い出さずにはいられない。

——私は春呼びの風が吹き荒れる中でも港に入れる方法と、その時季に現れる、船を沈める危険な白い海流……『悪魔の手招き』の話をアデルにしたわ……。

唇を噛みしめるマリカの前で、ロレンシオが淡々とした表情で続ける。

「アデル君はボアルド軍の要職者たちに『春呼びの風が吹いている中でも、白い海流に乗れば必ず港に入れる』と真剣に説いていたらしい。地元の漁師たちによれば、それは真逆の教えだそうだがな」

膝から力が抜け、へたり込みそうになった。より多くの『勝利』を、つまり敵兵の『命』を捧げるために、アデルは『必ず事故を起こしてしまう』方法をボアルド軍に教え込んだのだと分かったからだ。

まるで岩を呑み込んだように身体が重い。手足は冷え切り、立っているのがやっとだ。

——ああ、誰か嘘だと言って。アデルにそんなことができるはずがない。

アデルは優しくて賢い人だった。

父は『十二歳の若さで、たった一人で翠海まで来られるのだから、利発で強く、どんなときも動じない少年に違いない』とアデルを褒め称えていたものだ。

——アデルは本当に賢くてしっかり者なの。それに優しいのよ、そうよね、そうでしょう？　あ、悪魔の手招きのことを、港へ入ることができる海流だと嘘をつくなんて……。

青ざめ震え続けるマリカに、ロレンシオが言った。

「翠海の網元や漁師たちは、アデル君が嘘をついているのを知りつつも看過したらしい。彼の嘘で翠海からボアルドの兵がいなくなってくれるならと、そう思ったそうだ。しかし、彼は同時に人々からひどく恐れられている。容赦がなさすぎると」

マリカの脳裏に、闇を背に立っているアデルの姿が浮かぶ。彼の周囲に滲んでいる闇には無数の顔が浮かんでいた。いずれの顔も怯えと苦痛に歪んでいる。

この顔たちは、アデルが戦争で、いや、戦争を理由に殺した『敵』なのだろうか。

愛しい男を思い浮かべようとしたのに、なぜこんなにもおぞましい、暗い、救いのない姿が浮かぶのだろう。

『俺は――――に勝利を捧げる』

そんな神様はいない。脳裏のアデルに語りかけたとき、目の前が涙の膜で曇った。

今ようやく認めることができた。アデルはもう、壊れているのだと。

壊れていない人間には、船団を全滅させるような嘘はつけない。たくさんの兵士を冷たい海の底に沈めることなどできない。

心に浮かぶアデルがますます闇に呑まれていく。

――貴方は……なんということを……。

マリカは氷のように冷たくなった身体のまま、ロレンシオの話の続きを待った。

「アデル君の冷酷すぎる行動が騎士団内で問題になっている。今回の件を除いても、彼は戦いの場で手柄を立てたことを一度も認めず、昇進も褒賞も頑なに拒んでいて、変わり者だと気味悪がられていたらしい」

――『手柄』ではなく、恐ろしい何かに捧げる生贄だったからよ。

マリカは心の中で独り言つ。

『俺は昔の君を取り返したい。そのために俺の信じる神に勝利を捧げるんだ。他には何も要らない。君を取り返せればそれでいい』

優しく乾いた声が、そうマリカに囁きかけた気がした。

アデルの絶望の深さを今更ながらに思い知った。たとえ正しい人間であることをやめても、昔の幸せだった二人に戻りたいなんて……。

その狂気に至るまで、アデルはどれだけ苦しんだのだろう。

なのにマリカは苦しんでいるアデルに、『神の教えを守り、幸せになって』と押しつけ続けたのだ。自分の思う『正義』は、まだまだ幼稚だった。

愛とは、相手の幸せを願うこと。

アデルの幸せはこの世にたった一つしかない。別の幸せを見つけることなど彼自身にさえできない。周囲の人々に『怪物』と呼ばれても止まれないのだ。

マリカはそのことに気付かなかった。否、薄々気付いていても、きっといつか変わってくれると勝手に決めつけていた。

——家を継いで幸せになって、なんて言って……ごめんね……。

涙ぐむマリカにロレンシオが言う。

「手を汚した彼のおかげで膠着《こうちゃく》状態を脱することができたというのに、人とはまことに勝手な生き物だな。しかし、アデル君を怖いと思う気持ちも分かる。あれは、ただの騎士と呼ぶには力量も残忍さも突き抜けすぎている」

マリカは強く首を振って、震える大きな声でロレンシオの言葉に抗った。

「違います、アデルは優しい人なんです！」

こんなふうにロレンシオに逆らうのは初めてだ。驚く顔のロレンシオに、マリカは必死に言い募る。

「優しい……人……なんです……」

幼いマリカに馬の尻尾の毛を差し出してくれたアデルの笑顔が浮かんだ。

たとえ真っ黒な怪物になったとしても、アデルが愛おしい。

アデルを他の人間に貶めさせはしない。傷つけさせはしない。暴走しているアデルを止められるのはきっと、今が最後の機会だ。

マリカは涙を拭う余裕もないまま、ロレンシオに告げる。

「本当に、優しい人なんです。怪物なんて呼ばせないでください。お願いです、機会をください。私がアデルを改めさせます。もう残酷なことをしないように止めます」

驚いた顔のまま、ロレンシオがマリカを見つめた。

従順な道具が突然動き出したことを驚いているのか。そう皮肉に思ったマリカは、ロレンシオの目に心痛の色を認めて、息を止めた。

「閣下……？」

「お前が助けると言うのか、アデル君を」

マリカは頷いた。ロレンシオの妻でありながら、別の男を助けたいと頼んだのだ。言ってはならないことを口にしたのに、続くロレンシオの言葉は意外なものだった。

「どうやって助ける」

「全てを……」

答えかけて、マリカは言いよどむ。さすがに勇気が必要な内容だったからだ。しかしマリカは腹に力を入れ、ロレンシオの灰色の目をしっかりと見つめて答えた。

「名前も財産も地位も全てを捨て、名も無き女としてアデルのもとに参ります」

『家』や『夫』という庇護者から切り離された貴族の女の末路くらい、いくら田舎者のマリカでも知っている。もしアデルが何もかもを失った自分を選んでくれなかったら、マリカの人生はそこで途切れるかもしれない……。

――でもそれでいいわ。私には本来、公爵夫人と呼ばれるだけの資質も、翠海を治める資格もないのよ。ただお母様が、私を生かそうとしてくださったから生きているだけ。

涙に歪んだ視界のまま、マリカはロレンシオに懇願した。

「閣下、どうか私から全てを剝奪し、死んだ人間としてこの屋敷から追い出してくださいませ。私は……アデルを訪ねて、彼が受け入れてくれるならば、二人で王都を去ります」

ロレンシオは何も言わない。マリカは涙を拭い、ロレンシオに深々と頭を下げた。

「お願いいたします。閣下のお力で私の戸籍を死者のものにしてください。マリカ・メルヴィルという女を『幽霊』にしてくださいませ」

言い終えたマリカは震えながら唇を噛む。

あらゆる縁を断ち切られて、たった一人で未来に踏み出すのだ。

怖くてたまらない。ロレンシオの力で戸籍上死者とされれば、マリカは正教会の信徒ではなくなる。神の加護を失い、父母の娘であったことも翠海との絆も喪って、この身体一つで生きていかねばならなくなるのだ。

──それがどんなに悲しい、恐ろしいことでも、私は……。

アデルを正気に戻せる可能性があるならば、それに賭けたい。

愛する人が怪物と呼ばれない未来のためならば、『マリカ・メルヴィル』はこの世から消える。

震え続けるマリカに、ロレンシオが静かな声で言った。

「……分かった。お前は本当に良い娘だな。アデル君には勿体ないかもしれん」

ロレンシオのこんなに優しい笑顔を初めて見た。不意にマリカの脳裏に、愛しくてたまらない声が鮮やかに蘇る。

『俺の馬の尻尾の毛、大事に使ってくれるか？』

──う、嘘……も、もしか……して……。

何の匂いもしないロレンシオの笑顔に、十二の頃のアデルの笑顔が重なった。

ああ、少年の頃のアデルは、この人によく似ていたのだ。今初めて気がついた。マリカは言葉を失い、呆然とロレンシオを見上げた。

◆

王都に避難していた翠海の領民たちの帰還が始まったらしい。

マリカは彼らを見送ることも、共に最愛の故郷の土を踏むこともできなかった。

つい先日の春の朝『マリカ・メルヴィル＝バーネベルゲ』は天に召されたからだ。それを知ったのはアデルが王都に帰還した日のことだった。

――マリカが……。

戦の神に祈り続けたが奇跡は起きず、とうとうあの日のマリカは取り返せなかった。

『死後に常世で愛し合え』

それがアデルの必死の祈りへの答えだったのだ。

アデルは書き置き一つで騎士団を辞め、同時に家を出た。

偉大な騎士になれなかった息子は、この家には不要だと思ったからだ。

泣き伏す祖母と母と妹を交互に抱きしめ『今までありがとうございます。俺は戦場で死んだと思ってください』と言い残し、アデルは家を出ようとした。

門を出て歩き出したとき、脚の悪い祖母が必死に追いすがってきた。

『これ、待ちなさい、待って、アデルや……！』

祖母は真剣な顔で自分の倍ほどもある孫息子にしがみつき、低い声で言った。

『お前は絶対に生きていなきゃだめだ！』

まるでアデルの『覚悟』を見透かしたような言葉だった。言葉を失ったアデルに、祖母は絞り出すような声で続けた。

『もし私の言いつけを破ったならば、私もお前と同じことをするからね』

祖母の目には涙がたまっていた。

――お祖母様は、俺が死のうと思っていることに気付いていたのか。

灰色の森の民の血を濃く引いていると言われる祖母は、時折訳の分からない予言めいたことを口走る。アデルの家族や近所の人たちも、何度か祖母の怪しげな忠告によって救われたことがある。何かが見えているのだろう。

万が一にも祖母がアデルの後を追うようなことがあってはならない。祖母は様々な苦労に耐え、七十年以上も生きてきた偉大な存在なのだ。養子のアデルを最後まで大事にしてくれた祖母に『自分と同じこと』をさせるわけにはいかない。

アデルは祖母に『分かりました、約束します』と誓い、鞄一つの身軽さで、安く貸し出されている町外れの古い家に引っ越した。

家はまともな人間であれば足を踏み入れない危険な貧民窟の奥にある。住人は王立騎士団に賄賂を渡して生き延びているような札付きの悪者ばかりだ。

アデルはそこに建っている家を、貧民窟を仕切る『仲介人』に借りた。何をしている人間なのかは知らない。最初から最後までアデルを値踏みするような目で見ていたので、なるべく大人しそうに振る舞い、油断させておいた。

案の定、その日の夜には強盗たちが送り込まれてきた。

『貴族の若様がこんな場所で一人暮らしだなんて、勇気があるな』

それが強盗の頭の最後の言葉だった。アデルはその男を殺して、腰を抜かしている子分たちに『仲介人の家の前に捨ててこい』と命じた。

以降は何の嫌がらせもなく、おかしな侵入者もいない。ろくでなしの犯罪者たちに囲まれてはいるが、とても快適に過ごせている。

——もうすぐ春の祭りだな。

春の祭りは、ロカリアの伝統行事で、命の芽吹きを祝う華やかな祭りだ。

王都の人間は皆めいめいに着飾り、若者は恋しい相手と恋文を送り合う。

幼子の頭は可愛らしい花で飾られ、娘たちは花の女神に扮して数日にわたって王都の中央通りを練り歩く。祭りの間は街中に菓子や花、宝石などを売る屋台が並び、王都は驚くほどの人でごった返すのだ。

マリカと二人で春の祭りに行きたかった。大貴族の奥方として屋敷の露台から祭りを眺めるのと、実際に祭りの喧噪に身を委ねて歩き回るのとでは、楽しさが段違いのはずだ。

珍しい品物が好きなマリカはきっと、全部の屋台を回り、戦利品を両腕に抱えて大はしゃぎしたに違いない。

無邪気で可愛い人だった。そんなところが愛しくてたまらなかった。

——君とあの祭りを楽しみたかったな……。

貧民窟の奥で暮らし続けて半月が過ぎた。

――お祖母様が天寿を迎えたら、これで君のところに行くよ。少しだけ待たせてしまうけれど許してくれ。

アデルは自決に用いる短刀を選び終え、一人微笑んでいた。

使うのは少年の頃から愛用している古い短刀だ。

マリカに馬の尻尾の毛を切ってあげたのもこの短刀だった。思い入れのあるこの刃で旅立とう。

そう思いながら短刀の刃のきらめきを見ていたとき、家の扉が強く叩かれる音がした。

「アデル殿！　バーネベルゲ家より、公爵閣下の伝言を預かって参りました」

それは、聞き覚えのあるロレンシオの部下の声だった。

「なにか」

もうあの男に用はないのに。そう思いながら嫌々用件を尋ねると、使者は頭を垂れてアデルに意外なことを申し出た。

「亡き奥方様のことで、どうしてもお話があるそうです」

さすがにロレンシオは、アデルの居場所を把握していたようだ。鬱陶しく思いながらも、アデルは頷いた。マリカの話と言われたら、無下にできなかったからだ。

「マリカのことを聞かせてくださるとのこと、ありがとうございます」

心をどこかに置き忘れたかのようなアデルの様子に、ロレンシオが溜息をつく。

「どうした。君自身が天に召されかねない顔色だぞ」

答えないアデルに焦れたように、ロレンシオが問いを重ねる。

「なぜ騎士団を辞めた？」

「……もう戦いは終わったので」

「私の妻の死を聞くなり姿を消したと聞いたが。大手柄を立ててこれからというときに、何を考えているのだ。これまでは昇進を断り、褒賞を受け取らず、ひたすら殺して暴れ尽くして、戦が終わるなり騎士団を去るとは……」

アデルは無言で首を振った。

何もかもあの日のマリカを取り返すためだった。紅玉の指輪を嵌めて、この場所を離れることになっても貴方に付いていくと約束してくれた、この世で一番愛おしい存在を奪い返すためにやっていたのだ。

――俺がいるだけで、騎士団の皆が萎縮する。仲間だった皆から『怪物』と呼ばれていることくらい知っているんだ。俺は、派手に殺しすぎた……。

愛していると心の中で叫びながら剣を振るい、ボアルドの敵兵を殺し続けた果てに、自分は戦場の悪鬼になり果てていたのだ。

奇跡を起こしたかった。あの日のマリカを取り返したかった。アデルには、それ以外に生きる理由が何もなかった。

今も変わらず、幸せだった昔に戻りたい。翠海で誰からも愛され、にこにこ笑っていたマリカをこの腕に抱きしめたい。

マリカの幸せが損なわれなかった世界に行きたい。

……そんな願いが叶うはずがないことくらい、骨身にしみて分かっている。

時間は決して巻き戻らない。狂人となったアデルの妄想の中でしか、マリカが幸福に輝く笑顔を見せてくれることはない。

だから現実を見ることにした。

マリカが常世に去ったのなら、自分も可能な限り早くそこに行く。それだけだ。

アデルは目を伏せて、ロレンシオに告げた。

「騎士団を無断で退団した件は謝罪いたします。では失礼いたします」

早くマリカに会いたい。幼い頃のマリカは、別れ際にいつも泣きじゃくっていた。年頃になってからも『来る日を手紙に書いて教えてね、必ず送ってね』とせがまれたものだ。

アデルの心を食い尽くした、愛おしい可愛い婚約者。再会できたら、彼女を永遠に放さない。常世の薄闇でずっとマリカを抱いていよう。

一礼して去ろうとしたアデルを、ロレンシオが慌てた様子で呼び止めた。

「待て、そんな腑抜けた顔色でどこへ行く。私の話は終わっておらんぞ！」

ロレンシオは懐から、白い封筒を取り出した。

「マリカが最後に君に手紙を書き残した。中身は私の検閲済みだが、ここで読め」

封筒をアデルに差し出しながら、ロレンシオが言う。

「私はマリカを妻として看取り、葬儀をあげ、バーネベルゲ公爵家の夫人として埋葬した。そのあとも、できるだけのことをしたつもりだ」

何を恩着せがましいことを……と思ったが、言い返す気力も無かった。マリカが最後に書いた手紙には何が書かれているのだろう。

アデルは力の入らない手で封筒を受け取る。

「今は読めません」

アデルは首を横に振った。何が書かれていても苦しいだけだからだ。しかしロレンシオは大きく息を吸うと、厳しい口調でアデルに告げた。

「読め。マリカは、君が怪物になる前に連れて行くと言い残したのだ。意味は分かるか」

——俺が怪物になる前に……。

確かにマリカはアデルの祈りを止めてくれた。彼女がいない今、剣を握る力さえ湧いてこないのだから。アデルの中の怪物は、マリカが一緒に連れて行ってしまった。

『もう変なお祈りなんてしなくていいわよ、アデル』

脳裏にあどけない笑顔のマリカが浮かんだ。

——どうして……。

アデルは醜態を自覚しながらぎゅっと目を瞑った。

——俺は君を……君を……どうしても……幸せにしたくて……。

ロレンシオの冷ややかな声が耳に届く。

「しばらくは一人で頭を冷やし、己の暴れぶりを反省するがいい。強いのはいい、勇敢なのも結構。だが怪物になったが最後、君はもう元には戻れない。ただ恐れられ、避けられ、不吉がられる人生が待っているのだ、分かるか？」

ロレンシオの言うとおりだ。マリカが戻ってくれれば、後のことはどうでも良かった。そして今は、何もかもがどうでもいい。

「呆けていないで、全てを懸けて君の幸福を願ったマリカに感謝しろ」

アデルは力の抜けた片手で顔を覆う。

そうだ。きっとマリカは死ぬまで自分のことを案じてくれていたに違いない……。

「私の前でマリカの手紙を最後まで読みたまえ」

アデルは弱々しく首を横に振った。

「だめだ、それを読んで、内容を理解したと報告しろ。その顔色では帰せぬ」

まるで、いずれ自刃するつもりであることを見透かされているようだ。

アデルは震える手で、手紙を開いた。

そして最初の一文を読んで、息を呑んだ。

『春の祭りの初日、幽霊になった私がバーネベルゲ公爵家の墓所に行きます』

脳裏に、これまでに見た命なき人々の姿がよぎる。

弔いには酒があればいいと声を掛けてきた同僚、狂った妻に寄り添い続けた夫、戦場を

彷徨っていた死んだばかりの仲間たち。

――あんなふうに、君も俺のところに来てくれるのか。

アデルの胸が怪しく騒いだ。

春の祭りの初日にマリカがやってくるのならば、必ず会いに行く。そしてマリカに会えたら『一緒に常世に連れて行ってくれ』と頼もう。

――自決でなければお祖母様も諦めてくださるだろう……。

「何をふらふらしているのだ。内容が分かったのならばそう言いたまえ。こう見えても君を心配しているのだぞ、私は！」

焦れたようにロレンシオが促す。

「……分かりました。俺は春の祭りの初日に、幽霊になったマリカに会いに行きます」

「よし。ようやく私も少し安心した。ゆっくり頭を冷やしてから会いに行け」

アデルの言葉に、ロレンシオは大きくため息をついて頷いた。

第六章　悪戯娘がくれたもの

――春の祭りの初日……バーネベルゲ公爵家の墓所……。

ロレンシオからマリカの手紙を受け取った十日後。

アデルは、柄にもなく緊張していた。

久々に己の鼓動を感じ、身体中に汗が噴き出している。

墓標には『マリカ・メルヴィル＝バーネベルゲ　ここに眠る』と彫られている。そして生まれ年と、今年の数字が添えてあった。

――俺も君のいるところに行きたい。早く来てくれ、マリカ……。

マリカはここに眠っているのだ。

懐に手を入れ、マリカの手紙を取り出す。そこには、こう綴られていた。

『春の祭りの初日、幽霊になった私がバーネベルゲ公爵家の墓所に行きます。貴方さえ良ければ、幽霊になった私に会いに来てください。

もちろん、このおかしな手紙のことは忘れても構いません。

私は貴方に幸せになってほしい。

だから、どうか本当に幸せになれる道を選んでください。

私の大切なアデルは、悪鬼でも怪物でもありません。いつも優しい素晴らしい人でした。

心から貴方の幸福と、光ある人生を祈っています』

――マリカはもうやってきているのだろうか。

アデルはマリカの手紙を大切に懐に仕舞い、明るい墓地を見回した。

皆が祭りに出払っているせいか、墓地を訪れる人の姿は見えない。見回す限り整然と貴族の墓が並び、敷地の周りには墓場の静寂を守るように糸杉が植えてある。

そのときアデルは、バーネベルゲ家の墓に供えられている赤と黄色の花束が、ついさっき供えられたかのように新鮮であることに気付いた。

――あれ……花が新しいな。この前俺が供えたものではないような……？

こんな派手な花束を供えた記憶は無かった。別の誰かが置いたのだろうか。

不審に思ったとき、花の上に置かれた結ばれたリボンに気付いた。

アデルはリボンを拾い上げた。リボンの中心に重みのある何かが結びついている。

――これは……マリカの指輪……？

間違いない、求婚した日にマリカに贈ったあの紅玉の指輪だ。内側に自分の手で彫ったマリカと自分の頭文字が見える。

――どうして？　なぜここにマリカの指輪があるんだ？

先ほどから落ち着かなかった心臓が再び早鐘を打ち始める。リボンを確かめると、妙な柄の刺繍が施されていた。いや違う。これは読みづらいが『文字』だ。指輪からリボンを解き、何と記されているのかを確かめる。

『幽霊は墓地の裏門にいる』

――どういうことだ……？

アデルはリボンをまとめて懐に入れ、指輪を握りしめてもう一度周囲を見回す。並んだ糸杉の向こうに鉄格子状の黒い門が見えた。きっとあれが裏門だ。

急いで駆け寄ったが、裏門には誰もいなかった。アデルは門に近づき、施錠されていることを確かめる。開けられない。ここにマリカがいると思ったのに。

――裏門はここではないのかもしれない……マリカはどこに……？

そう思ってきびすを返して門を離れようとしたとき、背後でかしゃんと音がした。

アデルは言葉を失った。

門の向こうにマリカが立っていたからだ。門に手を掛け、こちらを見て笑っている。

淡い金の髪がきらきらと輝き、青緑の瞳には悪戯っぽい明るい光が浮かんでいる。魂が涸れるほどに求め続けた、愛しいマリカの笑顔がそこにあった。

アデルは震える手を伸ばし、門の鉄棒を摑む。

「マリ……カ……」

「……久しぶり、アデル」

少し離れた場所に佇んだまま、マリカが言った。扉を開けられずにアデルは必死で鍵を揺する。外れない。溶接されていて素手で壊すのは難儀しそうだ。

「どうして騎士団を辞めてしまったの？」

「ボアルドとの戦いにけりが付いたからだ。それに、もう戦う理由がない」

門の向こうでマリカが納得しかねるとばかりに首を横に振る。

「騎士団に戻って、お父様が勧める人と結婚しないの？」

――さすがに墓地の鍵を力任せに破壊しては申し訳ないな……。

アデルは答えずに、鉄格子の門を見上げた。ここしばらく腑抜けのように暮らしていたから、身体が動くかが心配だった。鉄棒を握り、力を込めてみる。

――大丈夫だ、多分いける。

「ねえ、聞いてる？」

「ああ、聞いている。誰とも結婚はしない。もう騎士団には戻らないし、家も継がない。俺は君のいる場所に行く」

そう答えると、門の向こうにいるマリカの顔が歪んだ。

「それは不幸な選択じゃないの？」

「幸せだよ」

「私は幽霊同然の女になったの。もう昔の名前は失ったわ。でも貴方にはまだ、たくさん幸せな選択肢が残されている。今日はそれを伝えたかったのよ。ねえ、ちゃんと私の手紙を読んでくれた？」

アデルは指輪を懐に仕舞い、意を決して門に飛びついた。そして懸垂《けんすい》の要領で上まで這い上がり、門を乗り越えた。

「な……何！　アデル、腕だけで門を這い上がるなんて！　そんなことできるの!?」

マリカが唖然とした顔で後ずさる。相変わらず表情豊かで、死んでいても可愛かった。

──俺が知っている幽霊と様子が違うな。生きている人間とまるで変わらない。

アデルは腕を伸ばして、マリカの身体を抱き寄せた。温かな身体だ。服越しに伝わってくるのもマリカの感触と匂いそのものだ。

──やっぱり変だ……生きているようだが……？

そう思った瞬間、かなりの力で胸を叩かれた。

「アデルの馬鹿！」

身体を離すと、マリカは泣いていた。

「怪物呼ばわりされるほど大暴れするなんて、アデルの馬鹿！　どうして？　貴方は立派な騎士だったはず。どうしてそんなことになったのよ！」

小さな拳をアデルの胸に叩きつけ、マリカが叫ぶ。

ここにいるマリカは幻覚でも幽霊でもない。間違いなく生きている。

自分が死んだことも分からずに彷徨っていた『彼ら』と、確固たる意思を持って怒り、泣いているマリカがまとう空気は全然違う。

けれど、生きていたならば、なぜすぐに自分に会いに来てくれなかったのだろう。

いや、そもそもなぜ死んだふりなどしたのか。

「君こそどうしてここにいる？　何があったんだ」

マリカは涙を流し、アデルを強く突き放して冷たい声で言った。

「閣下に、貴方を止めると約束したの。貴方は閣下に、私を取り返すために願掛けをしているから、名誉も褒賞も要らないと言ったそうね」

マリカから半歩離れ、アデルは無言で頷く。

「それに、閣下に向かって、手柄を立てるから私と別れてほしいとまで言ったそうじゃないの。何を考えているの？」

マリカの怒りの形相に、少し反省した。確かにただの騎士風情が、ロレンシオに対して口にして良い言葉ではなかったと思う。

「言いたいことを全部言っただけだ。俺が戦い続ける理由は、君と過去に戻ってやり直すこと、奇跡を起こして君を取り返すことだけだったから」

その言葉に、マリカの表情が曇る。困惑し、何かを迷っているような顔つきだ。しばらく考え込んだあと、マリカはやや落ち着いた口調で言った。

「貴方は……ボアルド軍に嘘を教えたのね……」

言葉を切り、ため息をついたあとに、マリカは小さな声で続けた。

「私も閣下も驚いたわよ。悪魔のような所業じゃないの。貴方が怪物と呼ばれて恐れられていくことを、閣下はとても案じておられたのよ……」

「ごめん」

マリカの小さな顔が苦痛に歪んでいる。彼女に聞いた知識を悪用したから、悲しませてしまったのだ。胸が痛くなって、アデルはもう一度繰り返した。

「ごめん……マリカ……それが手っ取り早いと思ったんだ」

アデルを見上げるマリカの目に、みるみる涙がたまる。

「これからもまた、ああいう悪いことをする気？　自分の命も顧みずに危険を冒して敵陣に乗り込んで、大嘘をついて相手を壊滅に導くような真似をする？」

マリカの問いに、アデルは首を横に振った。

「もうしない、翠海は取り返せたから……君の憂いを晴らすことができたから」

「わ……私……アデルが翠海を取り返してくれたことに感謝しているわ。躊躇わずに手を汚してくれた貴方に感謝している。他の誰にもできなかったことだもの。でも……でも私は、貴方が化け物なんて呼ばれて、皆から忌み嫌われるのは絶対に嫌！」

声を震わせ、マリカが言った。大きな目に怒りの炎が燃えていた。感情豊かなマリカらしく、海色の瞳は鮮やかに激しく輝いている。

今アデルの目の前にいるのは、焦がれ続けたあの日のマリカだった。

「閣下が仰ったの。すぐにアデルに会いに行かずに、しばらくアデルの頭を冷やさせろって。アデルは根本的に考えが誤っているから、自分を見つめ直す期間がいるって。だから春の祭りの初日に会いましょうって手紙に書いたのよ」

——自分を見つめ直す時間、か……。

そんなものすらなかったことに、アデルは自嘲した。

「ねえ、アデル。私のためじゃなかったら滅茶苦茶に戦ったりしないでしょう？　一人で敵兵を殺し続けて、周りに不気味がられることもしないでしょう？」

何も言えずに、アデルは頷いた。『全部、俺が奇跡を求めて足掻いた結果だ』と言おうとしたが、胸が詰まって言葉にならなかった。

マリカの目から次々に涙がこぼれ落ちる。しゃくり上げながら、マリカは途切れ途切れに言った。

「アデルの幸せがなんなのか、私にもよく分かったわ。い、家を継いで、まともに幸せになってなんて言ってごめんね。アデルにはそんなの、無理、だったのに……」

言い終えたマリカが、嗚咽を堪えるようにぎゅっと唇を噛んだ。誰よりも美しいのに、こんな顔をしていたら子供のときと変わらない。

鼻水を垂らして『お尻を叩かれる』と泣きわめいていた幼い頃と今の彼女の顔はそっくりだった。昔のように手を伸ばすと、マリカは素直に身を委ねてきた。

やはり可愛い。何を言い、どんな顔をしていても、マリカはアデルにとって世界で一番可愛い人だ。

アデルの腕でひとしきり啜り泣いたあと、マリカは泣き疲れたような声で言った。

「マリカ・メルヴィルは死人になったの。バーネベルゲ公爵夫人はもうこの世にいない。

閣下が、正教会の書類も、お役所の戸籍も、全部別人のものを用意してくださったわ。私はただの平民の孤児になった。これが、今の私が貴方にあげられる全て」

アデルは、呆然とマリカの言葉を受け取る。

奇跡は起きなかった。時は戻らず、世界は変わらなかった。

その代わり、最愛のマリカが、全てを擲《なげう》って哀れな男を悪夢から救ってくれたのだ。

「マリカ……」

「びっくりした？」

幼い頃、悪戯したときのように、マリカが小声で尋ねてくる。

「びっくりなんてもんじゃない……君は……君は……」

柔らかな身体を抱くアデルの腕が震え出した。

自分が受け取ったものの重さに耐えきれず、地面に膝を突きそうになる。

マリカがくれたものは、あまりにも大きなアデルへの愛だった。

「私は貴方に正しく生きる道を示すことも、メルヴィル家の最後の人間として翠海の人々に生涯償い続けることも、神様の教えに従うこともできなかった……でも、貴方の幸せだけは諦めない。だから貴方と一緒に連れて行って、どこにでも行くわ。翠海も好きだけど、私はアデルといられる場所ならどこでも好きなの」

それは、マリカに結婚を申し込んだときの返事と同じ言葉だった。

「マリカ……俺は……」

アデルはマリカを抱く腕に力を込めた。

情けないことに、涙が止まらない。歯を食いしばって嗚咽を堪えても、涙は次々にマリカの綺麗な髪に吸い込まれていく。

マリカがアデルに全てを与えてくれた。こんなに一途で清らかな愛を受け取る権利が自分にあるのか分からない。

――いや、今の俺に分からないのは当たり前だ。生涯を懸けてマリカに応える以外にない。マリカが俺と生きて良かったと笑ってくれたら……それが正解なんだ……。

アデルは何とか嗚咽を収め、大きく息を吸ってマリカに告げた。

「俺の幸せは君と一緒になることだ。君の言うとおり、他の選択肢は全部苦しくて選べない。だからどうか俺にもう一度、求婚の権利を与えてくれ」

アデルは懐に手を入れ、マリカの紅玉の指輪を取り出した。そしてマリカの小さな左手を取り、薬指に嵌める。

青緑色のきらめく目が、指輪に吸い寄せられた。

「ア……アデル……」

マリカの手を取ったまま、白い手の甲に唇を寄せる。

「俺は一生、君に救《たす》けてもらった幸福と喜びを忘れない。命ある限り君を大切にする。だから俺の妻になってほしい」

「ありがとう、アデル」

マリカが涙に濡れた顔で笑った。

その幸せに輝く笑顔が、アデルの心の空洞をゆっくりと埋めていく。

「たとえ君が死者になっていても会いたかったんだ。常世……いや、天国の人になった君と再会して、一緒にあの世に連れて行ってほしかった」

アデルの言葉に、マリカが呆れたように反論する。

「もう……本物の幽霊なんているわけないでしょう。何言ってるの？　幽霊っていうのは、家も財産も失って、世間から縁切りされた貴婦人のことよ、俗語なの。知ってる？」

確かに、正教会の信徒たちが道でうずくまる女を指さし『幽霊だ』『司祭様に報告しよう、どうにかしてくださる』と気まずげに言い交わしているのは見たことがある。

——生者を幽霊呼ばわりなんて変だと思っていたが、そういう意味だったのか。俺は正教会の教えをまともに聞かずにきたから、知らなかった。

「俺は、君が本物の幽霊になって会いに来るのかと思っていたんだ」

「アデルって時々変なこと言うわよね、別にいいけど、そういうところも好きだから」

マリカが愛らしい唇を尖らせた。その表情に滲む甘えが愛おしさを掻き立てる。

「確かにたまに言うかもな。君は変わり者に捕まった可哀想な娘なんだ」

「嫌だ、怖い！　私、捕まっちゃったんだ……！」

アデルの言葉にマリカが笑い声を上げた。

翠海の太陽のように明るい悪戯娘の笑い声に、目頭が熱くなる。

「やっと、君を全部取り返せた」

「中身だけは貴方のところに帰ってきたわよ。昔と違って本当に何もないけれど」

　マリカが顔を上げ、小さな声で言った。

　親も財産もない平民の娘になった自分が足手まといにならないかと、アデルを心配しているに違いない。

　マリカらしい誠実さだ。子供の頃とちっとも変わらない。

「いいんだ、何もなくても……俺を愛してくれてありがとう。だから俺にも愛させてくれ。たとえ君が何も持っていなくても関係ない。俺は生涯を君に捧げる」

　そこでマリカと同じくらい誠実であらねばと思いついて付け加えた。

「騎士団を辞めたから、新しい仕事探しの間は落ち着かないかもしれないが」

「アデル……ううん、大丈夫。私もいっぱい働くから。私、暗算が速いのよ！」

　マリカの頬がぱっと薔薇色に染まる。悪戯娘の妙なやる気に火をつけてしまったようだ。

　そう直感し、アデルは諫めるように首を横に振った。

「いや、ありがとう。俺が真面目に働くから大丈夫だよ。仕事のあてはいくつか……」

　そのとき不意に糸杉の木が揺れ、大きな鳥が飛び立った。アデルとマリカは思わず空を見上げる。

「なあに？　あの大きな鳥……驚いた……」

　マリカが呟く。アデルは言葉もなく、悠々と空に円を描く大きな鳥を見守った。

あれは鷹だ。戦の神の紋章とされる鳥。

普段はもっと森の奥や山の高いところにいる。人里へ降りて来るのは珍しいのだ。

「ねえ、あれなんて鳥？」

「鷹」

「すごい……何を食べるのかしら……？　虫？　大きい虫？」

ああ、なんて好奇心旺盛でマリカらしいのだろう。

本当に彼女が戻ってきたのだ。狂うほどに希《こいねが》った、アデルの最愛の『マリカ』が。

泣きそうになりながら、アデルは努めて普通の口調で答えた。

「小鳥とか鼠《ねずみ》を食うんだ」

「鳥が小鳥を食べるの？　本当に？　食べるところ見られるかしら？」

「ああ、運が良ければな」

マリカの華奢な身体を抱き寄せながら、アデルはその温もりを噛みしめる。

「今、鷹の羽が欲しいと思っただろう？」

「……どうして分かるの？」

目を丸くするマリカの額に口づけ、アデルはこれまでの空疎《くうそ》な日々を噛みしめる。狂った男が敵を殺し続けただけの日々だったかもしれない。けれどその日々にも何かしら意味があったのだろう。そう思ったとき、いつものもの、誰のものか分からない声が聞こえた。

『戦士よ、お前の献身により灰色の森は守られた。我らが民の心から消えるのも時間の問題だろう。それまでの間、しばしの静寂をもたらしてくれて感謝する』
——え……？
アデルは青空を見上げた。鷹が灰色の森の奥へと飛び去っていく。目をこらして待ってみたが、鷹が戻ってくることはなかった。

◆

アデルの家はひどく荒んだ貧民街の一角にあった。

自宅を出て一人で暮らしているという。

マリカは『死後』、アデルとの再会の日までロレンシオが所有する別荘に匿《かくま》われていたので、結局王都を歩き回ったことは一度もないままだ。

王都にこんな場所があるのかと驚くマリカに『大丈夫だ。舐められなければどこでも暮らせる』とアデルは教えてくれた。

——舐められなければ？　アデルったら何をしでかしたの？　もう……！

その薄暗く静かな、何の匂いもしない部屋で、マリカは『夫』に抱かれた。

着ていた粗末な服を脱ぎ、一糸まとわぬアデルに抱きしめられただけで涙がこぼれる。

嬉しくてたまらない。

マリカは両親との戸籍上の繋がりも、最愛の翠海との縁も失った。

けれどマリカは一人ではない。世界で一番愛しい夫が側にいてくれるからだ。

「アデル……」

名を呼んだ刹那、有無を言わさず口づけられ、質素な寝台に押し倒された。

マリカの豊かな乳房に大きな手を這わせながら、アデルが言う。

「初めて君を抱くような気がする」

指先は震えるマリカの蕾を優しく愛撫したあと、ゆっくりと下肢に伸びていく。

覆い被さるアデルの背に腕を回すと、耳元にそっと口づけされた。

「なぜ君は、どこもかしこもこんなに可愛いんだ」

「あ……」

指先が和毛に隠された場所をそっと暴く。指の感触に応えるようにそこが口を開けた。

アデルの体温に包まれて、身体が端から溶けていくような喜びに包まれた。初めは恐る恐るだった触れ方が、だんだんと欲を滲ませた荒々しいものに変わっていく。しなやかな指を受け入れたマリカの花襞が、甘えるようにそれに絡みついた。

——私、こんなにアデルが好きなのに、どうして彼と離れられると思えたのかしら。

愛しさに駆られて、マリカは自分から脚を開き、アデルの顎に口づけた。指はますます奥まで押し入り、濡れたマリカのそこをぐちゅぐちゅと音を立ててかき回す。

「ん……あ……」

愉悦がマリカの下腹を波打たせた。はしたない蜜が長い指を伝って垂れ落ちる。アデルは指を抜くと、硬く立ち上がった自身をゆっくりとマリカの秘所に沈めた。

「あん……っ……アデル……っ……」

抗えない力で押さえつけられ、昂る雄を挿入されるのがたまらなく心地よかった。

アデルにならば何をされてもいい。

この身体はもう、彼のためにしか存在しないからだ。

「ん……は……」

欲しい、欲しいとマリカの蜜路が収縮する。アデルのものを半ばの場所で受け止めたとき、不意にひょいと互いの位置が入れ替わった。

「きゃっ」

マリカは膝立ちで、アデルの雄を半分呑み込んだ姿勢になっていた。

自分がアデルの身体に跨がっているのだと自覚した途端、恥ずかしさのあまりぎゅっと乳嘴が硬くなり、立ち上がった。

「マリカは馬に乗るのが好きだったよな？」

「え……何……何言ってるの……？」

「これからたくさん乗せてあげる。今は俺で練習してごらん」

優しい声で言いながら、アデルが揺れる乳房に手を伸ばしてくる。大きな手に白い柔肉を掴まれて、マリカは思わず腰を浮かせかける。だが肉杭を抜くことは叶わなかった。アデルのもう片方の手は、マリカの腰を押さえたままだったからだ。

「俺に乗って、根元まで俺のを受け入れてくれ」

「い……嫌……怖い……こんな格好……」

陰唇がひくひくと震えて『お前の大好きな男を食べないのか』とマリカに尋ねてくる。

下腹が怪しく疼き、マリカは唇を噛みしめた。

「できる、その証拠に君のここはお腹を空かせているじゃないか」

アデルの手が乳房から離れ、疼く花芽をちょんと押す。マリカの腰がびくんと跳ねた。

息が荒くなる。

お腹の疼きがますます強くなり、繋がり合った場所からたらたらと熱いものが溢れた。

「そのままゆっくり呑み込めばいい」

下腹部が大きく波打つ。まるでマリカの身体が舌なめずりをしたかのようだ。

欲望を不安が凌駕した。

——このまま最後まで……。

アデルは約束どおり、片手でずっと腰を支えていてくれた。きっとマリカが怖いと言ったからだ。少し安堵して、マリカは恐る恐る身体を落とす。

長い指が乳嘴を摘まんだ。火照る蜜窟が強い刺激に反応してぎゅうっと収縮する。

「そんなに焦らさないでくれ」

「焦らしてないわ、慎重に振る舞っているだけ……あぁんっ」

抗議するやいなや、再び愛しくてたまらないとばかりに乳嘴を軽くつねられた。

繰り返される愛撫に身体中が潤んでくる。

「ん、あっ、いや……！」

自分が思うよりも早く、マリカの身体はアデルのものを呑み込んでいく。長大な肉杭の全てを収めてほっと息を抜いた途端、アデルが言った。

「君のそこで俺の精を搾り取ってくれ」

中を満たすアデルの杭がびくんと脈動した。

「わ……私が……貴方の……？」

自分でもびっくりするほど媚びた、甘ったるい声が出た。

「嫌か？」

「ううん……嫌じゃないわ、そうしてみる……」

マリカはそっと唇を嚙み、アデルに跨がったままゆっくりと腰を振った。

「……あ……はぁ……っ……」

ちゅぷちゅぷと淫猥な音が耳に届く。マリカは乳房を揺らし、必死にアデルの分身を慈しんだ。自分が気持ちよくしてあげる側のはずなのに、身体がどんどん上り詰めていくのが分かる。

「君は可愛くていやらしくて、本当に素敵だ」

アデルの手がマリカの尻をしっかりと摑む。そしてマリカの動きを助けるように、ゆっくりと身体を揺さぶってくれた。

「んん……ッ……」

マリカは官能の波に呑まれそうになりながらも何とか堪える。アデルの手に揺さぶられて、身をくねらせたくなるほどの快感が下腹部を舐める。

「だめ、お、お手伝いされたら、あぁ……！」

アデルの和毛がマリカが滴らせた欲情でぐっしょりと濡れている。

跨がったまま達しそうだと教えるのが恥ずかしかった。

アデルはまだ余裕があって、薄い笑みを浮かべて自分を見ているだけなのに、マリカはもう、視線を感じて、身体を揺さぶられるだけで果ててしまいそうなのだ。

「揺すらないで……だめ……いく……いっちゃうから……っ……」

口の端に涎が滲んだのが分かった。自分が肉欲に溺れる姿を、愛しいアデルに余すところなく見られている。そう思った刹那、身体からぐにゃりと力が抜けた。

「は……ん……」

もう動けない。マリカはアデルの胸に上半身を与けたまま、繰り返し突き上げられて力ない声を上げる。淫路が不規則に収縮し、絶頂感が身体中を支配する。

「やだぁ……ッ……！」

マリカはいやいやと首を振りながら指の色が変わるほどに敷布を摑んだ。

けれどアデルの責めはやまなかった。マリカが達しているのが分かっているはずなのに身体を揺さぶり、下から執拗に突き上げてくる。

「や……だめ……だめ……気持ちいい、気持ちいいの……もう許して……っ……」

汗ばんだアデルの身体にうつ伏せて、マリカはもがいた。肉杭はマリカを深々と貫いたままだ。達してなお、勝手に腰が動いてしまう。

「も、もう私、達したのに……」

濡れた唇で抗議すると、アデルがマリカの背に手を回し、胸にもたれかけさせた。

「俺がまだだ、もうすこし我慢して」

「や……もぉ……ああ……」

汗に濡れた逞しい胸にもたれながら、マリカは無意識にぎゅっとアデルの腕を摑む。また『あれ』に呑み込まれ、恥ずかしい声を出して達してしまうのだと思うと、弛緩《しかん》していた身体に再び怪しげな火が点った。

「びしょびしょだな」

恥ずかしいことを囁かれ、ますます蜜があふれ出す。汗で濡れた胸板で乳房を擦られながら、マリカは迫ってくる絶頂感を必死で堪える。

「だって……好きなんだもの……」

「へえ、俺が？　それともこうやって俺とまぐわうことがか？」

「んは……ん……」

マリカは唇を嚙み、達しないよう体位を変えることを試みた。

「俺がだよな？」

耳元で囁かれ、マリカは懸命に腕を突き、身体を起こしながら答えた。

「そう……！　当たり前でしょう、意地悪……あ、だめ、あ、あぁ」

「俺が好きだから、こんなふうに跨がって、しがみついて、搾り取ってくれるんだな」

「ひ……ッ……」

再び激しく突き上げられ、目の前が白くなる。

マリカは背を反らし、全身を震わせた。

「も……二回も……やだぁ……!!」

「ああ……可愛い……世界一かわいい俺のマリカ」

またもや果てていくマリカの中に、おびただしい熱欲が注がれる。

――こんなにいっぱいアデルのが……。

アデルの精で身体が満たされても、今はただ素直に嬉しいだけだ。

もしいつか子供を授かったら、アデルは名前を一緒に考え、その子を一番に抱いて、可愛がってくれるだろう。

必ず、ずっと遠い未来まで、その子に愛を注いでくれるだろう……。

――私には、アデルがいればいい。

マリカはアデルの精悍な顔に小さな手を添えた。

「大好き、アデル……愛しているわ」

これからは毎日『愛している』とアデルに言える。そのことが何よりも幸せに思えた。

たとえ自分の選択を正教会の神様が許してくれなかったとしても、生涯翠海に帰ることができなくても、それでいい。

自分はアデルと寄り添える幸福を味わい尽くし、後悔せずに生きるだろう。

「俺も頭がおかしくなるくらい大好きだ。君はよく知っていると思うけど」

アデルの逞しい腕に抱きしめられながら、マリカはクスッと笑って明るく答えた。

「ええ、知ってる！」

エピローグ

かつてロカリア王国に『アデル・ダルヴィレンチ』と呼ばれた凄腕の騎士がいた。

彼は隣国ボアルドに奪われた翠海領を、奇策をもって取り戻したが、『俺への褒賞は全て、翠海の苦しむ人々に寄付してほしい』と言い残してどこかへ去ってしまった。

その後ロカリア王国の歴史に『アデル・ダルヴィレンチ』という名の騎士が現れることはなかった。

彼がどこに行き、誰と結ばれたのか、以降の歴史には何も残されていない。


アデル・ダルヴィレンチがロカリアの歴史から消えて、六年が経った。

ロカリアの東の外れの高山地帯に、とある村がある。

碧玉《へきぎょく》の鉱脈にほど近い風光明媚《ふうこうめいび》な村だ。

その村に暮らす宝石卸商の一人、アデル・マイアーは、仕入台帳を見直していた。

鉱山の仲買人から粗悪な品を売りつけられることは減ってきている。これまでの卸商見習いとしての経験で、アデルの目が肥《こ》えたおかげもあるだろう。それに……。

「おとうさぁん」

五つになった娘のミリアムが、仕入れたばかりの原石を手に走ってくる。

ミリアムはアデルの命より大事な宝だ。髪と目は茶色く、くるくるとしたまつげが長い。世界一美人の妻そっくりで、天使のように可愛らしい。

青っぽく透ける大きな原石を突き出して、ミリアムがアデルに言った。

「この石、すごくいいよ！」

ミリアムに手渡された大きな原石を確かめ、アデルは破顔した。

「ああ、ミリアムの言うとおりだな。この石からは大きな宝石が切り出せそうだ」

「うん！　もっと、いい石を探してくる」

ミリアムの頭を撫でて、アデルは頼んだ。

「それより『汚い石』を探して、袋から出しておいてくれないか？」

「わかった！」

原石を見分ける能力においては、家族の中で幼いミリアムが一番だ。

今では父母に褒められようと、自分から石を選り抜くようになった。

ミリアムは良い石も粗悪な石も驚くほどすいすいと見分ける。娘のお手伝いのおかげで、低質な原石をまとめ売りされても、数日で突き返せるようになった。

これらの原石は、色が悪ければ特殊な方法で炉で焼き、宝石の形に研磨してようやく商品になるのだ。それぞれの工程を請け負う職人も、腕の良い者は人気があり、仕事を頼むのも一苦労である。

　もうすぐ山の雪が融け、買い付けの季節がやってくる。

　この高原の村を、高価な碧玉を求めてたくさんの宝石商が訪れるのだ。それまでに予定をしっかり見直して、売れる商品を充分に用意しなくてはならない。

「とうしゃ……」

　アデルの足元で遊んでいた次女のセティアが、抱っこをせがんで手を伸ばしてくる。

　セティアはアデルのもう一つの宝だ。二歳になったばかりで、何をしていても可愛い。

　まだ赤ちゃんらしさが残っていて見ているだけで癒やされる。顔立ちは……誰に似たのだろうか。某国の偉大なる公爵閣下に似ている気がするが、何かの間違いだろう。

　――いや、閣下は、宝石を高価でお買い上げくださり、ダルヴィレンチ家からの手紙もまとめて届けてくださる恩人だ……頭ごなしに嫌うのはよそう……。

「はい、セティア」

　アデルは、抱き上げたセティアに紫がかった石のお守りを渡した。

　遠い昔に、幼かった妻がアデルにくれたお守りだ。今も失われずにアデルの財布の紐を守ってくれている。

「あいがと」

　お守りがお気に入りのセティアが、ニコッと笑った。

赤ちゃんだった娘たちの歯形で、石に通した紐はガタガタだ。

ミリアムもセティアも、口に入らない大きさのこの石を舐め回して遊んでいた。最近のことなのにもう懐かしい。少し寂しい。最近は、早く三人目が欲しいと妻にねだられ、新月丸の使用をやめているところだ。

そのとき、妻の明るい声が聞こえた。

「あら、ミリアム、お手伝いしてくれるの」

「うん！」

「綺麗な原石は見つかった？」

「きたないのがいっぱいあるよ。でも、きれいなのもいっぱいある」

「あら、ほんと？」

ミリアムと話しながら、妻のマリカが居間に入ってきた。手には大きな布袋を持っている。中身は焼きたてのパンだ。多分、近所のパン焼き職人から買ってきたのだろう。

――俺に子供たちを預けてどこに行ったのかと思いきや、パンを買ってきたのか。

「アデル、もうお昼にしましょう。朝スープを作っておいたの。それと道中考えていたのだけど、この前仕入れた原石は割高じゃない？　受領の署名は待ったほうがいいわ」

「良品の割合も多いみたいだから、昼食が終わったら仕分けを済ませてしまうよ」

「じゃあ、私は一つひとつ良品に値付けをするわ。そのほうが正確だものね」

思えば、あっと言う間に過ぎた六年間だった。

この村に流れてきてすぐ怪しい老人に声を掛けられたことが懐かしい。

『あんた……ずいぶん強そうだな。儂《わし》のもとで宝石の仕入れを手伝ってくれぬか？　この村の家を貸してやるし、給料もちゃんと払うぞ』

その老人に突然そう持ちかけられたのが、宝石卸商になったきっかけだ。

六年前、アデルとマリカは日雇いの仕事をしながら、旅を重ねて落ち着いて暮らせる場所を探していた。資金には余裕があったが、高原の村にたどり着いたときにマリカの妊娠が分かったのだ。

老人は、まるでアデルの『そろそろ腰を落ち着け、定職を探したい』という気持ちを見抜いたかのように声を掛けてきた。

アデルは迷った末に老人の申し出を受け入れた。マリカを歩き回らせたくなかったし、この村の住人として税を納め、様々な役務を果たせば、村の女たちがマリカのお産に協力してくれるだろうと思ったからだ。

そしてアデルは、老人のもとで『見習い』として働き始めた。

――自分が怪物呼ばわりされなくなったと思ったら、今度は化け物みたいな爺さんに目を付けられて。人生どうなるか分からんな。

結果から言えば、その老人はこの鉱山地帯で一番の宝石卸商で、鉱山主たちとの伝手を多く持つ人物だった。ただしアデルの見立てどおり、食えない男だった。

『本当にお主は強いのお……次はあの、ごろつきに乗っ取られた鉱山に行くぞ』

老人に指示されるままに、アデルは悪質な取引相手を粛々と潰し続けた。

『次はこの原石を山の麓《ふもと》の商人に届けたいんじゃが、大きな原石が出たという噂を流した阿呆がいてのう。道中襲われるかもしれんが、お主が届けてきてくれんか。何もなければ日が暮れるまでに戻ってこられるさ』

宝石卸商になったはずが、アデルの日々は相変わらず戦いの連続だった。

腕のよい村の産婆のおかげで無事にミリアムが産声を上げた頃には、アデルは海千山千の宝石流通業界に首までどっぷり浸かっていた。

『儂が見込んだとおりお前は宝石卸商に向いている。腕っ節がいい。それに口が重そうに見えてよく舌が回る。今まで何人騙した？　ん？　綺麗な顔をして恐ろしい男だな』

老人がアデルを勝手に『儂の弟子認定』したのは、二人目の子供、セティアがマリカのお腹に宿ったばかりの頃だった。

『全く俺を褒めていない気がするのですが』

『褒めておる。それに儂ももう歳だ、身体も動かない。だからお前に、儂の事業をほんのちょっとだけ譲ってやろう。代金は一千万ドルトン。値引きせんかわりに儂の弟子と名乗るのを許すぞ』

——今考えても高い……！

アデルは老人の事業の一部を買い取って、主体的に宝石の流通に関わるようになった。子供が二人になる。安定した職を得るべきだと思ったからだ。

最近は高額の取引が増えてきて、気を抜けない忙しい日々が続いている。

ちなみに『もう身体が動かない』と弱音を吐いていた老人は、今もすこぶる元気だ。

頻繁にお茶の時間に遊びに来る。どうやら、幼い娘たちに高価な宝石を見せて、『目利き教育』をするのが楽しいらしい。

『これはロカリアの王冠を飾る紅玉の兄弟石。同じ原石から切り出したものじゃ』

『これは昔採れた最高の碧玉だぞ。この色をよう見て覚えておきなさい。大人になって、宝石卸商になって、この色の石を見つけたら買うておくように。もう鉱山は閉じた。こんなに綺麗な青の石は採れないんじゃ』

――なんという素晴らしい石だ。ミリアムの目がますます肥えるな。

人格はどうあれ、老人の宝石卸商としての力量は疑うところがない。

マリカは『うちの子たち、あのおじいさんが好きみたい』と笑顔で教えてくれた。

面白くないが、あの老人のおかげでそこそこ豊かな今の暮らしがあるのも確かだ。

そう思いながら、アデルは子供たちを食卓に着かせ、ミリアムに『セティアを見ていてくれ』と頼んで、台所に顔を出した。

マリカは鼻歌を歌いながらスープを椀に盛っている。

「手伝うよ」

「あのね、アデル……すごい話をしていい？」

突然そう言われ、アデルはやや身構えて尋ねた。

「何だ？　嬉しい話だといいな」

言いながら皿を手にしようとしたとき、マリカが悪戯っぽく笑って言った。

「赤ちゃんができたの。産婆さんに見てもらったから間違いないと思う」

小首をかしげたマリカの腹はまだ平らだ。セティアを宿したときのように、悪阻《つわり》があるようにも見えなかった。

それでもマリカのお腹には、待ち望んだ三人目の子がいるらしい。

アデルは持ち上げかけた皿を置き、マリカをぎゅっと抱きしめた。

「本当に？　嘘だなんて言ったら子供たちの前で泣くぞ？」

「もう……こんなことで冗談言わないわ、本当よ」

マリカはアデルの腕の中で顔を上げ、明るい顔で問いかけてきた。

「驚いた？」

頷くアデルに抱きついて、マリカは心の底から幸せそうな声で言った。

「夢に久しぶりにお父様とお母様が出てきて、足腰を冷やすなと怒るのよ。だから、もしかしてと思ったら……嬉しい……！」

弾けるような笑顔だった。アデルの心にも強い喜びが湧き上がる。

「ああ、俺もだ……嬉しいな。子供たちにも教えよう。ミリアムがものすごく喜ぶぞ」

「うん」

マリカが頷いた。何と幸せに満ちた笑顔だろう。昔はひたすら、この笑顔を求めて血にまみれ、泥沼を這い回っていたのだ。

胸がいっぱいになり、アデルは優しい声で言った。

「とにかく君は身体を大事にしてくれ」

「ありがとう。そうね、大事にして無事に赤ちゃんを産まなくちゃ。ねえ、またアデルが赤ちゃんに名前を付けてあげてね」

喜びを噛みしめながら頷いたとき、不意にミリアムが食卓から尋ねてきた。

「なあに、お母さん、なあに？」

両親の秘密の話に気付いたらしい。アデルはマリカと見つめ合い、微笑みを交わした。

「子供たちにも、お腹の赤ちゃんのことを話してあげよう。新しいきょうだいができるって。これからお母さんが大変だから、いい子にしているようにって言い聞かせるよ」

アデルの言葉にマリカが頷く。

「ええ。あの子たちなら、きっと優しいお姉ちゃんになってくれるわ」

そう答えたマリカは、昔美しい海にいた頃と変わらず、きらきらと輝いて見えた。

あとがき

栢野《かやの》すばると申します。このたびは『騎士の殉愛』をお買上げ頂き、ありがとうございました。今回のお話は、少し古めの千四百年代終わりくらいをイメージの土台にさせていただきました。大航海時代が始まる直前くらいでしょうか。あくまで私の作った物語ですので史実とは異なる点をご了承ください。

今回は『どうしても麻袋を被せてヒロインにHさせたい（私の嗜好で）』という気が触れたようなお願いを快く聞き入れて頂けて、とても嬉しかったです。『神様の教えを守って快楽になんか屈しない！（屈してる）』女の子が書けて幸せです。

それからヒーローはぶっ壊れてしまった美青年騎士です。彼が聞いてる声は本当に神様の声なのか作者にも分かりませんでした。皆様はどう思われましたでしょうか。

担当様には「ヒーローが狂っている」とお褒め頂きました。力強いお言葉、ありがとうございます！　今回もいろいろとご迷惑をおかけいたしました。

イラストはCiel先生にご担当いただきました。圧倒的に美麗な表紙とモノクロイラストに打ち震えております。海の美しさが素晴らしいです。ありがとうございます。

最後になりましたが、関係者の皆様、そしてお買上げくださった読者の皆様、本当にありがとうございました。またどこかでお会いできることを祈っております。

Sonya ソーニャ文庫

この本を読んでのご意見・ご感想をお待ちしております。

◆ あて先 ◆

〒101-0051
東京都千代田区神田神保町2-4-7 久月神田ビル
㈱イースト・プレス　ソーニャ文庫編集部
栢野すばる先生／Ciel先生

騎士《きし》の殉愛《じゅんあい》

2022年1月8日　第1刷発行

著　者　栢野《かやの》すばる

イラスト　Ciel

装　丁　imagejack.inc

発行人　永田和泉

発行所　株式会社イースト・プレス
〒101－0051
東京都千代田区神田神保町2－4－7 久月神田ビル
TEL 03－5213－4700　FAX 03－5213－4701

印刷所　中央精版印刷株式会社

ISBN 978-4-7816-9713-0